[illegible]近時光
你的聲息

我們都在尋尋覓覓，越孤獨，
越渴望擁有一個得以相依偎的懷抱。

暖暖——著

編輯的話

成長過程中，我們每個人都跌跌撞撞地，帶著大大小小的傷，一路往前走著。故事裡的明靜溪也是，小說就從她為了擺脫內心最深那道傷口，離家到遠處求學開始。一路讀著，就像陪她開始一段新生活、認識新朋友、遇見新戀情，甚至擁有了一個新身分。看她緩緩地一步步重新找到自己，獲得療癒的力量，作為讀者，不單單是個局外人，更多的，是和她一起，感覺到自己也在不知不覺間被療癒了。

而這樣的故事裡，當然少不了所有女生心目中嚮往的那位「學長」，讓人咬牙切齒地恨著，也讓人無法自拔地深深迷戀著，還有一舉一動無意中表現出來的反差萌，任誰看了都忍不住想要養在身邊當寵物了（誤）。

迷人的故事，迷人的角色，暖暖的文字，使《拂過時光你的聲息》每個場景都鮮活了起來。讀完，故事也將深深留在我們腦海中。

「曾經作我最愛的人，你是否會覺得榮耀光彩，
這是一場無論如何都會結束的愛情，
你是那種無論如何都應該跟你愛一場的人。」

——引自《林婉瑜／十年》

對她來說，十九歲的終點不是迎接二十歲的成長，
而是失去。以及未來漫長歲月的淚水與思念。
遇見他、愛上他，最後親眼見他消失在彼岸，都是晃眼的時光，
他的嗓音喧譁了她整個春夏秋冬，也成為她青春裡的光影。

但是，在數不清的日子中，在陽光傾瀉的日常裡，
在有點風、有點寂寞的那刻，
屬於他的聲息，在兩人之間盪起輕響，將她的淚水緩緩擁抱。

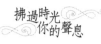

楔子

二〇一五年，八月。

「喂。」

陽光踱在女生清麗的面容，她瞇起眼看著逆著光走來的男生，扯了個細不可察的弧度，駐足等著他走近。

男生步伐沉穩舒緩，深色的頭髮折射光線的明媚，略短的劉海帶出一點不符合的稚氣。

他抬手替她遮擋太過刺眼的暖陽，盯著她眼底的陰霾，暗自嘆氣和心疼。

「妳父母還不答應？」

「我做什麼都是錯的，他們答不答應對我來說才沒有意義，反正留在這裡也是相看兩相厭。」煩躁的情緒在夏季的暑氣裡膨脹。

「妳考上醫科他們不高興？」

「能炫耀哪會不高興？」她下意識地拽著男生的衣角，示意他往樹蔭下去，隨意抹了抹臉龐豆大的汗水。

「那又是為了什麼吵架？」

他是與她相伴六年的好哥兒們。他曾經幼稚地以出生早於她十天的差距，笑著脅迫她喊聲哥來聽聽，直至今日。

明靜溪與莫以翔更勝親人的情誼，純粹且無關乎風月。

「他們什麼都能吵，我懶得再說。」她搧了搧浮躁的熱氣，沒得到半點涼意又頹然地放下。

莫以翔面露笑意，這女生怕熱又老愛約在國小學校見面。他眼尖拾起地上的宣傳單慢吞吞地替她搧風。

「用力點，好熱。」她仰首看他，得寸進尺地要求。

「妳還真是不知道客氣。」他作勢彈她額頭。

「你是我哥，何必客氣。」語末，她輕輕哼出嘲諷的笑，不看莫以翔，眸光微暗。

「作為家人，你好像比我父母還要稱職。」

這是她一直以來避而不談的問題。如果不是莫以翔死纏爛打，他都不會知道明靜溪開朗的笑容底下，隱藏多麼巨大的煩惱。

也許曾經執意的靠近是因為無關緊要的好奇，他不過更想知道，為什麼有人可以頑固地追求學業排名，為什麼有人會一而再再而三不讓家長簽聯絡簿，直到他聽見明靜溪與她姊姊在走廊盡頭爭吵。

他聽見陌生女生唯唯諾諾的語調。「妳今天忘記拿餐盒了，我拿過來給妳，今天媽媽準備妳喜歡的炸蝦。」

「妳這樣還算我姊嗎？」

「什、什麼意思……」

「還是妳是金魚腦袋，什麼都忘記了？」

音量壓得再低，他仍然感覺到那浮動的酸澀。莫以翔從來沒聽過明靜溪這樣清冷的嗓音，她對待同學都是笑臉迎人，偶爾耍耍脾氣，都是嬉鬧間可以被接受的。

「媽媽幫我訂了營養午餐，她親自做的便當是給妳的。妳以為把我的便當盒藏起來，我就會去拿妳的嗎？」

莫以翔探頭偷瞄，只見明靜溪勾了唇角笑得諷刺。

「妳這是同情我，想對我好，還是故意想讓我被罵？」她停頓，慢聲道，「她最愛的女兒吃難吃的學校午餐。」

從此，他決定要對這個女生好。

同時，為自己老是跟弟弟爭寵的習慣感到幼稚羞愧。莫以翔終於知道，不是所有人都可以安心在父母面前耍賴。

越是接近明靜溪，他越是心疼。

要是她肩膀上的重量能像塵埃一樣，拂一拂便卸下，他不怕髒，願意不厭其煩守在她身邊關懷。

她似乎意識到話題太沉重，重新轉換了情緒。

「沒事，你什麼都沒聽見，我亂說的。」

「是嗎，我聽得很清楚，妳讚美我。」

「呿，臭美。」

兩人都揚了嘴角，沉默了半晌。暖風拂過頭頂，牽起長髮飄動，特別青春洋溢，卻有點離情依依。

他抱怨，「妳只是想離開這裡的話，也不一定要往北部去啊，幹麼不跟我去南部？還不讓我先看妳的志願表。」

「要是你看了我的志願表，肯定會糾結是要跟我去北部，或是填你最想要就讀的學校，我還不知道你嗎？」

明靜溪面對莫以翔一向任性，難得替他考量一回，他卻一點也不高興。

「比起去我想讀的學校，我更想跟妳一起。」

她乍聽他撒嬌的反駁頓時怔愣，手貼上他的額頭，奇怪地呢喃「明明沒發燒啊」。

莫以翔氣結，沒控制力道地打掉她的手，又後悔地替她揉揉立刻紅了的手背，忿忿地斜了她不明所以的表情一眼。

「妳還真捨得跟我分開。」

「哎，距離產生美感。」語氣很是敷衍。

她想往沒有人認識她的地方重新開始。她不想再原地止步地掙扎。

所以、這次，她連最友好的哥哥都丟掉，徹底徹底，不牽掛任何過去。

他盯著她忽然冷下的氣息和側臉，深沉的眼眸沒有絲毫波瀾，好像能明白她的想法。

「每天都要回我訊息，每個星期最少通兩次電話，能不能做到？」

「你凱子啊？每個星期通兩次電話。」

她知道他會理解的，畢竟是她神一般的哥哥。眨了眼，有點鼻酸。

「妳還嫌多？我可是說至少呢。」

「我沒錢。」她一口回絕。他們的號碼不是同一家電信系統，他也不是三言兩語就會掛斷電話的，她才不想看到驚人的帳單數字。

他咬牙，「我打給妳、我打給妳，妳這俗人，敢拒接我就去找妳。」

「知道了。」她拉了拉耳朵，嫌棄萬分。

在那個蟬聲不止的夏天，她決定推開他，去更遠的地方。

第一章

二〇一五年，九月。

踢踢碎石路上的石子，低著頭，任由夾帶暑氣的熱風拂面。百般無聊，我將垂落的一綹髮絲勾往耳後。

「……與我無關，走了。」

清冷的嗓音聽不出喜怒，在不遠的轉角後響起。下意識朝聲源方向看過去，我的好奇心逐漸升高，但是腳下沒有動作。

唇角微勾，掀起一抹笑意。踮著腳尖，我側過頭，有時候好奇心是捕捉不著的光點，一閃即逝。與其說是懶得挪步去探究，我傾向套用那個男生的話：與我無關。

不是這世界冷漠，只是成長路上我們時常選擇獨善其身。

聽見似乎逐漸靠近的腳步聲，正要若無其事地偏過目光，本來就不關心八卦的後續，不過是視線的落點尷尬些，我與拐過轉角出現的男生相視，四目相對。

一秒、兩秒……

遠視視力的我瞇了瞇眼，佯裝困惑，盡可能表現出自己眼底的無辜，「偷聽」這兩字聽來很邪惡啊。抿了唇，敵不動，我不動呀。

「允修司你不能這樣對我！我……」

尖銳張揚的聲音仍帶著些許嗲聲嗲氣，一時沒能看清她的面容，黑影似地竄上來，用盡力氣抱住男生的胳膊，身體貼近他胸膛。

我眨眨眼睛，饒富興味地盯著男生眉間的煩躁與困擾，不動聲色地退開一步，不想攪和進去。慢條斯理掏出手機刷著臉書的訊息，輕撫著被風吹起的側髮，將長髮撩到胸前，遮住嘴角不友善的弧度。

「放開。」顯然男生的耐心已經見底。

「阿司你要相信我，我跟他真的沒什麼，是他倒貼上來。我們、我們不是很好嗎？」

嗯，果然是風花雪月呀。但是，透露出滿滿的姦情。

即便是偷聽，我依舊面不改色，咳嗽都不敢咳一聲，避免凸顯存在感。

氣氛彷彿瞬間凝結，在大片的寂靜裡，他的輕笑是最突兀的風景。眼角餘光捕捉到男生俊逸的側臉，他未收起微揚薄唇，既高傲又冷情。

我迅速掃過女生的臉，妝容精緻的臉上掛著兩行狼狽的淚水，微張的小巧嘴巴像是怔愣，柳眉狠狠擰著，被拂開的手攥緊，彩繪的指甲掐進掌心，令人光是看都感到疼痛。

愛情是最難寫的公式，演算不出結果，受的傷是不預期的，往往痛徹心扉，才恍然已鮮血淋淋。尤其驕傲的人，端著自尊心忘記呵護自己。

卑微的挽求，無非是不願讓朋友圈的人得到分手的消息。

「妳前天在學生餐廳當眾羞辱的男生是我學弟。」

漂亮女生顯然一愣，身子輕顫，大波浪的栗色長髮恰好掩住她的神情。

不得不說，這個男生的聲音確實特別好聽。好聽得人會滿臉鼻血的那種，文雅的形容是六馬仰秣，咳咳，可能還要算上他的長相，加分。

「妳上學期鬧場的表演是熱音社成發。」

「我……」女生無言。

他抬眸的瞬間，視線同時掠過我，漆黑的眸子沒有半私波瀾。「我是當時熱音社社長。」不卑不亢，但是潛伏暗潮洶湧的氣勢。

他的驕傲是渾然天成，足夠讓人驚鴻一瞥。我沒有避開他一瞬的打量，深深呼吸，盡力坦蕩蕩。

重新笑起來，清冷孤傲，那個男生輕揚的眉毛刻著自信光芒、藏著狡黠惡意。我下意識縮了縮脖子，有股嗅到危險的警覺。

「妳還不知道我嗎？」

「允修司……」

「我最是記仇的，現在知道還不晚，所以，與我無關的人事都離我遠點。」

女孩泫然的神情頓時有些猙獰，姣好的側臉繃緊，氣得全身發抖，啞口無言，又是滿臉的不可置信。

不被美色誘惑的男人真是個好苗子，國家棟樑呀。

佇立醫學大樓大片玻璃面前，相距不遠不近，不光可以清晰看見男生的輪廓與面容，還有眉目輕動。他歪過頭，冷硬的聲線吐出最疏離的問話。

「聽懂了？」

「我……允修司你會後悔的，絕對！」

走過我身邊時，漂亮女生趾氣高昂瞪視我一眼，踩著細跟鞋，目測有八公分，像是踐踏過碎玻璃般離開，碎裂的是無以名狀的心情。儘管是不具殺傷力的一眼，但是降臨得莫名其妙，心中難不起不平。

我再次偷偷覷了罪魁禍首，頓時被抓包，內心湧起一絲尷尬。在只有我與他的場合，他的氣場讓人手足無措。

眨眼的瞬間，被沖散的思緒還沒重整，新認識的室友童靜予拽著幾張紙匆忙跑近。她敏感嗅出氣氛裡的尷尬與不適，喘者氣，搔搔泛紅的臉頰。

不等她開口詢問，我接過她手裡的資料。「這是全部的東西嗎？」輕巧避開任何探究的可能。解釋起來很麻煩，總是不好說我路過觀賞了一場狗血劇。

「啊，對的，系辦原本還不給我兩份呢，一直說要本人來領。我硬是掰妳腳受傷了不能爬樓梯，所以請我代領。」她語帶抱怨，鼓起了腮幫子。

「妳知道系辦隔壁就有電梯嗎？」

「我說妳摔得連床都下不了。」

我無語了，當然不是覺得她在詛咒，是感嘆幾分鐘時間她就編排好劇情，很有腦袋。幸好，系辦的人不會到課上查看。

「呃，這是妳朋友嗎？」一面擺動手搧著熱氣，她的視線迅速掃過男生後回到我的臉上，緋紅的面色難以辨認是暑意或是羞怯。

我搖搖頭，擺正神情，特別真誠。

「我以為是妳高中同學。」她聲音壓低了，散在熱氣中有些飄渺。然後眨了下眼睛，笑嘻嘻說：「原來是一邊路過的路人。」

我沒說話，覺得極致尷尬。她又補述一句，讓人冷汗直流，雀躍的聲音硬是低上幾分，「唔，但是這顏值高度呢，是大神，不是路人甲乙丙。」

幸好她沒昏了腦袋，還記得放低說話的分貝。

撓撓長髮，避免她繼續展現一鳴驚人的臉皮與口才，我低眸斂眼，盯著那個男生方向的地板，客套地告退。

「謝謝，我們先走了。」但是……我為什麼要跟他說謝謝？

「……嗯。」

我沒讀懂他眼底的欲言又止，難得主動伸手拽了童童，趁她詫異愣神時快步走開。離開了醫學大樓，回宿舍的途中，童童似乎對方才的男生懷抱興趣。

「剛剛的男生……」

我隨意點頭，輕輕的嗯聲哽在喉嚨。

她的聲音帶著試探的盎然興趣，抓個好分寸。「剛剛的男生妳注意看了嗎？花瓶帥，不對，也有知性帥！」

「從頭帥到腳的意思？」

「對、對，不過是可以遠觀欣賞，不能褻玩的那種。」

我迷惑，「這有等級分別？」

她的神情理所當然，帶點純真乾淨的笑，不是那種不經世或花痴的樣態。「小看我呀，我又不是余芷澄，喳喳呼呼地在做帥哥排行，我是純粹驚鴻一瞥，看著海闊天空……」

「撥雲見日。」

「沒錯沒錯、沒有錯，不要偷偷記我的台詞。」

「妳一天一定會說上一次，不記得很困難。」

她一詫，「欸，有嗎？」

她的喜悅總是很無厘頭，卻恰到好處，不浮誇衝動，拿捏在適切的距離觀賞著，偶爾語出驚人，總讓人會心一笑。

相較另外兩個室友，我的確跟童童合拍多。

至今還沒遇見任何一個熟人，所以，從今往後，這樣的重新開始是可以期待的，是吧。

我像從前每一次跌跤一樣，輕聲勇敢告訴自己。儘管聽來蒼白又違心，我還是必須前行面對生命遠方的蒼茫。明靜溪，妳可以的，可以做好。

開學日當週星期五的醫學系的新生之夜，是強迫性參加的。要是錯過了，同時是錯過日後的筆記傳承或涼課傳授，正常人都沒有不為五斗米折腰的勇氣。

絢爛刺眼的鎂光燈四射，映照學長姊們不懷好意的笑容。夜至十點，整場活動最讓人引頸盼望的是直屬學弟妹的抽籤。聽著舞台處的唱名，我懶散倚著吧台，眼底的涼薄與喧騰氣氛格格不入，深色的身影應是融進昏暗的燈光裡，印著巨大的寂寥。

指尖輕輕敲打玻璃桌面，撩過側髮，細心隱藏無聊的情緒，我推拒不認識的的同學隨手推來的水果酒，仰頭喝了無味的開水，動作行雲流水。

「靜溪，妳真的不一起過去嗎？」童童揚著甜美的笑容，上了淡妝的臉龐染著興奮和熱切的紅暈。

我輕扯嘴角，笑意恰好。「妳去吧，我懶得動。」

「那我過去了，我們晚點一起回宿舍吧？」

「再說。」

童童習慣我的簡潔回話，沒有再勉強邀請，接過一旁男生遞來的高腳酒杯就往圓舞台走。鞋跟一下一下落在地板發出清響，走遠的背影由明朗到模糊。

斂下眼眸，我隨意地晃了晃酒杯，手指的溫度與玻璃杯、與我的氣息，似乎一致地清淡冷涼。

莫以翔總是說我應該要多笑，我的冷靜與旁觀會讓周遭的氛圍都冷冽起來，像是冰凍起一層拒人的自我保護。

原來，跑到再遙遠的地方，那些屬於明靜溪的記憶與情感，是半絲都捨棄不了，沒辦法以過去和現在明白地切割。盯著酒水的晃蕩，有些失神，抿了唇，殘留的酒香，其實覺得好苦、好澀，我果然不喜歡喝酒。那種膨脹心口不安與憂愁的苦辣味道，燒灼著思緒。

低著頭，專注凝視酒杯內的液體，直到陌生的男生靠近，我才略有知覺。聽著對方痞氣十足的語調，感到厭煩。

我不著痕跡地躲開，順了下髮絲。

「妳被抽到直屬了嗎？」男生用最適切的話題嵌合兩人之間的空白。

「還沒。」

「真的？我也還沒有！」

我看見他嘴角微僵，約莫是不滿意我的冷淡和敷衍。但是，他沒有在預期中識趣離開，求而不得是激發人屢敗屢戰，引起一番較勁。

「那要不要一起去圓環跳舞？那裡比較熱鬧。」

我卻不是他想像中的樣子，不會為盛情難卻苦腦。

臉色轉瞬變換，他誤認我的疏離是靦腆，同樣是在隱誨說明吧台的環境邊緣又冷清，我是歡樂場子裡的落單。

他甜膩膩的聲音像落地的糖霜，混雜著背景的重金屬音樂，還有太多細碎的歡鬧議論，周遭的混亂讓人格外反感。

「不用，那裡太亮很刺眼，我不喜歡。」然後還有你，我也不喜歡。

「妳要是怕光，我可以牽妳。」他不屈不撓，語氣強硬了幾分。

我才不需要導盲犬。

我輕輕抿了唇，「你會抽菸？」

「欸？」臉皮狠狠抽了下，他有點不可置信話題的跳躍。

「咳咳，妳、妳現在想抽菸？在這裡？」這麼直接討菸的女生是很少見，難怪他會驚愕。他伸手進西裝口袋就要拿菸盒。

「我不喜歡抽菸的人。」

這時候，選擇不要虛與委蛇。骨子裡的桀驁與任性尖銳起來。也許是酒意使然，不然，我不會那麼大膽。

目測他的拳頭應該可以一拳將我揍歪。

「咳咳，妳……」他的臉色青了又白。

仰頭喝了凝望很久的酒水，我舔了唇角。「你身上有菸味，所以不要靠我太近。」

他失了男人面子正想翻臉，視線似乎觸及我勾起的嘴角，笑容是五分疏離三分高傲和一分的邪氣，莫名無從憎恨。

我看著他眼底的怒火洩成無可奈何的頹然，握緊拳頭，使著不甘心又不服氣的力道，落在椅子上。或許因為感到狼狽難堪，摸摸鼻子便轉身沒入人群。最後還轉頭惡狠狠瞪了我一眼。

「學妹妳挺有膽量的。」

左邊不遠處獨自飲酒的另一個男生含笑走近，毫不遮掩嘉許的眼神。

他走過來，隨手替我添了酒，一邊感嘆。「看著別人夾著尾巴滾走就是身心舒暢啊。」

「我是大三的歐陽芮。」

墨色的頭髮略長，紮成了小馬尾，側向一邊的劉海也掩不住他閃亮亮眼睛裡的快意，很有孩子般的調皮。

「我是大一的明靜溪。」怎麼今天老是在自我介紹。

而且，我分明是站在吧台角落，還是一直被注意到。立志在活動上當顆塵埃都不能如願，心累。

「妳很有趣，娛樂到我了。」

「過獎了。」

歐陽芮外露的小麥色手臂線條分明，儘管衣著不符合新生之夜的規定，卻別有他的風格，隨性瀟灑。

「那個學弟真的有抽菸？」他的語氣饒富興味，修長的手指摩娑著下巴。

「很臭又很重，菸味。」

他有些訝異我的直白，又對我不崇尚「男人不壞女人不愛」更加讚賞，半靠著高腳椅，眼裡亮晶的笑意深邃了些。

「所以如果一個男生抽菸，在妳心裡是扣分的？」

「扣三百分。」

「打電玩呢？」

「扣一百分。」

他像是問上癮了，瞇著眼睛，笑容得更加猖狂，「那玩音樂的男生？」

「加兩百分。」

我半瞬的停頓徹底逗樂他，語氣裡是與先前截然不同的崇拜和肯定。歐陽芮學長伸了懶腰，向遠方燈光聚焦處望過去，最後再偏了頭定點在出入口的門邊，一對男女並肩站立著。

我假意沒看見，窺視別人的祕密和臆測別人的祕密總是有些差距的。

腦補太多會讓八點檔劇情塞滿了腦袋。

目光離不開遠處，「等他看到肺部抽菸後的解剖標本，他就會明白後悔兩個字怎麼寫。」他朗聲笑了幾聲，依舊展現一派輕鬆爽快。

不收斂嘴角的弧度，我乖巧地點頭。「學長英明遠見。」

「這話好聽，妳待著吧，我去前面晃晃。」他擺擺手，不帶走一片雲彩。

氣氛隨著時間推移更是熱烈，酒精興奮了所有人的神經。

浮躁與熱情在酒精作祟下，在耳朵裡鼓譟著非比尋常的火熱氣息。不時凝了眉，忍耐著與這樣的世界格格不入的不適感，我索然無味，把玩玻璃杯。

直屬學長姊的抽籤進入尾聲，抽走幾位男神級的學長和女神級的學姊，有喜有悲，有人開心有人神傷，現場分貝量節節攀升。

「明靜溪。」

在我愣神之際，麥克風已經發聲唸完冗長又熟悉的學號。

熟悉的名字穿越人群來到耳畔，茫然的視線在抬頭之際逐漸聚焦。太過強烈的打量，我不禁湧起芒刺在背的反感。

這個聲音……

這樣好聽的聲音，像是春風十里的綿長溫柔，溫暖又撩人。又像是綠葉上隨意落下的露珠，輕易盪起無限迴圈的漣漪，漫不經心的，似有意又似無意。

在一片刺眼的亮白燈光中，我緩緩舉手，另一隻空閒的手下意識地拽了拽裙角，努力忽視掌心沁出的熱汗。

我才不緊張。

深呼吸再呼吸，平息了紊亂的氣息，周遭的迴響忽然一股腦衝進耳窩與腦袋，將好不容易凝聚的理智與精神又衝散一些。抬了手，我克制住想揉太陽穴的的衝動。

「哇，抽到我們的頭獎學長耶。」

「唷，阿司終於肯過來抽了。」

「是極品學長啊！天啊太不尋常的運氣了！」

「就是說啊，大三的直屬是超級大學霸，真是好運，筆記什麼的都等著傳承了啊。」

「而且、而且那個學長，好帥啊！」

所有議論聲勢浩大地洶湧前來，躁動的人群淹沒了我微弱的回應和緩緩舉起的右手，骨感的手在燈光熾熱下像殘缺的月形。

然而，那個男生的嗓音沉穩清冷，卻是聽不出情緒。我的視線徹底延伸出去，終於帶著要認真看清楚的執拗。

總是要親眼見見傳說中的學霸是圓的還是扁的。再說，還是我直屬學長。我心裡沒有決定，只是試圖在昏暗空間裡盯著那張遙遠的面容。

他的手臂似乎被身邊的人推了推，不知道誰在他耳邊低語什麼，接著，他重新開口，語氣果斷，讓人不禁乖順聽從。

「過來。」

這是在喊小狗嗎。

我能感覺自己的表情有一瞬間的僵硬。循著再一次的聲線撞上他探究的目光，他黑色的眼瞳彷彿漩進了一切心情轉折，整個人顯得沉寂。

他有一種不可思議的力量，直視他一汪清泉似的眸光，一切一切的煩悶，不論多少都會一哄而散。

心跳不可避免漏跳一拍。可惜我是貓派的，不想理他。

忍著甩頭走人的反射動作，瞇起迅速收斂情緒的眸子，熟練地扯了扯嘴角。天啊，這世界真是小的不像話了呀！那個捏著紙條，直視著我眼睛的學長，正是下午遇到的男生！

人果然不能做壞事。剛看了別人的八卦笑話，男主角馬上成為自己的直屬學長，沒有比這個更衰的了。稍稍側眼，瞥見童童噙在嘴邊的笑意，無非是七分驚訝三分憐憫。

誰不是抱著看好戲的心情呢。

他複述一遍，我只能硬著頭皮緩步靠近。聚光燈晃蕩在我周身，任何碎語都是這個謎樣沉默空間的刺點，每個人都像熱切等待電影播映的觀眾。

我沒說任何一句借過，然後，這份沉默在男生眼裡掀起一瞬的訝然，若有深意地揚了揚濃淡合宜的眉毛，我心裡咯登一聲。

我只是覺得現場這麼吵，我說借過他們也聽不見。步伐不快不慢，幾秒後，我已經站到他面前，外界氣氛燃燒著不退的熱絡和鼓動。

他彷彿是這樣場子之外的人。

「我是妳的大三直屬，允修司。」聲音好聽得會讓人心跳加速！

「喔請多指教。」語氣低了低，有點不確定。

實在不明白此時能說什麼話填補，斟酌片刻，我吐出不過五個字，相看兩無言太挑戰我的臉皮厚度了。

允修司默了半晌，忽然唸了一連串號碼，音量只足以傳到該聽到的人耳裡。「這也是帳號，有事再找我，妳的大二直屬接下來這學年出國交換。」

我是徹底呆掉了，他唸了什麼一丁點也沒有記住，甚至懷疑是不是風過無痕地擦過耳邊。我真的真的很討厭彷彿置身聚光燈下的注目感，渾身不自在。

「咦？」

「手機號碼，也是ＩＤ，記住了？」

我立刻搖搖頭，他不厭其煩重複，眉目不變。

「喔。」記錯了不打緊吧。

將所有的遲疑濃縮成一個似懂非懂的單音。有必要再詢問一次嗎？

男生瞅著我微微頷首，心不在焉的姿態，眉間隱隱流露厭煩和坐立難安。他沉了該是好聽的聲音，「手給我。」

「幹麼？」我一愣。

他不由分說拽過我的手，氣勢霸道卻是力道溫柔，執起桌上的水性藍筆，在我的掌心寫下剛剛散落風中的數字。

不熟悉的溫度從指尖匍匐蔓延，羽毛似的起筆落筆在掌心發癢。我略尷尬地一縮，可換來更執拗的牽握，直到十個數字都收攏在手裡。

低下頭死死盯著彷彿刻在生命線上的不速之客，我狠狠抽了抽嘴角，心底是死水微瀾。

「你幹麼……」

想著這男人果然是學長，高手中的高手啊，輕浮。

「有十萬火急的事再打，我很忙。」

我又是微怔，我到底是碰到什麼樣的直屬學長？

個性很特別呀，特別得我想用上無奈的符號表情。

他淡漠的眸光在白亮的燈照耀下一閃一滅，他清涼的聲息在歡鬧的場合裡顯得突兀，而我竟在聲音中聽出一點類似賭氣的意味，太過震驚，還沒來得及收起的手顫了顫。

這是傳說中的傲嬌？

我下意識摸了摸手臂，尚未轉移視線的允修司抽了抽嘴角，我的惡寒的表現被看見。

「我知道了。」

「知道什麼？」他眉目清淡，聲息也是一樣地無瀾。

這句話問來像在看一場鬧劇，我總覺得自己分外愚蠢，覺得他也不是太正常，居然問我知道什麼？

他說什麼我就知道什麼。

「知道你是允修司。」還是直屬學長。

「嗯，學妹妳好。」

我撇開小小的腦袋，察覺自己不知道什麼時候已經退開舞台到角落，頓時鬆了鬆繃緊的精神。扭頭一看，主舞台換上下一批直屬學長與學妹，酒意渲染的波動將氣氛炒熱。

一波一波，不曾平息，尋不到能夠停止的契機。

我掐緊手掌心，深刻感到指甲嵌入的刺痛，在一片恍然與痛意中對上他不冷不熱的眸子，平淡如水，絲毫看不出喜怒。

允修司，和我不得不有所牽扯的名字。

「還有其他問題嗎？」

「沒有。」

「嗯，之後會把妳加進家族的群組，有問題可以隨時問。」

「好，謝謝。」斂著眉眼，呼吸算上平穩，我避開他的探究。

第一次相處，疏遠又尷尬一些都是正常的，是吧。

我允許他靠近，同時放任他離去。凝視他毅然的背影，越是完美的人越是讓人窒息，我不想有太多交集。

喧騰的氣氛掀起了鼓譟與歡樂，在夏日還未離去的時節，是冷氣吹送的風也壓抑不住的浮動熱情。

適應不了藉著酒意醺然勾肩搭背的進展，推開玻璃酒杯甩了甩手，冰涼的液體自右手滑落，在純白的裙裝暈染成花。

不甚在意地瞥一眼，逕自離場，我不願意委屈自己多一秒。

我想我的日記本上今日僅僅需要記錄三個字：允修司。

這是他走進我生命裡的第一筆接觸。

腦海裡、日誌本上，一筆一畫都清晰可見。

二〇一五年，九月十二日。

天空藍得透徹明亮，雲朵少得可以細數。

上午八點十分，陽光已經烈得如正午。甩開人群往醫學院頂樓去，避開所有人行進的路線，我才懶得參加數年如一日的開學典禮。

不相信會因為是大學而有什麼新鮮事，古板的思想種在那些老骨頭教授心裡，醫學角度看就是癌末，沒救了。

隨手掏出手機鍵入敷衍的訊息給童童。同個科系的室友就是可以守望相助呀，儘管因為上次逃了迎新酒會捱罵，可是，誰叫童童人好。

她忙著追歐陽芮學長，沒空追究我這點小心思。

既然不會遇見誰，我鋌而走險去違反規定的地方，轉了腳尖方向，往文學院頂樓天台走，聽說天台上的小黑板藏著祕密。說到祕密，百無聊賴時刻，勾引著人的好奇心。我當任何人面前的乖乖牌，卻改逆不了骨子裡的叛逆。

拐著一個兩個彎，繞開人群，多繞點路，終於踱到文學院樓下，擦了擦滿頭的汗，夏天的味道，濕熱的、黏膩的，我盯著高舉的手逆著陽光，擋不住光線落到眼底。如果可以照進心裡，我就可以少一點悲傷的理由。

在走廊的底端找到電梯，搭上五樓，接著再爬上一層，登高的遠景似乎一瞬間被敞開。

「南部的天空也長這樣嗎？」

仰首舉著手機捕捉那片蔚藍，發了僅有圖片沒有文字的信息給遠方的莫以翔。我難得主動想起他，真替自己驕傲一把，他要是敢已讀不回，我就敢無視他的來電。

「依照緯度來看，大概不會一樣。」破空而來的聲息帶著濃濃笑意。

那絕對是預期之外，從上頭壓下來。我一個手抖，差點握不住手機，狼狽的小模樣看在來者的眼中，似乎甚是好笑。

我猛地回身，恰好看見對方故作從容地回手，轉而撓撓大眾情人般的亞麻色頭髮，髮絲變得更加凌亂，但是，陽光無端折射出耀眼的自信。

看來他是想幫我接住手機啊，失了表現的機會，訕訕地揉揉鼻子。

歐陽芮！

不過，他出現在這裡，童童的願望要落空了。

「喔。」

他一愣，眉角一抽一抽，理智線有些脆弱。

他沒接話，尚未回過神。我不知道該怎麼繼續友善對話，頂著他的注視從欄杆前離開，神情平淡無瀾地經過他身側。他似乎更傻了。

「學妹，妳趕時間？」

我頓了腳步，努力收拾眼神，耐著性子。

童童的眼光沒有有沒有問題呀。

「現在是開學典禮。」雖然我沒有要趕去的意思。

「可是妳現在才去會被登記。」

他總算說了一句有腦子的話，我深感放心，不是神經病院跑出來的就好。

「我說我要去了嗎？」

他大大一怔，我好像直白狠了。「那妳急著離開要幹麼？」

「把頂樓讓給你。」徹底捨棄先來後到的約定俗成。

「這、這怎麼好意思？」他汗顏了。

「難道學長要離開了？」把安靜還給我。

淡漠的語氣沒半點客氣，但是用眼底的真誠疑惑好好包裝。

歐陽芮學長嗆到了，吞了吞口水，瞧了幾眼我手指漫不經心地拂過的粉色百褶裙，白底的無袖上衣印著流行的民族圖騰，襯得我膚色健康自然。

任由他上下打量的視線，對此我沒有以往一貫的不悅。

我驀地笑了，是話題裡與天氣裡的突兀。「看我幹麼？」

「沒什麼。」

莫以翔老是掛在嘴邊的形容是，這樣的面容不至於能說出哪裡特別好看，可是就是讓人無法輕易忘掉。

我身上疏遠又冷淡的氣息，反而成了夏日炎炎的風景。

「我們其實可以和平共處。」他的笑聲爽朗又溫暖。

「太難。」

太過冷情的聲音搧過學長的臉頰，我心裡也是微覺不妥，轉念一想，他是以後交集不多的人，那就無所謂了。

除非童童真的攻下他，就算這樣，他這個男朋友是該請客的。

他吃鱉，嘴巴歪了歪，哭喪著臉視線越過我，停在後來的身影，「喂、喂，阿司你家直屬學妹嘴巴太厲害，請照顧我的玻璃心。」

怎麼有人可以正色說出這麼無恥的話？

我一詫，眸光凝了凝，猛地頓了動作看向鐵門口。他深色的頭髮、深色的服裝以及深色的眼眸，都與明豔的日光是那麼格格不入，卻又好似悄悄收攬了在揚起的眉梢和嘴角的細微弧度。

這種說曹操曹操就到的速度何等厲害，可是這兒是誰惦記他了！

我側了眼神瞄歐陽芮學長，但是，沒有錯過允修司為了某人轉移話題而指向自己掀起的惱意和怔愣，我盯著他默默收了多餘的情緒。

「你少在這裡鬧。」

「阿司你直屬學妹看不起我。」

「眼光很好。」允修司波瀾不驚地睨他一眼。

歐陽芮學長氣結，哼聲道：「見異思遷又忘恩負義的人。」

「喔。」

「不要給句點，來個驚嘆號。」

允修司眉心跳了跳，無聲嘆氣，眼角餘光掃過來，捕捉到我眼底隱隱的笑意，是難能可貴的孩子氣和調侃。

有點幸災樂禍，毫不遮掩，我感覺到他沒有惡意的目光。

「歐陽芮，這次社團的活動企畫是想自己寫了？」

清冷的嗓音喜怒不定，包覆著明顯的危險意味，當事者縮了縮自作聰明的腦袋，輕輕咳嗽幾聲。

「我這就走人，不打擾，後會有期。」

沒有衣袖可以揮，歐陽芮學長說走就走，背著身子擺擺手，轉瞬就從視野裡消失。

低著頭，我思索怎麼安然告退。

分神，依然感受到落到我身上的凝視。直直盯著歐陽芮學長的背影好像會讓人遐想，但是，不怕他誤會，在我身上能出現的無非是傻氣和事不關己。

如此不平凡的冷情，眼底的涼薄讓人看著心驚。

最好，任何人都不要太靠近我。

我可以當個刺蝟，逼退所有人善意的親近，一個人沒有不好。

「學長來這裡幹麼？」我收回飄遠的心思。

「聽說有對男女在頂樓玩，覺得有趣，所以來瞧瞧。」是慢條斯理的語氣，黑亮的眼眸暈起輕淺的笑。

我臉色一歪，聽說什麼的最惹人厭了。

光線在他髮梢灑下金色光暈，微風拂過他的衣角，四目相交，沒有升起反感，他挪開一點視線，嘴角噙著的弧度沒有鬆懈，留下我獨自一人的心跳小失序。

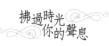

掩嘴壓低聲音，同時轉移我不合時宜的欣賞。「消息一點也不靠譜。」

「喔，一對男女是對了。」

「那好看嗎？」我裝傻，誰愛對號入座了。

「還可以。」

聽著他和暖聲音裡的真摯，這個段數挺高的，跟我一樣能睜眼說瞎話。

呼了口氣，我放任劉海微揚。「那你繼續，我先撤退。」

「站住，待著。」

我拒絕承認這句話是允修司學長說的。

肯定沒有人比他更凶殘了。

狀似猶豫片刻，允修司抬腳走到我身側，淺淡的薄荷清香湧上來，不是難聞刺鼻的古龍水，反而與他渾身氣息同樣清冽舒爽。他視而不見我瞬間的退步，執意和我維持三尺之內的近距離，倚著斑駁的牆壁。

蹙起兩條濃淡洽好的眉毛，他占據我眼前的大半畫面，我不得不正視他的存在。允修司的側臉在風中顯得詭異美麗，神祕又難懂，下顎幹練分明，嘴角勾著讓人無法苛責的弧度。

這個男人堅持要和我待在一個地方？

我半點都不想跟這個完美到讓人妒恨的人一起，超級打擊人啊。

「妳決定社團了嗎？」

溫潤的聲音沒有明顯的抑揚頓挫，在高處的風中盤旋後落入我耳裡，格外像是錯覺。看見他薄唇的一張一合，確認他的發聲。

「還沒決定，下星期的社團博覽會看看再說。」

沒說的是老早決定什麼社團也不參加，我沒有嚮往多采多姿的大學生活。

允修司瞅著我無關緊要的眼神，用一種要將人看穿的深邃，好似能讀懂我的思緒。他眼底忍不住泛起笑意，嘲笑我輕易被發現的敷衍。

「我可以幫妳決定。」

「啊？」愣了，我擺弄裙襬的手指僵了僵。

「妳的手很適合彈貝斯。」他沒理會我的吃驚，青潭般沉寂的眸子捲起奇異的光彩，視線降了一些。

我們共同記憶起的，應該是新生之夜兩手的相觸，他將聯絡方式寫進我的掌心，那日柔荑的溫軟敵不過眼前男人在心底起的波瀾。

不管場子有多燥熱喧騰，輕巧簡單的黑色晚宴服讓我更顯寂寥脆弱，擱在冷空氣中的白皙手臂冰涼，他觸及我的掌心時肯定也感染不到一絲溫暖。

因此，他刻意的接觸，暖流源源包覆上來。

哪怕時光怎麼流轉，我都很難忘記。

「錯了，我是打爵士鼓的。」

清亮的目光忽然掩上墨藍的潮水湧動，攪動所有心事後又沉入最底，我冷著聲音。

有太多祕密和回憶，我私心以為只要假裝忘記就能掩蓋，卻忘了越是若無其事，讓人無意碰觸時越是難以反應。

我發覺了允修司的淡漠裡起了一點漣漪，輕柔美好，我突然發不了怒氣，對於他的試探，像一拳擊在棉花團，無力。

他意外沒有掀了脾氣，「我隨口說說，就是覺得適合。」

原來是多想了。這樣會惹人厭呀、我也討厭這樣敏感的自己。

斂下眼瞼半晌才又輕揚了語氣，不是妄自菲薄的自嘲，而是幾分孩子氣的玩笑，「你覺得我的身高撐得起貝斯？」

允修司失笑，不是一如既往的淺淺笑意，是染著春風和暖的溫情。不過，他只顧著觀察我的手指，可見沒注意到。

「妳還真有自覺。」

「彼此彼此啊。」我才沒有多矮呢。他的認同很誠實，誠實得讓人受挫。我垮著表情，他會心一笑。

「討厭了嗎？」那是允修司第一次對我笑得那樣溫暖，是前所未有讓人沉淪的一股氣息，我難以形容。

美好得會令人醉生夢死。

只能忍受心口的震盪，我咬了咬唇，捏了捏手指，瞇起眼睛，我想我會永遠記住這樣的他。

可是，那句話怎麼聽來有那麼點熟悉？

討厭我了嗎？

曾經有個男生帶著笑靠近，他多麼肯定會得到什麼答案。

我不會討厭他。

那句話之後落在髮梢的吻，霸道的、疼惜的，近乎無法思考。

那是一段早夭的初戀。

高二下學期與鄰座的他交情特別好，約過幾次兩人的電影，看著恐怖血腥片。相互交換外套穿，或默許任意翻看彼此的筆記。不避諱隨手拿過對方的礦泉水瓶。

一切的一切都像是愛情的萌芽，綿軟冗長的曖昧期。

他的兄弟朋友都愛將我們湊成一對，不論是分組或是恰好在模擬考社會科拿下勢均力敵的同分，牽牽扯扯總是能捆綁兩人的名字。

我開始感到煩躁。綁手綁腳、動輒得咎。

當朋友問起喜歡不喜歡，當他因為我跟其他男生說上幾句話就擺臉色，還有越來越重的升學壓力，面對所有會分心的人事都感到心浮氣躁。

終於，漸行漸遠。

遠得像是曾經的溫軟是前一世沒被孟婆湯消除的記憶。

只是我的確不會忘記，在曾經藍得有些驚心動魄的廣闊天空底下，他拉著我的手走到空無一人的教室裡頭，少女心萌芽的心情格外躁動，像是對應夏天的浮躁。

他強勢靠近，霸道的、不容反抗的。

攥住我右手的掌心沁出一層薄汗，心底發慌，兩人此刻的心跳似乎都快得不正常。

我聽見他偏沙啞的嗓子，聲音有點緊。「明靜溪。」

「嗯。」

「明靜溪。」

對比他的緊張，我忽然冷靜下來，像徹頭淋一桶冷水。

舒舒緩緩吸吐著長空氣，我默默又低低應一聲，意味不明，他重複的輕喚同樣讓人摸不著頭緒。

「明靜溪，妳……」

「喊什麼喊，有話就說呀。」終於沉不住氣。

那時候的我還帶著幼稚與莽撞，以及青澀的自尊，試圖用揚起的愉快灑脫掩飾自己的慌亂，不能低他一等，懵懵懂懂將愛情比擬成一場比賽。卻忘了若愛情是一場競賽，我們都該是輸給彼此。

兩情相悅這四個字忽然都認不清了。

盯著他眸底跳動著的情意，捏了捏手指，我聽見春風和暖的空氣中浮動著他灼燙的情緒，散漫在氣氛裡頭。讓人放鬆不了。

他驀地笑開，眼前的景致瞬間都失色了。「什麼事都沒有呀。」

整個世界只剩下他格外耀眼奪目。

「啊？」

「嘿嘿，耍著妳玩呀，是不是傻呀？」

他探過來的手輕輕鬆鬆壓制我的張牙舞爪，摸著我的腦袋瓜。我氣結，不甘心地哼哼，「幹什麼、別碰我的頭！」

他樂此不疲，像個長不大的幼稚國小生。

「閃不開就別閃呀，小矮子。」他一手就輕易制伏我的行動，嘴邊的笑意更甚幾分。身高差什麼的最讓人悲傷了，我完全傷不起。

左勾拳、右勾拳，沒能碰到他一處衣角。我努努嘴，鼓著腮幫子的神情沒半絲喪氣。

「別學我說呀！屁孩是嗎！」

「妳才屁孩、妳媽才屁孩、妳全家都屁孩。」

「你是北七嗎？」瞇了瞇眼睛，喉嚨掐出一句無語後的問話。

這個人耍起幼稚老是讓人啞口無言。

但是，他在怔愣之後，頎長的身形帶著無與倫比的自信，走近、再走近一些，我的鼻息間都是他制服上的清香。

有青春的男孩子味道。

像被定住身子，我只能彆扭地偏過頭，努力不看他的眼睛。

安靜的空間突然響起沉穩認真的聲息，我猛地抬頭。

「討厭我了嗎？」

討厭我了嗎？

被他的直白嚇得失了聲，飛揚的笑顏都染上幾分迷惘，嚥了嚥口水，手掌的汗水又清楚一些。

他居然這麼問，他明明知道答案絕對不會是肯定。

憋了一口氣，我悶悶開口，「我跟你說。」他瞅著我，直視我的目光。

「永遠都不要試探你對我的重要性。」我掐緊掌心，用力吸一口氣，胸腔彷彿脹滿不安的氧氣。我低語，「我不喜歡。」

我不喜歡他的試探。

因為，要承認一個人對你來說有多少分量，是一件困難萬分的事情。

「好。」

這個好字說得鏗鏘有力，收攏所有情深與堅毅，分外動人，敲在心上。

我順勢抬頭，沒看清他的表情，他的頭已經壓了下來，一枚輕盈輕盈的吻落在髮梢，十分壓抑克制的一吻，龐然的氣勢。

「明靜溪，我……」

你的聲息融化在盛夏的暖意裡頭，恍惚得分不清現實與想像。

討厭你了嗎？是呀，此刻，你的確是挺討厭的。

深深沉沉吐出一口氣，我壓抑了在腦中翻騰的記憶，搖搖頭忽視胸口發澀的氣泡，緩緩融進沉寂的心海，邁著小碎步地跟在允修司學長後頭。

聽著清晰的腳步聲，我的和他的，分不出你我，異常地安心。

「學長，能問個問題嗎？」實在好奇得緊，喉嚨癢了癢。

「問。」

「所以，你到底上來頂樓幹麼？」我不跟他矯情，拖泥帶水的很煩人。

他緩緩頓步回首，扺了個招搖的單邊酒渦。「妳猜。」

還真是有閒情逸致，沒有個提示，難道要我從盤古開天猜到清朝末年嗎？

「你找歐陽芮學長？」不對，他那是把他趕走。

「他有什麼值得我操心的。」他嗤笑，目光卻是幽幽盯著我眼中的疏離。

允修司學長眼見我扁了扁嘴，不打算再猜，好氣又好笑，微抬的手似乎有衝動想撥亂我柔順的頭髮，他的視線默默描繪我的輪廓。

「比起開學典禮。」

我眨了眨眼睛，等待他未完的話語接續。

「怎麼說都是直屬學妹比較重要。」

是直接了當的肯定，沒有一絲模糊遲疑。

僵直了身體，我扺了扺乾澀的唇，他真摯的眸光里彷彿是夏日和陽的剪影，珍貴且燒灼人心，感動且曖昧延續。

他說明靜溪比較重要。

我沒辦法消化那句話，那句話蘊含的溫度沒有跟隨時時退潮，反而以驚心動魄的力量在心裡根植，比夏天的氣息強烈幾許。

毫無疑問是會讓人誤會的深情，不合常理。

快速找了藉口，不管拙劣與否，與允修司學長分道揚鑣了。

背過身子走向截然相反的方向，我忍住不去在意他停留在我身上的視線，只是不斷加速步伐，拐過一個彎，遠離他的視線才略略鬆一口氣。虛脫似地垮下肩膀，炸毛的頭髮像經歷一場劫難，完全是劫後餘生。

這個男生優秀得讓人無所遁形。

不願繼續在校園晃蕩，力氣用盡了。一面深感運氣不好，走哪兒都能遇見認識的人，我懶得打交道，心裡直覺晦氣，沿路低著頭回了宿舍。

刻意只將注意力集中在前方的路，錯身的面容都不去觀望，步伐再快一些，汗水滴落幾滴，浸濕了臉頰邊的碎髮與後背。我抬手沒什麼作用地搧了搧，終於走回宿舍。

一路上都沒再遇見其他熟面孔，我刷了門禁卡進入，路過宿舍櫃台，朝一個系上學姊點頭致意，沒想到她出聲攔住我。

「學妹，妳等我一下。」說完，她轉身在雜亂的地面似乎在翻找什麼。

「好的。」侷促地扯扯髮尾，我左顧右盼後乾巴巴地開口，「學姊是這學年的宿委嗎？」

選擇一個保險的問題，不要氣氛徒留深沉的尷尬。但是，我不是那麼會開啟新話題的人，做不來自嗨的事情。

「喔是啊，本來是工讀生而已，今年面試通過後就成為宿委了。」

「宿委呀……」我兀自思量。

「宿委要負責籌備宿舍會議還有住宿生的入住和退宿，不時還要受到管理員差遣。做的事情講起來挺雜的，不過好處就是可以保證住宿，還有工讀費可以拿，不無小補嘛。」

我點點頭，瞧見她忙碌的背影倏地直起，心情跟著她雀躍起伏了。

「哇，總算找到了！」雙手的姿態像是捧著一份珍寶，帶著不可思議的真摯虔誠，會讓人忍不住失笑的那種。

不可思議的可愛。

「給妳，這是我之前上課整理的筆記，我沒有抽到直屬，就給妳吧。」

我一詫，「學姊怎麼沒抽到直屬？」

「聽說是休學了，連開業式都沒有參加，傳訊息也都沒有回應。」

有點受寵若驚，我撓撓頭，總覺得自己的運氣好得不可思議。

搬宿舍那天是莫以翔陪同，在短暫的男生或家人可以進入女宿的時間，我是竭盡所能使喚他。看學姊忙得焦頭爛額，讓莫以翔順道付出舉手之勞。

學姊在新生之夜擔任入場的人員統計，患有臉盲症的我難得有些印象。白天入住時她一面要登錄住宿的手續，同時安排自己的宿舍床位和行李，懷抱遲疑，我還是在莫以翔的鼓勵下向前詢問。

誰知道學姊比想像中熱情，這份熱切並不會讓人反感，甚至莫名親近。

莫以翔認為要替我建立一些良好關係，自作主張將我推出去。儘管最後累得滿頭大汗的是他，他仍然在事後舉著可樂，揚著笑容站在我身邊。

思緒飄遠，楞神之際我已經接過學姊一紙袋的紙本筆記與歷屆考題。

「呃……」侷促地搔搔臉頰。

「妳就收下吧，反正我留著也沒什麼用處。」

「之後考研或是複習……」

她擺擺手，帶著剛剛好滿的自信灑脫，「都裝在腦子裡了。」

我看見她的手指比出「七」，放在下巴，展現俏皮的帥氣，我忍不住跟著微笑，謝謝她的好意。

但是，或許我更該感謝莫以翔的先見之明。感謝莫以翔一直以來對我的關心在意。

轉了門把，寢室沒有隨時上鎖的習慣，只要有人在都不會鎖上，某方面看來不用害怕沒有攜帶鑰匙。我剛探頭，視線掠過整個房間，上鋪的余芷澄頂著面膜臉打了招呼，喳喳呼呼地說著今天太陽多烈，她肯定曬黑了兩圈，必須趕緊補救。

書桌旁的童童拿下耳機補述，「她已經抱怨一個小時了，邊敷面膜還停不下來，長了皺紋就別哭。」

「莉宣還沒回來嗎？」我瞧了左邊的空位。

明明是同系的，再多瑣事也不至於延宕那麼久。

童童頓時住嘴不搭理余芷澄，回首面對我。「好像是很積極想進系學會，所以被學長姊們找去了。」

我理解地點頭，莉宣是很典型的領導型獅子星座，又是一頭熱血的幹勁，不難想像會參加刻苦的系學會。

收拾起一些桌面的資料，聽見童童好奇的聲音揚起。

「靜溪，妳為什麼蹺了開學典禮？」一條訊息就請她代簽簽到表。

「難道是幽會情郎了？」

我不是將訊息發到寢室群組，不同學院的余芷澄自然沒得到消息，此刻面膜也擋不住她的八卦少女心，語調雀躍。

大學女生間就是聊著戀愛話題嗎？

比起高中生原來還是沒有一點長進。我眨眨眼睛，手下一頓。

片刻的恍神後繼續手邊的忙碌。瞥了兩雙閃亮眼神裡的期盼，我毫無愧疚地淋了一盆冷水，替她們降降暑氣。

「我看醫學院樓下的校狗可愛，跟牠玩。」

兩人靜默許久，靜謐得可以產生聽見烏鴉群飛的錯覺。

余芷澄重新仰躺回床上，摔得冒金星，發出嘶嘶的抽氣聲，刺眼的日光燈細細勾勒她的失望，還有熄滅的少女火花。

「啊，怎麼有妳這種女人？妳心裡寄居的根本是個男人心。」

「當然，靜溪跟妳可不一樣，是有志向、有英雄豪情的。」童童說。

抿了唇，沒反駁她的話，說得是浮誇了，可是，在突然陷落的話題中做了嵌合。

有時候我對余芷澄的天真幼稚感到無奈，很多時候也受不了她什麼事情話語都要介入的好奇心，像是深怕其他人會丟下她或排擠她。

我能理解因為她是唯一與我們不同科系的，許多話題已經被排除在外，無疑她會希望在戀愛八卦或是吃喝玩樂層面，多上一點說話的餘地。

這無可厚非，只是過度對我的私事伸手就使我不那麼自在。

不用我刻意攤開話說，童童心思細膩有所察覺。

「那晚上要一起去吃飯嗎？別吃學餐，我們去前街晃晃怎麼樣？可以熟悉熟悉未來四年可以吃些什麼。」

手邊摺衣服的動作沒有停歇，童童口吻無奈，「……妳還真是一刻也安靜不下來。」瞄了眼渾身是勁在床上撲騰的人。

她理所當然又引以為傲地說：「不是嘛，大學新生活當然興奮啊，開學典禮完終於有點真實感啊，拿到錄取通知單時到前幾天都還是渾渾噩噩，驚呆了啊。」

有同感，明白那種拿了頭獎的心情，畢竟是多少人夢寐以求的學校，我當時也是要莫以翔給我幾巴掌，確認不是作夢。

「這麼說是沒錯。」

「及時行樂啊各位少女，十八歲的青春！」

「呃，我是九月天秤，已經十九歲了。」

余芷澄少見地被噎住，頓了下，「咳咳，那就是……大姊啊，大學青春！」

她的無厘頭我們向來沒轍。

「不過你們系上都沒有什麼事要準備嗎？沒有開上課用的書單？」童童驚奇著她的悠閒，她是先要了直屬學姊的二手書才能那麼無事一身輕。

余芷澄從床上滾起來，扯了面膜，滿不在乎，說：「班代就會處理好這些事，哪用得著我們？」

「你們不是用原文書嗎？」歷屆的微積分和會計都是原文的，原文書總是比中文版貴上兩倍。

「當然是原文啊。」她擺擺手，不想再說這枯燥的事，對著許久不吭聲的我隔空喊了幾次，「要不要一起吃飯啊？」

摘掉耳機，我後知後覺她在叫喚我。

迷茫地從書單裡抬頭，嘴角抿出一個歉意的微笑。「不用了，我不餓。」

眼神掃過網頁，沒有看見需要的書本，俐落點開其他網站。期望在今天解決剩餘的書單問題，先前計算了書籍費用，我得縮衣節食呀。

「欸？現在不餓不代表晚上不餓啊，現在才四點。」她歡快地蹦下床，自幾層的階梯跳下來到我身側。

「我沒有吃晚餐的習慣，妳們以後都不用問我了。」這句話說著輕盈卻有些拒人的意味，平靜的眸子裡透出微光。

也許深沉得讓人心頭和喉嚨都發緊，讓兩人都有些怔忪。

我沒挑明的是，我一點也不想跟她們一起去吃飯。

明明是這麼自私又孤獨的決定，可我總是拒絕不了全部人。老實說，我不缺朋友，甚至不在意我冷臉的人不是少數。我很疑惑，是不是我偶爾的和善相助，他們誤以為我好相處？

我其實挺難搞的，我有自覺。所以能習慣和包容我冷淡和直言的人自然能留下。

明明只有十八歲，卻能說出：這些年我早就習慣一個人。

一個人讀書、一個人吃飯、一個人旅行，生病了莫以翔比父母還在意，挫折了僅有我自己咬緊牙關。

「妳若是真的不去，我們幫妳帶飯回來吧？」思量半晌，童童不放棄，折衷地詢問。

余芷澄點點頭，「是啊，妳要是真不想出去，看妳要吃什麼，我們幫妳包一份回來也可以。大概是我們要離開店時問妳要什麼，這樣好嗎？」

「我減肥時都沒有妳吃那麼少。」因為我沉默著。空間又響起余芷澄的咕噥，沒有喜怒，也沒再追究緣由。

我有點心慌，「真的不用了。」

怕自己的堅強任性會輕易傷害別人。

「可是……」

傷神地壓壓太陽穴，不好太明顯抬手動作，手起手落都遮遮掩掩。心想她們似乎特別纏人，那份誠摯的關心讓我無措。

恰巧手機震動，我瞥了來電顯示，大大呼出一口氣，心裡暗忖來得即時。

「妳們去就好，不用管我，我去接個電話。」勾出一抹歉然的微笑，我隱藏瞬間精神的放鬆，走出房間，虛掩著門。

佇立在門口，毫不費力能聽清她們兩人的對話。

余芷澄扯扯長得難以打理的頭髮皺眉，歪過頭思索，興致高昂地向童童打聽。

「童，妳覺得是誰的電話才需要避開我們到外面去接？」

「靜溪本來就比較注重隱私。」縱使心懷同樣程度的疑惑，童童也沒多評論。

誰沒有點不想分享的祕密，老實說，室友之間未進展到固若金湯的友誼，沒能無話不談，這點迴避應該不值得大驚小怪。

偏偏余芷澄一頭熱，老是不分輕重妄想刨根問柢。

「難道是系上學長？」

「妳不要在這裡瞎猜。」

「欸，童，妳要是知道點什麼，不能藏私啊。」

「沒有，哪有藏私，我是真的不知道，靜溪不會主動聊個人的事。」

「好像也是。妳如果先知道了什麼要告訴我喔，不然感覺我消息更新最慢。唉，不同科系就是這樣討厭。」

童童似乎推了下余芷澄的腦門，玩笑起來，溫聲趕她一邊收拾收拾，約定好晚些時候出門覓食。

輕輕闔上門，走到距離寢室稍微遠點，我駐足樓梯的轉角。盯著手機螢幕的亮光持續，震動聲著實惱人，響了足足有兩分鐘都不停止，一通接著一通。

放任它，等不到彼岸的人放棄，我沒勇氣按下拒接。

「妳手機響很久了。」

突如其來的聲音明顯衝著我，我手一抖，差點摔了手機。牢牢緊握後，側身看見風塵僕僕的莉宣。

壓在肩上的大背包像個厚重的石頭。

「我剛從系學會辦回來，妳擋在樓梯這幹麼？手機還這麼吵。」

收回目光，我冷靜了，「喔，我在掙扎。」

「啊？掙扎幹麼？」她忙碌了大半天，似乎跟不上我的思緒。

「掙扎要不要接電話。」

興許我的表情太悲壯，徹底逗樂了莉宣。

看慣了我的冷靜恬淡，遇見這麼孩子氣的任性模樣，她忍不住失笑。

「笑什麼呀……」

「沒，看妳可愛，我有力氣面對系辦的老妖怪了。」

我兀自楞神。她憐憫地拍拍我的肩。「妳繼續，我先走一步。」

端了蒼白無力的微笑給她，接著，我垂下嘴角拚命戳著螢幕。這人怎麼死不放棄呢？意志力太強大，完全輸給他了。

「好慢。」

在第四次電話震動起來，我光速摁下接通，做好接收某人陰惻惻的警告。

被類似撒嬌的軟軟語氣雷得風中凌亂，我拿下電話確認一次來電顯示，是莫以翔沒錯。重新放回耳邊，蹙了蹙眉，口吻懷疑，「你真是莫以翔？」

「那個囉哩囉唆又婆媽難搞的莫以翔？」

「……」

「那個很愛嗆我的莫以翔？」

「……」

「真不是誰借用莫以翔手機？」

「明靜溪妳皮癢嗎？」這種立刻讓電話那頭的人爆氣的功力，唯有我一個人能辦到。莫以翔平時可是溫和謙恭，人見人愛。他咬咬牙，粗聲說：「如假包換，聽見沒？」

我輕輕笑了起來，聲音溫溫軟軟的，希望他那邊的風也柔軟清涼下來。南部的暑氣稍微退散一些呀，別將他曬乾了。

「妳忙什麼？幹麼不接我電話？」

擋不住他這甜蜜蜜撒嬌的語調，沒忍住惡寒，在他看不見的這頭狠狠抖了抖身體，難道這是什麼小別勝新婚？

我才不要這關係，「你不能好好說話？」

「我哪裡沒好好說話了？明明是妳愛擺架子。」

我腦袋青筋直跳，這油腔滑調的人我不認識。幾天不見，這變化是超越光速了啊。

「我就是不想接你電話怎麼樣？」

電話另一頭的男生明顯一愣，氣急敗壞，「妳是產後憂鬱症啊？這樣忽冷忽熱的，為什麼不想接我電話？我也不是很常打啊。」

我這脾氣讓他無所適從。

我有體會，但誰說不是一個願打一個願挨。

我握緊了手機，隱忍地壓低語氣，正要說話，隱約聽到電話那頭的小聲笑鬧，我覺得牙根痛。

有非常非常不好的預感。

「你旁邊有人？」

「耶？妳真神，這樣也能知道，我們果然心有靈犀。怎麼？我在宿舍啊。」他歡快的話音剛落，依稀有調侃的曖昧話語跟著。

什麼「莫以翔你老婆查勤喔」、什麼「你連孩子都有了」，還有「孩子幾歲了？孩子他媽長得美嗎」。

我差點血濺三尺橫屍，淡漠無瀾的眼眸裡掀起十足羞惱，想著絕對是他冒出那句「產後憂鬱症」惹的禍，禍從口出這話我是深有感悟了。

深深吸了一口氣，要微笑勇敢面對這世界。

「莫以翔你用不用解釋一下？」這幾近亂倫的關係，我當他是我哥啊。

「啊？解釋什麼？」他忽然犯傻。

我氣結。「你宿舍裡到底有多少人？他們說什麼我都聽得見。」

「啊……」他貌似恍然大悟的長音讓我目光一緊，心累到不行。「喂，她嫌你們吵，你們該幹什麼就幹什麼去，不要窩在這裡。」

是要他解釋！是解釋呀！

光是趕他們走才此地無銀三百兩好嗎！

這人絕對是傻了。

接著，不意外又聽見什麼「好啊，有女人沒有朋友」、什麼「上邪！我欲與君相知」，還有「走了，別打擾小倆口」。

我直想一頭撞在牆壁，他心臟可真強大。

又聽莫以翔語中帶笑，我沒認真聽說了什麼，怕忍不住想揍他，一股氣沒上來，狠狠切斷通話。

再次深深呼吸、吐氣，重複五次循環，洩恨似地戳著手機螢幕，失手在又亮起的畫面上滑過接聽。

WTF！我不想接他電話呀！

「妳幹麼掛我電話？」他的委屈摻雜太多愉快，抑揚頓挫特別鮮明。

閉著嘴不說話，我打算跟他耗上，就是賭氣。他自個兒唱獨角戲，浪費的也不是我的錢，反正我是心安理得。

「生氣了？」

能不生氣嗎？就算沒見到他朋友揶揄的表情，聽那聲音我就覺得臉都丟光了。

「哎，別氣啊，生氣老得快，小心從小我十天變成大我十個月。」

我覺得跟他瞎扯就是錯誤的開始，我就是蠢，幹麼在這浪費時間。

「沒什麼重要事要說，我掛電話了呀？」

他沉穩的嗓音在空氣裡震盪，有點笑有點寵溺，我聽著有些恍惚的熟悉。不得不說，有莫以翔的日子在身後陪伴的日子是挺讓人懷念的。

這種太掉面子的話我才不會說，說了他尾巴都要翹起來。

「嘖，妳就沒什麼話想跟我說的嗎？」

「你想聽什麼就直說吧。」拐彎抹角就是讓人傷神。緩了緩心情和語氣，我慢慢在宿舍走廊晃蕩。

千萬別對這情境執著，真她媽有夠像遠距離的情侶，我空閒的手默默撫額，暈了。

「下星期連假我上去找妳吧？」他直奔重點。

「不要。」沒多想就回絕，多像一把刀插了他胸口。不對，是他的問題呀，要不要這麼分不開？

「喂，妳不是問我想聽什麼嗎？才幾秒鐘時間就不算數了？」

深感這男人太難哄了，劍走偏鋒地在耍無賴，他還真是我的好哥哥。

這個假日沒有什麼計畫，一切正上軌道，我還有許多需要適應的。既然當初決定到陌生城市，寄望人生重新開始，暫且還不想再跟過去有太多羈絆和牽扯。

莫以翔正是我生命中與過去最濃重的牽扯。

「明靜溪妳給我說好，快點、快點。」莫以翔不給我猶豫和任何推卻的藉口，忙不迭地催促我回應，彷彿是個執著求一顆糖果的孩子。

我能想像他的鬱悶，他自費上來找我，我還推三阻四不太樂意，太沒道理、太心狠了。

「好好好你自己來吧，我不要去車站接你，自己想辦法過來。」被吵得耳朵生疼，我妥協。

「說得真勉為其難。」

「不要拉倒呀。」

「明靜溪妳真的是……我短命都是妳害的。」

一連串鬥嘴的開始難有結束，回神瞥見右上角的時間顯示，匆匆道了別掛掉通話，嘆出一口長長的氣。

頹然地順勢坐在樓梯間發呆。

腦袋裡運轉著的都是與莫以翔的曾經。

他適可而止的關心、他無可挑剔的好，原來一切一切在時間空間拉鋸下才開始清晰。

或許是被我竭力忽視的，逐漸更加清晰。

最討厭的就是早八的體育課，真難想像高中時期是怎麼度過的，朝九晚五，想想就發顫，往事果然不堪回首呀。

揉了揉惺忪的睡眼，我懶散地倚靠門邊打盹，耐著性子等還在仔細上著防曬乳的童童，光是粉底液、氣墊粉餅和遮瑕膏就夠她忙半小時，硬是比我早一個小時起床梳洗。

「童，妳行不行呀？」

「好了好了，等我再擦個腮紅。」急促的聲音帶著歉意，伴隨瓶罐相撞的聲響，她忙得沒時間探頭。

被七點鬧鐘吵醒的莉宣軟綿綿趴臥在上舖，一點動靜傳下來，她斜斜歪過腦袋，微翹的短髮蓬鬆蓬鬆，單手扣著床板嘟囔。

「沒辦法，沒有全妝她出不了門。」

「欸，習慣了嘛！要是我們醫學院都不修邊幅就要變成尼姑系了。」

點點頭，莉宣收回掛在床沿外的上半身，一面滑手機一面企圖再攏起睡意。她說過她淺眠得很，容易醒不容易入睡，平常都會戴著耳塞的，入宿時忘記從家裡帶來，還沒空去買，只好將就著過。

看著她眼底的黑眼圈，都忍不住同情起來。我眨眨眼睛，應該沒有我的事，我都是聽到鬧鈴聲一秒跳起身關掉的，響徹雲霄到全寢都醒來的，可是還睡得香甜的余芷澄。

我瞅瞅床上蜷縮的人，無奈的目光與莉宣相視，「可以睡成這樣真不簡單。」

「嗯，天塌了一定都不知道。」

「你們怎麼不說是我動靜小，小心翼翼、躡手躡腳。」

百忙抽空回話卻是一句遭人白眼的廢話，我垂著困倦的腦袋裝死，與此同時，莉宣扯了棉被蒙頭，徒留滿滿的寂靜給她。

扁扁嘴，委屈得替自己辯駁兩句，聽得模糊，我沒力氣多問。終於等到童童收起眼線筆，迅速將杯盤狼藉的桌面收拾好，已經是七點五十五分了。

「下次絕對不等妳，現在都要跑步過去體育館了。」我發出極度微弱的威脅。

「不用不用，我早跟學長打聽過了，我們這個體育老師最愛遲到，晚個十分鐘二十分鐘都不是問題。」她說得很有自信，我是半信半疑。

「萬一轉性了呢？」

「能轉性就不會叫固執老頭了。走了走了，別掙扎了，我知道妳在猶豫要不要睡回籠，都起床了，別懶散。」輕快朝氣的聲音被隔絕在門外，無語地瞅瞅童同學，再瞧瞧被殘忍闔上的宿舍門，簡直生無可戀。

「拖慢時間的才不是我。」

「但是懶散的絕對是妳。」

「什麼！」這是污衊呀。

她瞟了不服氣的我一眼。「我勤奮地早起化妝，妳是寧願貪睡一個小時。」

聞言，我頓時無語了。睡覺哪裡不好了，養精蓄銳才能容光煥發呀。

「沒話說了吧。」她乘勝追擊。

有氣無力地擺擺手，說不過她。

半晌，又將話題繞回去，「確定這個老師會遲到嗎？我們現在的前進速度合理嗎？」

「可以的，不要說用走的、用踱步的，滾的都可以。對學長的情報多一點信心，不會錯的。」

「我是想有信心啊，可是，妳有就夠了。」

「噓……小聲點。」著急地扯扯我的衣角，對上我似笑非笑的眼神氣惱地拍我肩膀，疼得我抽氣。

這少女手勁不是開玩笑的，差點把我拍飛。

「還知道害羞了。」

「妳不要只會笑我，要是妳遇上了，我看妳還能不能冷靜。」

愣神一秒，她緋紅的臉頰晃進眼底，似乎世界都要感染她的粉色泡泡。但是，我腦袋與內心都是冰涼一片，越發理智起來。

入學前的主意都被她打亂。

在她的牽絆中，不再與系上脫節，不再孤身一人去完成許多事，因此也犧牲許多個人時間。誰都沒辦法輕易和這個紛擾的世界隔絕，做到獨善其身很難，因為人類是如此與世界保持連繫的存在。

我始終狠不下心推拒她的善意。

體育課下課，練了整整一小時半的核心肌群，我累得一根手指頭都不想抬，只能夠眼神示意。

想往曬不到太陽的樹蔭底下躲躲。

這個老師確實是遲到一級棒，但是，訓練起我們的體力可是毫不留情，最重要是必須頂著烈日。

「這個變態的鍛鍊，學長有先透露嗎？」

就算有透露也無可奈何，體育是必修課，推掉了未來一樣要補修，抱著與熟人有難同當的心理，我大概不會逃避。

誰愛跟學弟妹一起修課了，只是這課這麼慘絕人寰，我沒做好充分心理準備呀。

「沒說。他說上學期師母生了孩子，老師簡直是慈父。」

「所以這學期照顧孩子照顧到崩潰，已經變成惡魔了。」

「可以這麼說。」

欲哭無淚呀，學生只有被波及的份。

我努努嘴，抬手擋擋陽光，「妳這學長真不靠譜，既然提供了歷史紀錄，不是該分析個未來走向嗎？」

沒讓我做點心理準備真的傷很大。

童童翻一個身，汗水都將妝沖花了，顯得特別憔悴。「妳這是要逼死誰，要求可真多。」她喘口氣，好好坐起身。

扁扁嘴，我才不承認自己得寸進尺。彎著身拉拉筋，使著老人般的慢速與動作，緩緩費力地收著操。

「對，妳幹麼不問問妳的直屬？就算大二的出國也可以問大三學長吧？記得新生夜那天就是他去抽的。」

順著她的思維，記憶翻頁到燈光炫爛五彩的畫面。然而，那個男生的聲息是破空而來，帶著溫暖寥落的氣息，與外界的浮沉喧囂隔絕開來，格外讓人放在心上。

掩飾似地按按手指，發出微弱聲響，我滿不在乎說了話，「我才不要，妳又不是不知道他是學霸。」

「學霸又怎麼了？說不定他就是投機取巧的事做多了，修了一堆涼課才前三名的，不要先高看他。」

「看起來不是這種人。」仔細回想。

「確實。」童童大力點點頭，希望不是再度被美色給迷惑了，又偷偷給他加分，她老愛在關鍵時刻掉鏈子。

「算了，我不需要直屬的關愛。」

「行，妳最愛自立自強，反正有我啊。」瘦軟的手還是努力握成拳頭，敲敲自己的胸脯。她露出笑意。「幸好我們同班。」

微怔，她話語裡蘊含的雀躍落在我左胸口，漫溢成如水的溫柔。

她自然地說出會令人感動的話，我既迷惘又開心。

任由她和我一樣黏答答的身體靠上來。半晌，終於在塌落的節奏裡找回聲音，清了清嗓，「嗯，莉宣一個人才可憐了。」

一個系依然因為人數過多與教學效率拆成兩個班級，莉宣最愛哀嘆很不湊巧被分在另一個班級。即使在哪裡都能混開，她仍舊對此心存遺憾。

功課不一樣，抄作業挺麻煩的。

約莫是一起想起莉宣的抱怨，我和童童相視一笑。夏日的陽光輕灑下來，絲絲縷縷穿過樹葉縫隙，在兩人的臉上都鍍上一層金黃。

學期，是真的徐徐展開了。

白熾的光線照得讀書的人更顯得慵懶。

隸屬醫學院的圖書館無時無刻不人滿為患，要不是已經過農曆七月，許多空擺著占位子的書多引人毛骨悚然。

這種占著茅坑不拉屎的行為，都在靠北校園板上吵瘋了。

揉了揉眉心，攏緊黑色外套，圖書館的冷氣吹得我腦袋隱隱發疼，盯著書頁半晌後收了筆尖，輕緩地收拾桌上的狼藉。

能讀到一個段落就行，晚上出去晃晃看能不能找到打工的工作。

傍晚暖橙的光線漫在清麗冷淡的面容，我彷彿沒有知覺夏日的暑氣。

林蔭大道開始搭起紅白相間帆布拉起的帳篷，長桌與椅子還零星散亂，忙碌著下星期的社團博覽會。

校園每一處都是歡騰成群，倒映了我獨自一人。視線掠過所有快樂鬧意，輕描淡寫的。我依舊面色如常，穿越廊道與廣場直至出了學校。

腳步輕快了轉進一條有路燈打下的巷弄，骨感分明的手指拂過純白的衣衫，輕輕扯了扯嘴角後，進了手作蛋糕坊。

「妳好，蔓越莓麵包剛出爐喔。」

「呃，我想要應徵工讀。」

紮著馬尾的女生店員愣了愣，上下又來回地打量著，我僅僅打了粉底和遮瑕膏掩飾黑眼圈，唇膏、眼線以及耳飾都沒有。

膚色自然無瑕，就是那眼下的青影有些明顯，身板偏小纖瘦，恰好切齊墨眉的劉海帶著稚氣，樣貌應該算得上是乖乖巧巧的。

不著痕跡地撫額，透過晶亮玻璃的反射，自己都覺得像個小孩子，懊惱起為何沒有上了全妝再來面試，失策呀。

只能硬著頭皮上，曉之以理、動之以情。

「欸？雖然我不是店長不能做主，可是我們不收國中生喔。」

我眨了眨眼，很是誠懇的語氣，「我已經滿十八歲了，大學生。」

「是嗎？那我先收下妳的履歷，之後轉交給店長，妳再稍等電話過來面試。」

店員那懷疑的眼神著實令人無力，我開始理所當然懷疑，會不會我後腳剛走，履歷表下一秒就會入了垃圾桶。

我雖然不顯老，也不至於那麼童顏呀，一點眼力都沒有。

就算沒有濃妝豔抹，怎麼樣都不是頂著素顏，肯定是這身高太不給力了。

兜轉了街巷許多店面，沒有合意的工作，我總歸是要以讀書為重心，不能讓兼職佔據過多時間和精力。小火鍋店或是美式餐廳都太繁忙疲憊，回到宿舍難保不會累得倒頭就睡。

「今天先算了，回宿舍吧。」我喃喃。

頹然地垮著肩膀，眼瞼微歛，一個人在街角等著紅綠燈閃爍的背影略顯寂寥，整個人彷彿都融入暗色，沉寂了。

眼神定點在倒數的數字上面，身後揚起既熟悉又陌生的朝氣聲音，沒來得及反應過來，猶疑的目光還在發楞。

誰呢？直到一隻厚實的手掌拍上我的右肩，冷不防的接觸使我身體微顫，側開幾步，黑色的瞳孔微微收縮。

「學長。」不甘願的語氣帶著被驚嚇的嗔怒。

他語帶得意。「阿司的直屬妳好啊。」

這個人陰魂不散呀，童童知道她愛慕的歐陽芮學長這麼常逛大街嗎？

「妳怎麼一個人在這？」

單手插在長褲口袋裡，頎長的身子站姿恣意。我望向他背後有點距離的其他男生們，怪彆扭的。我跟他一點都不熟，也沒有想要走進他的生活圈，可是，他這樣公然走到我面前，分明是將我推進他朋友們的話題裡。

夕陽的暖橙感染不了我的半分涼寒，我是自私的，討厭任何人打亂我的計畫，低調的日子不過是一個卑微的祈求。

「正要回去宿舍。」

「是喔，妳吃飯了沒？要不要跟我們一起？都是熱音社的，妳的……」

「不用了。」慌忙搖首，我打斷他的話。

隨手撩了飛揚的頭髮，是非常引人矚目的亞麻色。客觀說來，他的容貌、他的爽朗、他的親近，都是令人沉醉的。

但是，我不是正常女生呀。

他瞇了瞇眼睛，我任由他打量，努力控制好表情。

「妳是很奇怪的女生。」

忽然接不上話，我斟酌許久，默默吐出兩個字，「謝謝。」雖然我一點都不認為這是稱讚，不過，要給點面子。

我一直不敢仔細觀察停駐轉角的那群男生，說不定有系上的學長。心懷忐忑著，與此同時，歐陽芮學長出奇不意偏過頭揚聲喊了，「阿司你直屬學妹呢，不來打聲招呼嗎？」

心中一驚，壞了，果然……

更努力地低著頭，我收著碎步要遁逃，紛亂的思緒中一定有要將歐陽芮學長打飛的念頭，搔搔臉舒緩尷尬。

「少調戲人，回來。」允修司學長的聲息溫涼合宜，乘著晚風到耳邊，是會讓人恍了神的貼心。

我不知道該說些什麼，不知道該不該問起他們一同出現在這裡的原因。但是，理智認為這不是我需要關心的事情，與我何干。

轉瞬間，歐陽芮學長將話鋒帶往神奇的方向。

「對學妹這樣冷淡好嗎？」

「用不著你擔心，管好你自己，少管閒事。」

「唉唷，愛護成這樣。」

「閉嘴，讓她回去，你過來。」

歐陽芮學長唯恐天下不亂，來回瞧瞧我與允修司學長，抬手摩娑著下巴，笑聲漫溢在昏暗的光影中。

心底湧起一股安心與澀澀，允修司學長總是有能看穿人內心的洞察力。

我扭開頭，低聲道：「我先走了。」

你是聚光燈下耀眼的存在。

我並不想與你並肩，但是，命運似乎將我們綑綁，我不是相信命定論的人，只是一再的理解與觸動，是心口微妙的怦然。

逐漸成為狹小世界裡的曙光，逐漸在清冷的空間留下溫暖的尾巴。

二〇一五年，九月二十日。

為期一週的社團博覽會從此開展，紅磚大道比鄰著許多三角帳篷，人群雜沓，吆喝與嬉鬧都洋溢著快樂。

任由風拂面，我忽然大動作地自一旁戶外木桌起身，俐落收拾零散的藍筆與紅筆，抱著厚重的原文書就埋著頭快步離開。

和煦陽光落在我的面容上，沒有烙下暗影，反而照得整個人溫暖起來。

「明靜溪。」

猛地被拽住了晃蕩的左手腕，我一個哆嗦，用力一甩沒能如願，被迫頓了飛快的步伐，原地回身。

我眨了眨眼，乖巧地點頭。

「學長。」

「嗯，妳還認得我。」他唇角微勾，有點自嘲意味。

我躊躇著，沒接話，我老是聽不出他語氣的高低，讓人很是沒底。

他是允修司，醫學系書卷獎的能手、大眾情人、助教候選，不論哪個身分怎麼樣都能讓人銘記，眾裡尋他是一眼可見。

這樣的人，卻說出疑問難辨的話語，是不自知還是天氣熱腦子燒壞了？

「我傳訊息給妳，妳怎麼不讀？」

我一愣，後知後覺地消化著突如其來的指責，「啊？」

與其說是懶惰成性，可以說是理智使然。訊息一旦點開回覆就是無止境耗費時間，所以儘管網路從未斷過，我也是去蕪存菁地閱讀。可實在累積太多，遺漏真正重要的是常見又難以避免。

男生將近一八〇的修長身板，搭著剪裁合宜的刷白素T和長度恰齊腳踝的深色長褲，看來陽光精神。他站得挺直在我面前，瞅著我不作假的傻樣。

接觸他的冷淡目光數秒，默默領略，接受他的強烈示意，掏出隨手扔進背包的手機，狼狽滑開訊息。

我迅速瀏覽了堆疊許久的龐大訊息，在之中發現可能性高的對話框，我真想不起什麼時候被加進了直屬群組。

「直屬聚？」

「妳不想去？」

「可以不去？」

意識到拒絕得太不留情面時為時已晚，我訕訕地斂起揚起的嘴角。

扛不住他饒有深意的視線，我只好眼觀鼻鼻觀心，三心二意地回想著剛剛原文書上的單字，不著痕跡地咬了下唇。

允修司瞇了瞇眼。或許預期之外的拒絕，不論好壞都讓人措手不及。他約莫是沒見過那麼排斥交際的女生，我不是不修邊幅，沒有安於當系上邊緣人，任何事都做得恰到好處，提起明靜溪這個名字，旁人不至於沒聽過。

但是，我始終保持獨善其身的冷漠。其中，童童自然是道推手與一層維繫。

「那就別去。」

倏地抬頭，撞上他縱容的目光，在夕陽餘暉渲染下顯得浮動，我恍惚覺得是海市蜃樓的殘影，太不真實。

「咦？」

「跟一群男人吃飯也沒意思。」

「直屬聚是學長請客？」光線擦過我無懼的眉眼，在髮梢留下淺淺痕跡，懾人心神。

他失笑，彷彿破雪的梅花，清冷清冷的，在我期待的眼神下輕輕頷首。

免費的呀。頓時，我面露糾結，可僅僅一瞬又抓住理智，輕輕蹙眉，難得可見的真實映在男生的瞳仁裡，他嘴角很是可疑地勾了勾。

我拍拍自己的臉蛋，為何在他眼前的自己常常失態。

「算了，還是別去，聽你的。」富貴不能淫、貧賤不能移呀。

允修司揚了揚兩條濃淡合宜的眉毛，從容轉換不著邊際的話題，瞟了我硬是故作淡定收回的右腳，好氣又好笑。

不能怪我一直想逃，低調呀低調，人生無大志，唯求低調。

「妳都在這裡讀書？」視線穿過我矮小纖瘦的身子，落在我先前坐過的木製長桌椅，明明容身其中，卻又與周遭的喧騰格格不入。

「這個時候會特別想睡，圖書館太安靜了。」

解釋的話語聽來語氣自然，無端染著幾分埋怨，我換了手環抱原文書。他的愛慕者們知道他這麼囉嗦嗎？

他猶豫地瞧了幾眼我絲毫沒有遮掩的動作，終究沒伸手接過。他是那麼自信驕傲的人，此刻流露的侷促有些違和。

「那以後一起讀書。」嗓音依舊清冷疏離，意外低沉得歛下細不可察的不自在，他直視我的眼瞳，似乎有股熱氣過境我的臉龐。

「你不嫌吵？」

「這個時候會特別想睡。」

我狠狠一噎，「你之前怎麼不這樣？」居然拿話堵我，直屬學長這麼黏人不對勁呀。

「誰知道。」

他頰邊抿出一個輕淺的酒渦，盛滿夏日暖陽的味道，還有一點孩子氣直拗的任性。

「圖書館冷氣愛你。」憋出一句奇妙的話。

「我不愛它。」

乍聽之下，這話很引人遐思。

我用力搖搖頭，別跟他認真，只會挖坑給自己跳，眼前這個人智商太高，玩不過他。

那是破罐子破摔的口吻，我咬牙切齒。「隨意，反正兩邊位子這麼多，學長用不著跟我報備。」

「我怕妳把之後的一起讀書當作碰巧，先告訴妳這是預謀。」

我怔愣，來不及消化他太過理直氣壯的解釋，瞪著他的背影才忿忿想起，他這樣和初見時的冷漠很不一致，這麼不連戲，很不敬業。

莉宣從系學會會辦回來，順手替一片漆黑的室內開了燈，抬眼瞧見趴臥在床緣的我，明顯嚇了一大跳。

雙肩大大抖動，我忍不住嗤笑出聲。

「笑什麼笑！還不是被妳的女鬼樣子嚇到了！」

「哪能怪我呀？」

重重放下買回來的教科書，她嘴上還碎唸著，「當然怪妳，給我好好檢討，可惡。」

緩緩伸個懶腰，果然在床上躺一會兒，面對允修司學長的疲憊全散了。

撐著下巴，坐起身，「妳去看過社團博覽了嗎？」

停下張羅洗漱用具的手，莉宣重新坐回椅子上，轉了方向面對我。歪過頭，她思索後誠實答，「看是看了，跟系學會的學長姊。」

「有決定嗎？」察覺她話語的頓點還有後話的跡象。

「唉，學長姊都有各自的社團，當然都在推薦自己的社團，差點吵起來了，我哪敢在當下多說什麼。」

「喔，那就選個沒有學長姊的社團呀。」

「妳覺得我選中藥研究社或押花社會比較好嗎？」

「呃，那就節哀吧。」倒了回去，撒手不管。

靜默數秒，沒想到我給建議放棄那麼快，莉宣跳腳。我摸了摸臉，確認沒有露出太直白的幸災樂禍。

「有也懶得給妳呀。」

沒轍，她嘟囔，「一點同學愛也沒有。」

話音落下之，隱隱傳來達達的奔跑聲漸近，我扭扭脖子，眼神與莉宣對上，心底明白驚天動地的起源。

「唉是我們芷澄……」除了她還真沒別人跑起步這麼像千軍萬馬了。

預期內的聲音破開門，伴隨興奮的力道。她揮著手裡的簡章，音階抬高幾度，後面跟著滿臉無奈的童童。

「各位，噹噹！請看少女我的報名單，有沒有人要跟進的！」

氣氛凝滯一瞬，我眨眨眼，悠悠飄出一句冷淡的事實。

「妳那張紙那麼小，我一個字都看不見。」

「小溪妳下床來看看嘛！」

「不要，我懶，妳直接說呀。」

余芷澄鼓起臉頰，任由童童推著她身子到房間內，轉身闔上門，避免隔壁房敲門抗議。

然而，前方伸去一隻手將紙抽走。

故意清清嗓，莉宣挑眉，「熱音社迎新會？」

熱音社？熱音社！

歐陽芮學長真是無所不在，連室友的生活圈都要攻陷了。最好童童有更新到這則消息。

「是啊是啊，高中時候的社課是填志願在學校電腦選的，我兩年都沒選到，大學一定要實現的……呃，夢想。」

捏了捏肩胛骨。「行，妳慢慢實現夢想，我拒絕捨命陪君子。」童童癱軟在書桌上，汗水浸濕的頭髮軟軟塌著。

「幹麼這樣？」尾音拉得可長。

「沒幹麼，我是音痴，謝謝。」語畢，又趴回去。

於是，在一邊碰壁，她轉而用閃亮亮的眼睛望望我、瞅瞅莉宣。

她抱著莉宣的胳膊，不顧摺到那張紙，我慶幸自己睡的是上鋪。

「別別別，我對自己演奏沒興趣，聽聽歌就好。」

「那就剩下小溪了！妳們一定要來個人陪我去，一個人很可憐的。」

「妳不能找系上的人嗎？」我試圖給予她另一條路。

頭疼，要是沒一個人鬆口答應陪她參加，今晚大家都別睡覺了。

提及自己科系，她來氣了，鼓起腮幫子，用任性的口吻，「她們都只知道追動漫或讀死書，我才不跟他們混。」

少女，人各有志呀，我心累得不想與她爭辯。

仰面盯著天花板，妥協的話語帶著嘆息，我分明去赴死的，余芷澄沒請我喝一個星期的翡翠拿鐵，我就反悔。

「什麼時候？」

她立刻放開莉宣，趴到樓梯來，手比數字，「下星期二晚上七點。」

「我先說好，只是參加迎新看表演，不一定會入社。」

「好好好，有人陪我去就好。」

我勾勾唇角，「一個星期的翡翠拿鐵。」

「成交！」

「加珍珠。」

「也可以，吃肥了不要怪我。」

趕緊摸摸自己的肚子，還有腰身、還有腰身，不怕。

凌晨三點，我從輾轉中醒來。

刷白的天花板在視線裡朦朦朧朧，良久沒有動彈，發出沙沙的聲音，掀開被子摸黑爬下床。中途被余芷澄大動作翻身驚到，扶住隔板的手一鬆，差點沒站穩摔下去，迅速到地面找回平衡。

踮起腳尖，她們每個人還是都睡得香甜。

我躡手躡腳走到衣櫃前面，在底下收納櫃中拿出鼓槌，凝視著，腦袋飛快閃現曾經的青澀執著，摩娑過敲擊留下的痕跡，全是練習的證明。

這樣的未來我很害怕。我不能確定能不能靜靜觀賞熱音社的迎新表演，不能確定不會受到鼓舞，但是，我知道自己應該沒有多餘精力與勇氣投入。

這個城市，沒有莫以翔。

沒有他在背後支持，沒有他在身邊指引，這條路挺令人卻步的。

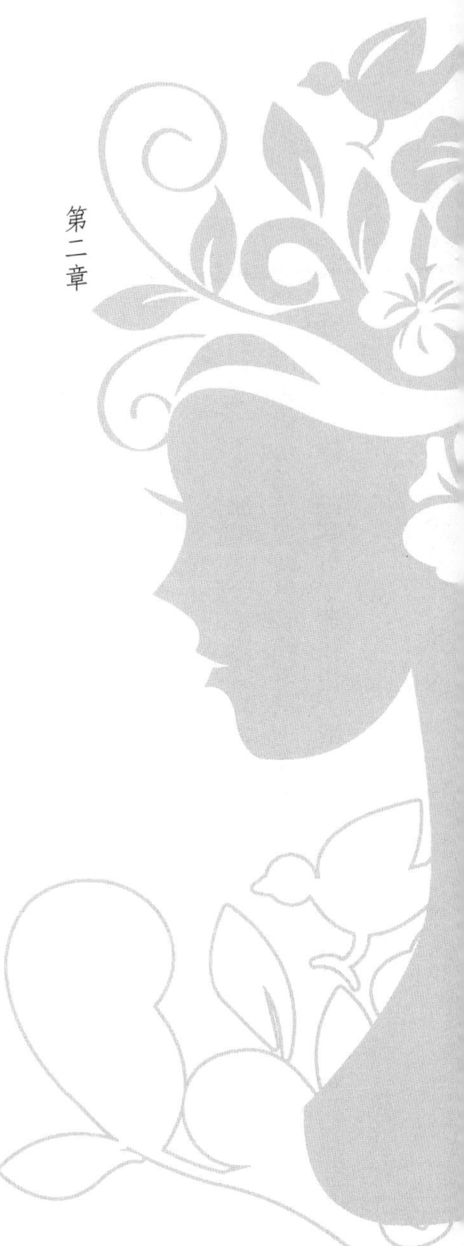

第二章

與莫以翔約定好一天中秋連假要見面。

室友們都收拾好行囊準備返家，即便開學沒有多少天，團圓的佳節總是必須要混在車流裡奔波回去。

「靜溪，妳真的沒有要回家嗎？」

我自書海中移出腦袋，點點頭，「嗯，距離上次回家太近了。」

「可是是中秋節呢，就算家裡不烤肉，國中高中也會有幾場同學會吧？」

「無所謂，烤肉很麻煩，我不想去。」

莉宣將曬在陽台的衣服收到床上疊好，一面抖抖幾件襯衫，笑著接上話，「妳根本是想要四天都廢在宿舍。」

「嗯嗯嗯，很像靜溪會做的事。」余芷澄搶白補槍。

「不要委屈，不然妳說我們哪裡說錯了？妳這四天會出門買飯我都懷疑了。」瞥眼看我櫃子裡的泡麵囤積，莉宣強烈鄙夷。

「才不會，我朋友會上來找我，至少有一天會出門的。」沒有做多餘解釋，老實說，還會有一天為了繼續尋找打工出門。

「聽起來真是辛苦妳了。」語氣調笑，莉宣眼裡的嘲諷是明晃晃的。

輕輕哼了哼，滿不在乎地捏著抱在懷裡的娃娃，朝莉宣撇撇嘴，趕她去收疊好一床的乾淨衣服。

「那我回來時給妳帶一些月餅。」還是童童人好，我托著腮，漫開笑意，揚起略帶孩子氣的聲音，「要芋頭酥，裡面是麻糬的那種，不要蛋黃酥。」

她失笑，「妳可真挑。」

「不要柚子，很體貼妳的。」

「呿，最好是，妳一定是嫌棄剝柚子麻煩。」

「噓，別說。」話落，我縮著腦袋退回床內，下一秒依然接到胖丁娃娃的攻擊。

放假的日子，不論哪棟宿舍都冷清許多。

學校外的大街每到午餐晚餐時間總是人滿為患的場景，終於歇停。

我點開聊天紀錄，確認莫以翔是後天抵達，在日誌上寫寫畫畫，傾靠椅背的身子稍微右轉，掠眼而過是溫暖明亮的天氣。

就決定今天去找打工。

將播放中的英文實境節目按下暫停，該念的英文雜誌念完了，生物學的單字也背了，到街上晃一個下午都行。隨便換了衣服，妝上得越發隨便。

經過一間磚紅的店面，我蹙了眉駐足，被什麼吸引回首，盯著眼前巨大的立地看板。

Pivo 酒吧。徵外場調酒師？零經驗可？女生佳？

我所求衣食無憂，就是有點財迷，盤算了時薪與工時，我眨著明亮的眼睛，感染幾分陽光瀲灩。

歡快地下了小階梯，必須右拉的木製門板意外地沉，使勁出力，也只開了些縫隙。

這門卡得也太緊了吧……

才捨不得放棄這麼好的機會，倚著復古的紅磚牆歇息。

我自認是淡漠成熟的，此刻，莫名顯得青澀嬌氣，還有執著。

聽聞沉穩漸近的腳步聲，我愣愣地回首，視線觸及男生背著光而朦朧的面容，可細見肩上黑布袋收攏的樂器，以及一股刺眼的驕傲。

隨著近到三尺處，我能清楚瞧見他額際的一層薄汗，和他嘴角令人窒息的邪氣。他穿著合身的素面T恤和縮口褲，搭著黑色的飛行外套，刻意壓低的老帽也無法遮掩他眉眼間的飛揚。

男生高傲的視線降下來，見我杵在門口發愣，大概傻氣得讓人想在一頭黑髮上作亂，他脣角微勾。

「讓開啊，站在這裡幹麼。」語氣嫌氣，沒等我讓路絕計不上前。

這人是潔癖呀。我壓下心頭嗤之以鼻的衝動。

默默退到一旁，男生約莫是細膩地在我眼裡捕捉到一閃即逝的嘲諷，忍不住想要橫，少爺脾氣正想發作，卻被手機震動打斷。

「喂？喔，Seven。」他硬是收斂了張揚輕狂。

只能模糊聽見電話彼端喊了男生的名字「Chris」。

他的身上有亂七八糟的自信，眼裡融不進一顆沙的清澈和狂妄。

「哎，好好好你別冷處理啊，我就要到了，就是有個小矮子擋在門口啊。」

我就是矮，你咬我呀。

大大地翻了白眼，對上他似有意瞟來的目光，我僵了僵脣角，默默低下頭裝乖，別懷疑，在這地方我就是俗辣。

「不是啊，你知道的我守身如玉……去你的才不是潔癖。」

這個男生爽朗的笑聲震盪空氣裡的暖意，壁燈的光線都不比他眼底的光亮，勾勒他的稜角分明。

只是那輕佻的語氣實在很欠人唾棄。

終於，他交際結束，切斷了通話，向前唰地一把敞開了門。他側過身子替我擋著門板，看我一溜煙進來的小模樣，面上好氣又好笑。

無暇顧及他饒有深意的打量，室內的燈光並不是明亮的，想在與他隔開的距離衝他翻白眼，想著他規矩毛病真多，不過，他應該瞧不見我的鄙視。

「你不是趕時間？」奇怪地睨他一眼，初見時的光芒四射只剩下神經纖細與幼稚，發現他不離開，我忍不住開口。

「我這是被驅離了？」

「可以這麼說。」我壓低了聲音。

他眨著晶亮的眸子，裡頭暈滿不可置信。此刻才認真關注眼前的我，像是先前的注視都是無關緊要的瞥眼。是與允修司相似的冷淡疏離，可又不同於他的完全拒人三尺之外，眉梢與唇角都自有獨特的孤傲。

可太過刺人眼瞳的霓虹光旋轉打了上來，憑添格格不入的溫煦。

為什麼我自然提起允修司在心裡作比較？

眨眨眼睛，肯定是因為他是男神的模範，要不就是他最近出現頻率太高。

「妳……」亟欲再說些什麼，卻被遠方急迫的喊叫聲打斷。

「Chris 少爺、Chris 大大大少爺，表演你還要不要啊！工作你還要不要啊！老大都要火了你還不過來！」有位大叔抹了抹汗，聲音悲切。「你大少爺的能不能別那麼讓人操心啊。」

這名叫 Chris 男生撓了撓頭正想回身告別，目光在我原先站立的位置兜轉，下一秒露出倉皇的表情。背靠著牆柱，我偏過頭失笑。

他喃喃，「去他的不會是撞鬼了吧。」

他摸摸雙臂，敷衍地對大叔的催促擺手，頎長的身形緩緩跟上，不忘幾度回頭探詢。

不再關注他，我踮著腳尖張望。朝調酒吧台走去，瞟了琳瑯滿目的酒品，差點被閃瞎了眼睛，頭皮一陣發麻。要是硬把這些酒像塞到腦裡，我的醫學專有名詞還有空間嗎？

下意識揉揉腦袋瓜，爭氣點。

擦得晶亮的大理石桌面，隱隱反射出我稚氣的臉龐，眉眼間有幾分不熟悉的不安和侷促。

指甲整齊乾淨的手指輕敲打桌面，很有規律節奏，拉走忙碌沖泡咖啡的馬尾女生的注意，古巴咖啡豆的濃香飄散，她走近的身上也帶著調酒的香氣。

「妳好，店裡是不是在徵吧台的飲調師？」嗓音收斂，眼瞳望進女生趣味的探究裡。

她輕鬆揚了語氣，「是在應徵沒錯，可是，至少要滿十八歲。」

我無語，又來了。

於是，默默低頭，乾脆掏出三摺式短夾裡的學生證亮在面前。

女生目瞪口呆，認真比對證件，詫異。「妳真的大學了？沒有跳級？」又想起什麼似地撫額感嘆，「怎麼又來個Y大的，還是醫學系的。」

「沒有跳級，我是應屆入學。」醫學系怎麼了嗎？

「哪裡人？怎麼會想要打工？才剛開學呢。」

「中部人，剛開學才好找工作。」

她將手裡的玻璃放回架上，「也是。中秋連假妳怎麼沒回家？」笑起來的模樣很感染人的心情。

「不想經常回去，浪費車錢。」

女生毫不掩飾笑出聲，出奇滿意地說：「是喔好哇，那妳今天，等下有事情嗎？沒事就馬上來實習吧，怎麼樣？」

就這樣？

沒有半絲刁難和猶豫或考察？

我眨了眨眼，有點暈呼呼的。

「妳是這家店的老闆？」

「不是啊，怎麼？但是，我可以作主這件事啊，本來就是我提議招聘的，人手當然由我來選。我就是看妳順眼，看著心情好。」女生朝氣爽朗地瞇著眼睛笑。

這種百分百主觀的辦法太考驗人的心臟了，這麼說我是蒙上了。

「所以妳是這家店的……」

「這店是我舅舅開的，我高中讀餐飲系畢業的，所以來幫忙。我現在跟妳一樣是大學生，不過大三了。」她俏皮地手比了三，俐落的馬尾晃了晃。

我硬是擠出幾個字，「……年輕有為。」

「哈哈哈哈哈，這話我愛聽，妳真可愛，妳直接進來吧台內，我跟妳大略介紹一下。」

搔搔臉，我沒答話。

「我就這麼拐了個傻氣的小女生，心情真美，看什麼都順眼。」

「……」

她親切地拉著我的手，一個項目一個項目仔細介紹，極有條理且不含糊，從機器的使用和清洗到普遍幾支酒類的辨識，認真的側臉在昏暗光線中卻是明亮起來。

不自在地抿了唇，到底是沒有決絕地抽開自己的手，她似有所感的回眸，露出愉快知心的笑容。

我迅速移開眼光，定格在酒瓶上。

「今天先講比較常使用到的機器和酒，沒有全部記住也沒關係，慢慢摸就會記得了，就算偶爾失手錯了，客人當下都嗨著呢，保證喝不出來。」前些時候的專業，被突然的玩笑毀滅得一點也不剩。

聽著她輕快微暖的聲息，竟生不起半絲反感，靜靜也勾了勾嘴角。

「好的。」

她俏皮眨眨眼。「那妳把妳記得的複述一次，不是考試，輕鬆來。」

我發現越是光線微弱的地方，光與影的交錯更能照出一個人的心情。當事人忽略的真心話，都可以在驚鴻一瞥中捕捉。

深深吸一口氣，依循她的講解順序，我沒有遺漏細節地重複一遍。

「唔，果然是醫學院的孩子，默背真強。」

我咳了聲，「這聽起來不像稱讚。」

「確實不是啊，用腦袋的事我覺得好難，我是靠動作記憶的。」做了秀肌肉的動作，她先噴笑。

她樂天的無厘頭使我詞窮，幸好，她總有辦法延續話題。

「啊，忘了自我介紹，我叫邵零，英文名字是 Zero，是不是很貼心好記憶的名字啊。」她小小的驕傲很是光榮討喜。

「英文名字？」

「嗯，因為這裡雖然是合法酒吧，可招募的員工大多還是大學生，全部都是在學中，所以啊，要避免有不必要的麻煩，我們都是以英文名字相稱的。」

「我是 Jasmine。」

「咦？我沒記錯的話，Jasmine 是一種花嘛。」

一怔，不明所以，我如實點點頭。

「沒事沒事，測驗一下我自己的英文能力。」

真會被她打敗，思緒無序跳躍，是個很開心的人。

邵零淺褐色的眼眸閃過一絲狡黠，很八卦口吻的壓低聲音，「算妳幸運，我們這裡有駐點的樂手，不定期會表演，是兩個帥哥呢。」

我唇角揚起無奈的笑意。這少女真沒有半個老闆的自覺，對誰都這麼無話不談。

她氣餒地瞅著我清冷的神色，放下捧著臉頰的手，敲敲玻璃桌面。

「妳別不感興趣啊，說起來一個是Y大的、一個是Z大的，妳至少也有可能認得一個吧。」歪著腦袋，補充一句，「那樣的高顏值怎麼說都是萬中選一了。」

「Y大少說也有上千個學生。」

「不是這麼計算的，妳想想，驚為天人的臉就不多了吧。」

被她的搶白堵得啞口無言。

天色在眨眼間暗下來，午後的明媚都換了色彩。

我蹲在架前辨認酒的品類，一面等著邵零確認今日的流程。

「今天晚上剛好他們有演出，所以會比較忙，我先跟妳說明一下。」

「好的，有幾組表演？」

她瞇起眼睛笑，收起按式的原子筆，「就是我之前說的那兩個男生。」

「就兩個人？」

「別小看他們，這是個靠臉吃飯的世代。」

「那他們表演什麼？跳舞？自彈自唱？」不要說是魔術就行。

她彈了我的額頭，「妳是讀書讀傻了？當然是樂團表演。」咬著薯條，有些口齒不清。

「樂團怎麼會只有兩個人？樂器根本不夠呀。」

「嗯，一個吉他手一個貝斯手，所以他們在徵鼓手。」

不管我的婉拒，邵零執意塞了食物到我嘴裡。我鼓著臉，「他們沒有參加學校社團嗎？幹麼不從社團的成員選搭檔？」

「這個問題我問過。」一往高腳椅上一屁股坐下，她蹺起腳，壓低分貝說：「想想嘛，社團內多少人是著迷於他們的臉蛋進去的，有多少人是認真想學音樂的，Chris 提起熱音社整個翻臉。」

眸光怔然，咀嚼的舉動一頓，我生硬地轉回頭。邵零一臉莫名其妙。

Chris？是剛剛門口遇到的人？是那個有壞潔癖的 Chris？

我扶著額頭，世界小得可憎。

裝傻誰不會，我是真的不認識他，「沒有成形的樂團也能吸引那麼多人來看，這世界果然很殘忍。」我嘟囔，完全論顏值高低。

「用不著都這樣想，貝斯本來就是節拍樂器，雖然沒有鼓聲總是少那麼一點魄力和氣勢，但是，如果歌曲好好選，也不會太奇怪。」

「他們兩個唱歌好聽嗎？」

承著邵零神祕的笑意，我眨眨眼。

她拍拍手上的鹽巴碎屑，跳下椅子站好身子，握住我的肩膀，笑意淺淺的眼裡承載我驚訝的神情。

「祕密，晚點自己見證。」一閃即逝的狡黠灼然明亮。她仔細叮嚀，「五點到六點入場不用費用，六點之後，女生收兩百元、男生收一百元。」

「怎麼有點像夜店。」

「哈哈哈有點相反過來了，夜店是女生入場比較便宜。然後，只要是有駐點表演的，進場都會發一個手環，手環可以兌換一杯飲料，掃QR就好。」

抬手看了錶，還有一個小時時間。

「好，那我先去把手環準備著嗎？」

我轉身要離開，邵零一把抓住我。

我啊了一聲，停住了所有行動，看見她上下左右打量起我，不時搖頭。

「怎麼了嗎？」

「哎，妳這衣服和妝都不行，太素了，所以我不是故意認錯妳年紀的。雖然認得年輕是沒關係，嗯？沒關係吧？」

「沒關係。」

十八年來被錯認的次數還少嗎？

垂下腦袋盯著自己的穿著。粉白條紋的寬袖T恤紮進白色短褲，踩著黑色的八公分高跟鞋，這樣挺正常的呀……

她似乎看穿我的想法，蹙眉，一口否決。「就是太正常了，唔、穿著勉強可以……很勉強！但是這個妝……過來我幫妳。」

「呃，手下留情！」

「別緊張、別緊張，就是多上點腮紅、唇蜜、眼線，頭髮也稍微幫妳整理一下，綁成包包頭，如何？」

捏了捏臉，拽過自己的頭髮瞧瞧，我眨著眼面對邵零。

有點任人宰割的意味。

「我拿件衣服讓妳先換著穿，介意嗎？」

「是不介意，可是，需要這麼麻煩嗎？」

「當然！妳不要壞了我們的門面，不要糟蹋妳的美貌。」

「……」

「一字領妳可以駕馭的，走走走，我拿給妳。」

「我真的無言以對了。」

她嘻嘻笑，竄到我身邊。「那就別說話，我幫妳打點就行，包在我身上。」她纖瘦的身板，拍著胸脯保證的姿態莫名喜感可愛。

忍不住放鬆了，跟著她微笑。

她捏捏我的臉，俏皮地眨個眼。「是嘛，笑一笑啊，好看多了。」

「少來。」我擋開她的手，不過，沒有收起笑容。

「沒開玩笑的，有沒有感覺世界都被妳笑亮了。」

被她的浮誇逗樂，抬手戳了她腦門。

我手指天花板的水晶吊燈。「那是有同事剛好開燈了。」

她傻傻望過去，呆呆啊了一聲，頓點許久才吐出一句話。

「真是、扯我後腿啊？我有說這個時候開燈嗎！」

我沒控制好表情，嘴角殘留著笑痕。

很快地人潮洶湧起來，二樓的小看台都擠滿了人。舞池歡騰一片，所有人都老道熟練，斟酒一面喝一面討論表演的主角們，女生們臉上不外乎洋溢著興奮。

嵌合在腕上的手環隱隱閃著螢光，女生的是粉光，男生的是藍光。音響換過一曲又一曲，全是 remix 過的電音，掀起一波波嗨勁。跟節奏扭腰擺臀，髮絲半掩紅暈的面容交錯。我略尷尬，這不是和夜店挺像的嗎？

邵零在前檯招呼幾個常客，銀鈴般的笑聲是乾淨純粹的，我注意著時間，同時替客人遞上調酒。

專屬於ＤＪ的半小時足夠炒熱整個場子。

七點半準點，我敏感地視線掠過人群，落在後台音控。

時間分毫不差，周遭以及吧台的白熾燈光迅速暗了下來，像是在製造完美的演唱現場。所有議論和歡笑的聲音很有默契地停止，全場不尋常地安靜著，卻能感受氣氛裡充滿期待和亢奮。彷彿有什麼強烈拍打著心門，讓人心跳失速，只能跟著目光鎖定仍然空蕩的舞台，屏息靜待。

接著，是能聽見沉穩的腳步聲，光芒萬丈地響著。

聚光燈下的舞台，兩個深色的修長身影背光而立，看不清臉蛋，但那輪廓怎麼辨識怎麼熟悉。

我瞇了瞇眼睛，怎麼可能？學校幾千個學生，我才不會恰好認識他。

不要小看自己邊緣人的能力，我低飲一口酒。

但是，自麥克風傾洩出的聲息，溫溫潤潤，清冽合宜，轉音處讓溫暖的嗓音嚴實包覆，不模糊。

握著杯身的手指微顫，我禁不住好奇與疑惑，種種思緒破土而出，攀附著心房，支撐我投注所有注意力。

我試著利用微弱的燈光像認出那是誰，依舊徒勞無功。

當一個音符霸道地衝破全場詭異的寂靜，低沉有磁性的嗓音毫無預警響起，清冷卻保有獨特的點點暖意，和著音樂的彈奏。

淡漠的眸光一顫，倏然起身放下手中把玩的酒杯，我不可置信地凝神傾聽，像是用盡力氣也要抓住這一絲感覺。

不是擁有什麼絕對音感，而是對於一個人的聲音我總能絲毫不差地分辨。

沉浸樂聲的邵零扯回思緒，籠著霧氣的眼神溢上詫異和迷茫，不明白我突如其來的情緒波動。

「怎麼了嗎？」

我搖搖頭，眼光不變。

邵零不死心，我的反應太奇怪。她靠過來，「有什麼問題？啊，還是妳真的認識他們？Seven！Seven 跟妳同間大學的。」

忽然失了聲音，啞著嗓音一味搖頭，連我都無法形容心口翻騰起的複雜情緒是為了什麼，我半點解釋的能力也沒有。

視線穿越擁擠人潮死死盯著右邊的男生，我彷彿能聽見自己的心跳聲。

是他嗎？

微弱的柔光被霓虹燈打亂，難以看清他的面容，可僅憑這溫潤且低低流淌的歌聲，我可以確定吉他手是什麼人。

那股與生俱來的冷傲好似刻進了骨子裡，與他的氣息全然無法分割。世上獨有。

是他嗎？

是你吧。

討厭了嗎。

怎麼說都是直屬學妹比較重要。

因為這異常溫暖的話，我記憶了他的聲息。

像地中海吹來的暖風，過境我冰涼荒蕪的世界，讓我無法忘懷。

允修司。

「咦。Jasmine 妳去哪？」

身子一頓，傳去低低的聲音，「廁所。」

「表演到一半呢，很可惜啊。」

「一會兒就回來。」

我站在化妝室的大鏡子前，凝望熟悉到陌生的臉孔，精緻的妝容，一點也不像自己，如果路上與莫以翔錯身他肯定不會認出來。

深邃的眼線，栗色染眉膏描繪彎度合宜的眉毛，胭紅替蒼白的臉蛋添上緋紅，正紅的唇蜜勾勒姣好的唇形，我不自在地抿抿唇。

接上褐色的大波浪頭髮，安穩柔順垂到胸口以下，給短短的齊劉海減少一點稚氣。鏡子裡的自己，半露雙肩，光線刻畫著鎖骨線條，冰涼的手指輕輕拂過。

最終，握緊拳頭，扶著洗手台。

「我能說服自己不感動嗎……」

不行，難以逼迫自己不去靠近。

曾經當作生活的最大支持，曾經因為莫以翔不在身邊嘗試遺忘，但是，那樣的悸動與熱血沸騰恍若刻進了骨子裡，自指尖傾洩出的音樂，回響在熱騰的空間，震盪在腦中，將一切繁雜的捻熄。

我擔心的情況更早一步來到眼前，原本不用急著考慮與衡量社團，加入熱音社與否、再次執起鼓棒與否，此刻成為當前的問題。

過去在腦子裡喧鬧著，三類組、醫學系……那些明明都不是我想要的，墜入父母期盼殷切的眼光，甚至是近乎逼迫的，每次咬牙苦撐，不過是不想看見他們失望。

除此，他們對我別無所求，最讓人難堪的是，這樣的期望與關心，說到底都是膨脹他們的虛榮心。

眼下的青影，抱病縮在圖書館苦讀，貼著退熱貼、打著傘到補習班輔導，一切的一切，看來辛苦，說來辛酸，作為血緣最親近的家人，他們對我是不聞不問。

如今到一個可以重新開始的遠方，這一次，我想做最真實的自己。

不壓抑、不扭捏、不討好、不委曲求全。

乖巧沉默的面具我再也不想戴了，骨子裡的叛逆任性與信心自由，沉潛在昏暗的十幾年時光裡，變得一點也不像自己，是明靜溪又不是明靜溪。

沒有失去記憶，可是判若兩人，自己都噁心這樣不真誠的自己。

從今以後，至少在這個地方、在這些人身邊，讓我當回原本的自己，用 Jasmine 這個名字。

哪怕可能面對不被諒解的後果，我都想留下一次不讓自己後悔的抉擇。

這樣的率性，是可以被允許一回的，是吧。

照著我的心意走，用不同以往的身分與真實，去過一次截然不同的生命。

從後背包拿出自己的鼓槌，那是出門前鬼使神差放進去的。

深深吸一口長氣，吐出深沉的鬱結與緊張，現在倒是慶幸自己前些時候著魔似的舉動。盯著陪伴三年的鼓棒，靠近左胸口，加速的跳動一瞬間都平息不少，這份安心的力量，給我勇氣，同樣給我夢想。

「明靜溪，妳確定了嗎？」

不斷不斷地過問自己這個決定該會有多大的影響。

舞台上站著的男生，毫無疑問是允修司學長。

他是那樣耀眼驕傲的人，同時，他是那樣細膩睿智的人，他鮮明的性個在任何人心底肯定都留著不能輕易消除的印象。

尤其是他的聲息。不是全然清冷，與他的氣息帶點違和的溫煦。不光是害怕自己無法與他並肩，我更加害怕讓他認出這樣的明靜溪。

再如何喜歡爵士鼓，我都不願意它破壞現在學校生活的平靜。

「別怕，要給邵零化的妝多一點信心。」

世界上確實沒有醜女人，只有懶女人，我之前懶得沒藥醫。

我用力點點頭，拳頭壓著胸口，「可以的，這頭髮長度就不一樣了。」

別往自己臉上貼金了，說不定允修司學長對我的面容沒有太多印象，無非是浪費時間在庸人自擾。

反覆深呼吸，緩慢踱步到後台，經過休息室，明亮的白光照在臉上，不可言喻的澎湃與緊張一覽無遺，面色很複雜。

「我不是明靜溪。」

我不是明靜溪……

我不是明靜溪、我不是明靜溪……

一次次催眠自己，一次次邁開步伐靠近舞台，逐漸拉短與聚光燈的距離。

「我是 Jasmine。」仰頭乾下一杯調酒。

我閉了下眼睛，「所以，我可以的。」睜眼，眼前晃盪不已的畫面瞬間都穩定了。

線條分明的右手抓上紅色簾幕，用力再用力，指節泛了白，不能回頭了。

就試一次呀。

扯開一個縫隙，可以容納一個我，穿越過去走向後邊的座位。

眼前是一整套爵士鼓，令人鼻酸。我揉揉鼻子，斂下眼瞼，好好坐正姿勢，雙手持鼓棒放在適切的位置，右腳已經穩當在踏板上。

冷靜下來，因為樂聲遊走在間奏，台下的躁動都一清二楚。

「後面是不是有人啊？」

「說什麼啊？見鬼啊後面！」

「是鼓手嗎？什麼時候有了鼓手？好像是個女生！」

「女生鼓手？不行啊、怎麼可以是女生，這樣他們……」

「真的假的啊！別是來扯後腿的啊。」

「看起來是很有架式……」

然而，突如其來衝破平和樂聲的鼓槌相擊，我數著拍子在副歌加入曲子。

每個頓點打擊都落在恰到好處的節拍上，現場的嘈雜驀地噤了聲，所有人重新沉醉到音樂之中，輕輕搖擺手臂和身體。

我不敢放任自己太過沉浸在音樂，偷偷抬眼覷了前方的兩道身影，正好被抓包，兩個人都側過身子看過來，輪廓模糊，像是要化進刺眼光線裡。

眼神裡的情緒太深邃難測，是沒有光陰影，我看不清楚、看不明白。

只是，那勾起的唇角……絕對不是錯覺。

一顆忐忑跳動的心終於徹底穩穩落下。我更加準確抓住節奏，這首歌我練過上百次，風靡高三學生時期的歌曲，任何人都能哼上幾句。

一曲既終，酣暢淋漓。

垮下肩膀，疲軟的手依舊緊緊捏著鼓棒，靠著小鼓邊緣，氣喘吁吁，踩著大鼓踏板的腳有些脫力。

舞台下鼓譟起吆喝與讚美，浪潮似地翻上來，我有些驚愕。

臉頰滾燙，先前幾杯下肚的調酒像是此時起了作用，身子飄飄然了，那份燥熱有點醺然，其實最多的是成就感。

討厭，這種鼻酸得要掉淚的後遺症真不好。

顧不上享受掌聲、顧不上調適好心情，眼角餘光瞟見兩個男生手都繞過了背帶，放下各自的樂器。心底發慌，嚇得猛然起身，撞到 Hi-Hat 疼得齜牙咧嘴，跳著腳逃下舞台。

回過神來……自己到底做了什麼？這是要將世界天翻地覆呀。

拍拍額頭，後方的腳步聲與細小交談都加深惶恐，我攥緊鼓棒。

是認出我了嗎？或者，不過是不能再普通的欣賞或好奇心？

當我在微光中僅憑著那聲息認出他，他是不是也抓住了那點熟悉？是不是也認出我？是不是試著排除一切萬難，越過人山人海，找到我？

咬緊下唇，我躲進吧台裡，趕緊蹲下。起伏的胸口是止不住的焦急。

這倉皇逃跑的姿態莫名與灰姑娘相像，汗顏了。

「Seven，你知道她是誰嗎？」

我盡力屏住呼吸，側耳傾聽。

略帶幾分稚氣的男生跟著允修司跳下舞台，漠視人群雜沓以及所有喧嘩尖叫，試圖在黑暗中尋找那道乍現的光芒。

霸道帥氣的鼓聲吸引所有人的目光，可又任性地消失走掉。

「不知道。」

「逼我理智線斷裂啊，你跟我說你不知道、你不知道！」

原來是在門口遇見的那個男生。

Chris 厭煩地環視周遭，置身茫茫人海，兩條好看的眉毛打起了架，他環臂抱著自己，唉唷喂，他的潔癖。

「咦？欸，你去哪？」

「找她。」

冷靜的語調卻發出最不理智的話。

我看不見他的表情，但是，很想看見。

我還沒好好平復心情與呼吸。

「剛剛打鼓的是妳？」

男生的清冷沉穩的聲息自頭上壓了下來。我頭皮略為發麻。

抬手抓抓頭髮，幾綹髮絲垂落，我趕緊收手，想起今天晚上邵零幫我紮了俐落的包包頭，差點被我毀了。

做足了心理準備，深呼吸，拖延著時間緩緩回過頭，觸上兩道頎長的身影，背著光在眼前，即使看不清神情的細微末節，依舊能感受到非比尋常的氣勢籠罩下來。

悄悄捏緊拳頭，指甲修剪得整齊，嵌進掌心仍有咬嚙似的刺痛。終於升起多一點點勇氣面對。

我站起身，「對。」只敢偷偷瞥一眼，沒有讀好他們的喜怒，偏開視線，故作鎮定盯著三人的腳尖。

「小矮子真的是妳啊？」

你才矮子、你全家都矮子。

「不早說妳是鼓手，幫妳開門算什麼，叫老闆換一扇好推點的門都可以。」

我無語，他是喝酒醉了是嗎。

男生湊近一點，「妳低著頭幹麼？地上找什麼嗎？」語帶深濃的揶揄。

找理智呀我，衝動是魔鬼、衝動是魔鬼。可是，現在還能回頭是岸嗎？內心狂風暴雨呀。

「說句話啊，我一個人說話挺像自言自語的。」有些洩氣，他嘟囔，手肘撞撞身邊的男生，氣音說話，「老闆這次難道是應徵來不會說話的？」

你才不會說話，不會用愛與關懷好好說話。

允修司學長似乎習以為常他的欠扁，眸光未動。

「她剛剛說對了。」

「那就是排擠我了？」

「嗯，很有眼光，你太吵了。」

他磨磨牙，舉了手想捶允修司學長一拳，忍了忍，擠出言不由衷微笑，分明摻雜惡意。原來真沒有敢跟學長對著幹。

侷促地吞了口水，稍微滑動步伐，最好的打算是趁著他們內訌，我可以若無其事地撤退。嗯，最好的打算。

顯然事與願違了，手臂被突如其來的溫暖大力箝制。我陡然驚了，在空調刻意降下好幾度的狂歡室內，兩人肌膚相觸的點格外鮮明，暖得發燙。我起了一陣顫慄，輕輕縮了縮。

逐漸在衝擊中抓回精神，亟欲甩開可是沒能成功。

另一隻空閒的手撥了撥凌亂的碎髮，長長深深地吸氣吐氣，使勁抽回被拽得生疼的手，眼露不快地撇撇嘴。

橫了他一眼立刻發現自己太放肆了。要淡定、要淡定。

他不認識我。

「好痛。」這是控訴，大大大的控訴。

但是，與此同時，清冷低沉的嗓音揚起，「明靜溪？」

完全讓人想附上黑人問號的圖示，他到底從哪個角度看出是我？

奮力隱去黑色眼眸中的心慌，對上他沉穩如夜的瞳色。允修司學長夾帶冰冷的氣息朝我逼近，我咬緊下唇，有點難以呼吸。

那雙眸子深海似的，吊燈的光芒恍若灑落的星光，近身的嘈雜都歇了聲。

他用著近乎要將人看穿的清澈直直勾勾盯著我，那種篤定讓人無法動彈。

你真的認出我了嗎？

「Seven，你認識？」

允修司學長不作聲，目光一味抓著我，不願意錯過我任何情緒轉折。男生不甘被冷落，琢磨起允修司學長說的話。

他骨感的手指摩娑著下巴，「你說明靜溪？是你那個有趣的直屬學妹？」

「別鬧。」

「我哪有鬧了，我這是在釐清真相。」

男生是不是和女生一樣會與朋友說起生活中遇見的人。

我在允修司學長的朋友口中是個有趣的學妹。揉揉眉角，聽來真不是很痛快。

「你認錯了。」眨眨眼，假裝從容不迫。

「真的不是？」

「不是，我叫 Jasmine。」

他好看的眉毛微擰，似乎在腦海中將眼前的我與印象裡的明靜溪重疊，相似點太少，難以得證。

但是硬拽著那點熟悉不放手，我難以形容心口的微恙。

我沒有說謊呀，這是技術性隱藏。

那點微小的良心刺痛姑且可以忽略，他不會在意的。

人類是很奇妙的生物，明明如此與這世界相互聯繫，有思考有情緒，可是，老是不自覺做出口是心非的認定。

而且要一次次催眠自己，深怕受傷。

他墜入不死心的漩渦，「妳的中文本名是什麼？」

「才不要告訴你。」

「我是 Chris，白未凱，行了，禮尚往來，可以告訴我們名字了。」

「Seven 允修司。」

眨巴眨巴眼睛，做賊總是有點底氣弱，我舔了下乾澀的唇角，聲音天真到古怪，「我沒有答應你，意思表示不對等。」

「我的天，法律系的啊？」

「不是，繼續猜。」抿出一個單邊小酒渦。

他當真歪過頭要天馬行空，允修司學長哪有耐心，挑了眉挑釁。

「不說就當是心虛了？」

「誰心虛了！」我不服，挺直身板。

兩個男生聞言，嘴角彎出似笑非笑的弧度，我噎了噎。

很好，我就吃激將法這套。

這點孩子氣的辯白，確實一點都不能讓人信服，懊惱地葺拉著神情，瞥見朝吧檯方向走來的邵零。我突然間一個機靈，必須先擺脫他們了。

不甘願吐出一個名字，「宋蕭。」

拽過沒搞清楚狀況的邵零，往遠點的地方躲去。

「怎麼了、怎麼了？後面有誰嗎？對，剛剛台上的是妳嗎？鼓手！」

她的眼睛裡沒有嘲弄或敵意，清澈透亮，全是崇拜與欣喜。

我的手轉而被她更加用力抓住，零零星星的光點落在笑顏上，那份真誠意外分明。溫軟的手將厚實的溫度傳遞過來。

我覺得自己笑了一下，心中是躊躇膽顫，「是我。」

邵零手下力道收緊，不吭聲，我頭低了。

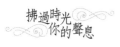

「我知道我不能突然衝上舞台，我錯了，妳……」

「太狂了，妳打鼓能配合他們！」

「呃，啊？」

「Seven 和 Chris 都是驕傲的人，在場的也不乏搖滾樂高手，代表他們的實力真是不容置喙，然後！」她的語調高高揚起，「然後妳居然可以好好跟他們配合完一首曲子，還是沒有排演的前提下。」

「我以為妳會先責備我擅作主張。」

她瞇著眼睛笑，灑脫擺擺手，「這才不是什麼大事，差點埋沒人才。」

振奮的精神讓她靜不下來，輕輕拉著我的手轉圈子，打量的眼神多上許多崇拜成分。我縮縮腦袋，很不好意思。

「我還以為妳是遇到熟人要去打招呼，原來是聽見音樂技癢了。那麼，之後……」

我打斷她往後的設想。「那個，妳說的遇到認識的人，沒有說錯。」頂著她困惑的探尋示意，眼睛一閉，迅速吐露，「那個吉他手，就是Seven，他是我的大三直屬學長。

「所以，不是所以。是我真的很希望能在這裡工作。希望邵零可以幫我一起隱瞞我是他學妹這件事。」

這些都必須如實告訴邵零。只有邵零可以幫我。

借用了好朋友宋蕭的名字，她在另一個城市讀書，不是輕易會有交集的關聯，不用擔心她與學長有沒有共同好友。

輕輕闔上眼睛，允修司學長清冷的眸子總是一片寂靜、磁性的嗓音總是沉穩溫煦，莫名給人瞬間冷靜的力量。

這樣的他，不是明靜溪敢親近的。

如果是明靜溪這個身分，不過是一場系上直屬傳承的過客，不會是千絲萬縷難解的結，畢業的時間長了會慢慢散了。

Jasmine 才是最真實的我，才是我想展現的自己。

我期望他看見與認識這樣的我。

「小矮子只是吧台工讀生？」

舞池和主場回到DJ主宰，四個人關進休息室作深度交談，但是，某人的發言就讓人很不想將話題繼續下去。

你他媽才小矮子。

邵零笑岔了氣，「對，補充一句，是今天開始上班的。」

「什麼跟什麼啊，到底什麼情況！Zero 妳解釋一下，讓一個鼓手屈就，當調酒的工讀生？」

「呵呵，我怎麼覺得你很看不起我這個調酒的工作？」邵零皮笑肉不笑的，左手輕輕按上男生的肩膀，實際未出力。

Chris 猛地一縮，立刻漾開笑臉，眨著眼流露真摯，「高抬貴手、高抬貴手。」嘿嘿地陪笑，待到邵零趾高氣昂收回手，他才放鬆繃緊的神經。

「潔癖的人毛病問題最多了。」她唾棄，對他揮了揮拳，「我很乾淨好嗎，跟貓咪一樣乾淨。」

「呿，妳不如說跟蟑螂一樣乾淨。」

「白未凱你這爛東西——」

「喊我幹麼？幫妳科普一下呀，蟑螂其實很乾淨，不要老是誤會人家。」

邵零陰惻惻扯開笑容，「那下次廚房要是抓到蟑螂，我會記得留給你。」

一口水噴了出來，他趕忙擦拭沾濕的下顎，投以看怪物的眼光，拉著椅子向後退了一大步。

「別玩了。」允修司學長三個字便讓兩個淘氣的人正襟危坐。

他的聲音，一字一句，落在恍若獨立出來的空間很是好聽。我瞥了瞥牆上刻意黏上的海綿隔音板，難怪桌上會放一個對講機。

「沒玩啊。」邵零故意提起名字，「所以你們現在打算讓宋蕭跟你們組團嗎？」

「我沒意見，呃，我認可。」Chris 舉雙手贊成。

像是所有人都承認了宋蕭這個名字安在我身上，我咬緊下唇，只敢偷偷瞄瞄允修司學長。他的眼光暗了下去，放心與失望交雜成難懂的汪洋大海。

「Jasmine，妳有自己的樂團嗎？」

我搖搖頭，「高中在社團練習的時間都是擠出來的，沒有空再組樂團。」樂團的練習不是一般頻繁。

「幸好妳沒有讀書讀傻了，知道不要放棄打鼓。」Chris 對學業嗤之以鼻。

「跟我們組樂團，我是吉他手，Chris 是貝斯手，Zero 是隱藏鍵盤手。」

抿嘴一笑，我稍稍舒展雙腿。瞧見邵零眼底的支持。

「你不怕我是那些腦殘迷妹？」

「Zero 的眼光可以相信，我也相信自己的感覺。」邵零搭了話。

感覺呀……這種莫名的信任。

感動蔓延不下去，Chris 張揚嚷嚷，「行呀，就我眼光不行，Seven 你不能因為我今天遲到就一直針對我。」

「你十次團練有九次會遲到。」

「咳咳、別這麼說啦。」

「你十次團練只有一次不會遲到。」

Chris 是徹底被打擊得無語了。

允修司學長不搭理他的玻璃心，面對我，「我在等妳答覆。」

「試試也不是不行。」

此後，樂團是一道蠻橫牽絆，Jasmine、Seven、Chris。

整個人暈呼呼的，思緒迷幻。

吹了一路的晚風，覺得酒精仍然留在腦中作祟，不然我的的臉頰不會那麼熱燙、腦袋瓜不會運轉那麼遲緩。

走路都感覺是不穩的，這都是錯覺呀。

回到宿舍，洗了澡，簡單擦拭一下頭髮。我拉過一撮到眼前端詳，從前吹頭髮前老是懶得護髮。

從頭皮到髮尾，至少不再是滴著水，隨便將未乾透的頭髮捲進毛巾裡，高高緊緊盤上頭頂，俐落舒爽。

要是在家，少不了捱罵和碎唸，說著不盡快吹乾頭髮會感冒頭疼。

這是我少數能見的關懷了。從來沒告訴別人，我會為了這樣的小關心，拖延著吹頭髮的時間。同齡同學最討厭的叨擾，竟是我眼中最可貴的親情。

自嘲地扯了下嘴角，斂下眼瞼嘆氣。爬上床鋪，將自己拋向棉軟的床墊。

今天到底都發生了什麼呀？

我怎麼就草率又衝動的答應了呢？懊惱地想捶腦門，抓起熊大娃娃朝牆壁一陣亂打，不過打出一些灰塵，對現實一點用處也沒有。

此刻，我已經不明白心底悄悄蔓延開來的喜悅期待是為了什麼，究竟是為了閒置許久的鼓槌多一點，還是那個氣息清冷內心溫暖的男生多一點？我真的不懂。

一點頭緒也沒有。

像是立好要演算一個小時數學試題的決心，但是完全不知道從何開始，是該將所有相關公式定理列舉並抄錄一次，還是先記憶推演步驟，最後，依舊被詳解牽著鼻子走。

而我，現在不正是被感性任意引領嗎？

理智什麼的，全跟酒精一樣被蒸發稀釋了。

「Seven……」

呢喃出聲，時光彷彿被拉回那個霓虹燈刺眼的氛圍。

他的嗓音有能平息胸口躁動煩悶的力量。

褪去直屬學長學妹這層關係，我能更加自然面對他。

允修司，能不能，我們就這麼重新認識彼此呢？

暫時忘卻家人疏離的壓抑、暫時放下初戀背叛的缺憾，回到最乾淨美好的歲月心境，與你好好相識。

會這麼期盼的我，是不是有點超乎想像地在意你了？

這不是一份太好的意識。

可是，我已經捨不得再放手這樣的溫暖，是自年幼來最嚮往的溫度。

九點二十八分。

完了完了，遲到將近半小時，莫以翔肯定不會放過我了。

昨夜躺著思考奇幻的人生發展，不小心歪著頭便睡著，約莫是這幾天奔波學找工讀機會和讀書，精神一鬆懈睡得特別熟，自然醒的生理時鐘都壞了。頭髮沒吹乾、鬧鐘沒設定，一張開眼睛就是隔天早晨。

陽光毫無阻礙隔著玻璃透進來。

我跳起身，唉唷唉唷地摀住腦袋。撞到天花板撞得力道結實，感覺要裂開了，眼前畫面都有些晃蕩。顧不得太多，邁著步伐搖搖晃晃到盥洗室梳洗，奪過莉宣沒收起的吹風機呼啦啦仔細吹起頭髮，歪七扭八的亂翹，我頹然地瞪視。

「這世界果然是困難模式……」

哪能如此一帆風順，這不馬上樂極生悲了？

沾了塑形護髮劑往髮尾塗抹，趕緊捲梳與吹風機雙管齊下，勉強挽救一絲形象，長長呼出一口氣，劉海順風揚了揚。

在空無一人的寢室裡手忙腳亂，撞出多少動靜都無妨。

趕著最快抵達的那班公車匆匆出門，驚險地跳上車、刷了卡，直到公車闔上緩緩駛離，我才回過神，氣喘吁吁。

甩了甩錶，瞇著眼睛偷看時間，不好意思面對自己遲到多久時間。

斟酌片刻，開啟網路，給莫以翔發一條新訊息，寫我搭上公車了。前些時候為了逃避責罵，斗膽告訴他我睡過頭，看見他秒讀嚇得隨手關掉網路，不難想像他咬牙切齒的模樣。可以把一個溫文儒雅的少年逼到這樣，咳咳，我略驕傲。

公車經過約定的文創園區門口，回眸，恰好與陽光下等待的男生相視，我底氣弱，縮了縮脖子，摸著鼻子移開視線。公車在前方一些的亭子好好停下，我腳步輕快的下了車。

抬頭，頓時踉蹌了步伐。「啊！嚇死我了，你幹什麼？」

「表演瞬間移動。」及時伸手扶住我，他臉上掛著玩世不恭的微笑。

「呿，跑得滿頭汗你就開心了？」

「我說啊，這些汗，是在熾熱陽光下等待睡過頭的妳所流的，懂嗎？」

「可以到樹蔭下或超商裡等，你傻還怪我。」

莫以翔被氣笑了。「臭沒良心的。」

默默盯著他的眼睛，從他黝黑漂亮的眼睛仔細看見欣喜與釋然，反駁的話卡在喉嚨，只能努努嘴盡可能展露微弱的歉意。

「要不是妳先說妳是睡過頭，我都想報警妳了。」

「大哥，你瞎緊張呀，大白天的。」

他攤攤手，「沒辦法，妳又不是路痴，不擔心妳迷路，當然會擔心妳的安危。」

微微一愣，我感到自己隨意笑了下，繞開他，比他先走一步，留給他既灑脫有滿不在乎的背影。

撩了被風吹起的頭髮，我說：「婆婆媽媽的，就你最愛擔心。」

我有些羞赧，彆扭地偏開頭，明明莫以翔向來都是捧著這份擔憂，興許是他今天的眼神格外溫柔如水，落在眼底，莫名驚心動魄。

他快步跟了上來，伸長手拉住我的背帶。「我不拿妳的安全開玩笑。」沉穩的嗓音在暖融融的空氣中響盪，有點虛浮。

像抓不著的海市蜃樓。

我露出更加迷惘的表情，眼見如此，他卻笑了出來。

「幹麼呢？」

「沒，推理劇看太多，多擔心一下。」語句略有停頓。

我狐疑，「最好是這樣，該不會又是沒日沒夜的追劇？」

莫以翔靦腆笑了，帶著初來乍的的青澀。我只管白他一眼，肯定答案就肯定答案，裝什麼乖巧可愛。

已經過了早餐時間，我們有共識直接進場看展覽，捱餓到中午，再吃一頓豪華奢侈的。手裡拎他買給我的鮮奶茶，偶爾咬著吸管，一面聽他專業的解說。

陪著莫以翔先看各大院校的都市設計畢業展，我是看不出什麼端倪，晃過許多精緻的模型，一味在心中感嘆設計者的巧手。

「讓妳看他們的理念和構想，模型這東西非本科都會做，只要會計算比例尺都不難。」

聞言，我揚眉，正要回嘴，驀地被他殘忍打斷。

他抽空眨眨眼睛，「啊，忘記妳手笨，失敬失敬。」

眉角抽了抽，這人絕對是有仇必報來著，遲到的事情還記恨著，我理虧，不跟他鬥，只是攘了他手肘，哼著起往前走開。

我自己滾遠點，別讓他抨擊。

他自然跟了上來，腳步不快，不一會兒又回到我身邊。我立刻停住步伐，轉頭惡狠狠警告，「要跟著我就別嘴賤。」

「好，我用愛與關懷。」他半舉著雙手投降。

見好就收，我收回玩笑凌厲的目光。回頭去看因為剛剛賭氣錯過的幾個項目，莫以翔的唇角始終帶著清冽美好的淺笑，注目的眼神盡是寵溺。

我不滿了，這是誰包容誰，我都沒怪他幼稚屁孩了。之後，他陪我到另一區的手繪設計師的展覽，在裡面人擠人拍了幾張照片，選了幾張愛不釋手的明信片，踏出擁擠而窒息的空間，在敞亮寬闊的外頭呼吸新鮮空氣。

「哇終於可以吃飯了。」

「妳是只等著吃飯吧。」

我指指錶的顯示，兩點十二分。「餓了。」摸著扁下去的肚子。

不用假裝委屈就夠委屈了。

莫以翔無奈搖搖頭，推著我慨慨的身子，在背後虛嘆一口氣。平常我都是會跟他計較的，今天的現在我大肚，反正嘆一口氣老十歲，老的是他不是我。

與他無目的地在街上閒晃，明明分別不到一個月，竟然莫名生疏了，怪扭捏的，我撓撓頭，感到自己心態的轉變很奇怪。

走進日式餐廳，雖然沒有事先訂位，過了用餐時間也不用擔心沒有座位，我們入座服務員指定的位置，但是，瞥見桌角的情人限定。

我壓低聲音，「哎，她這是什麼意思？情人限定？我一臉傻眼貓咪看清楚了嗎？」

「有什麼關係，說不定還會送些特別點心。」

「你想多了。」

「反正真的沒關係啊，吃個飯而已。」

難跟他溝通，我點點頭，假意地朝他微笑一下，「也是，你說對了，沒什麼關係，這什麼限定的不是重點，很好，我們點餐吧。」

雙手輕輕合十，當作沒意義又沒營養話題的結束。

點了一份蔥拉麵，小菜與飲料交給他張羅。莫以翔逕自在單子上又畫了餃子與溫泉蛋，拿起皮夾往櫃台走去。

看著他姿態輕鬆地回來。「我的多少錢呀？」手敲敲桌面問他。

「沒道理讓妳付錢。」

「我吃的呀。」

「我是妳哥。」

「……是我哥，又不是我爸。」

他晃了晃明細表，勾了唇角，隱隱有霸道總裁的錯覺。

是的，絕對是錯覺。

「慰勞妳大熱天出門陪我。」

「這理由還可以接受。」

約莫是能預測我的反應，不出所料，莫以翔抿著唇笑了笑，扁著嘴，我投過觀望神經病的目光，他才摸摸鼻子，執起麥茶的杯子擋住嘴邊的愉快。

等著餐點上桌，莫以翔聊起他入學幾天的生活。因為懶得說話，通常是我點著頭，偶爾附和一下他的抱怨或興奮。

「那群損友一天到晚問有沒有要交女朋友，明明一堆人也都還沒有對象。」

「喔，那你是有目標對象的嗎？」

咬著筷子，吞一口蔥花，我漫不經心地問起，沒有絲毫試探的口吻，風輕雲淡。

他忽然面色僵硬了，我感到驚奇。揉揉眼睛，不是看錯。

來了一點興致，這是捉弄他的好機會，「你們系上女生多嗎？」

「男女比例三比二。」

「喔挺平均的，系壘球經是女的吧？」

「一個是系花、一個是系花的朋友。」

略有所感，我敲敲他的空碗，鼓舞地笑笑，「可以衝了，任君挑選的女生，完全天時地利人和。」

語畢，自己沒忍住，越發燦爛笑了起來。

知道莫以翔不是因為人際關係或球隊經理參加系壘的，他從國小的樂樂棒球就打得起勁，成長路上我沒少被他灌輸一些棒球知識，明知如此，對於打趣他，我一向樂此不疲。

他羞惱地推了我的額頭，惡狠狠警告，「少管閒事，不准妳亂湊，好好吃妳的飯。」

「是吃麵……」我嘟囔，立刻得到他的眼刀，努力硬了底氣，「我這不是在擔心哥會孤獨終老嗎？善解人意你還不領情。」

「妳才好好管妳的交友障礙。」

「呿，誰交友障礙了？我現在是有直屬學長呵護的，小心點呀你。」

他不會與允修司有交集，暫時搬出來充當自己的力量。

莫以翔瞇了瞇眼睛，沉了語氣。「直屬學長？」

「對，難道你們沒抽？被放生？」

「妳跟妳直屬學長很好？」

「還、還可以。」如果算上與 Seven 的關係。

他突如其來的嚴肅讓人轉不過腦子，撓撓頭，沒察覺自己有說錯什麼。

「跟男生交往注意一點，大學不比從前安全。」

被近似長輩的勸戒打臉，我不是小孩子了。

翻了白眼，我的聲音冷了，「莫以翔你腦袋想什麼？我是比較不會找話題聊天，不是分不清楚危險安全或該做不該做。」

他嘖聲，依舊賭著氣接口，「我是擔心妳。」

「用不著你這種擔心，他雖然冷淡了點，該關心幫助的都沒有少給，但是不會有多餘的接觸，這樣知道拿捏分寸的人有什麼好能讓人擔心的。」

也許是我第一次如此稱讚與維護一個人，一個男生，莫以翔明顯愣了，張著嘴，不再恣意開口。

見他如此沉默，我不好再硬著脾氣。微微嘆一口無聲的氣。

「莫以翔……哥，我習慣了你的保護，可是不是沒有成長。」

我以為他的靜默會是這個話題的末尾，拾起紙巾擦擦嘴唇，舉止的時間，落入他似嘆息似無奈的話語，輕盈，但是我感到巨大力量壓了下來。

「明靜溪，妳說妳成長了。」

他抬頭直直看進我的眼睛裡，我同時看見他深眸只承載一個我。我忽然心跳如鼓，耳朵嗡嗡作響。

他的一字一句傳過來，我的腦子卻陷入一片空白，不會下指令動作。

「如果妳成長了，不會不知道我喜歡妳。」

莫以翔喜歡……

「喜歡妳，八年了。」

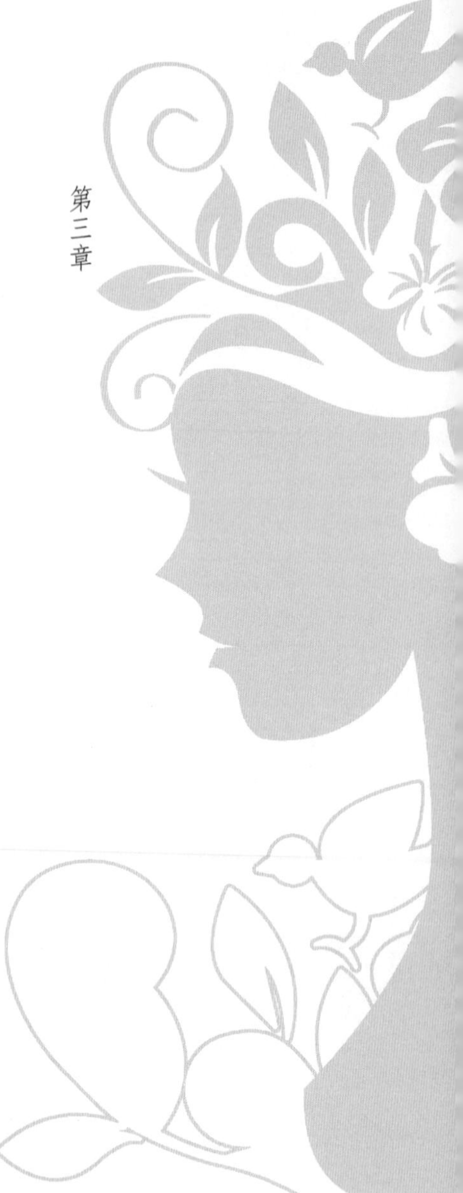

第三章

我從來沒有看過那麼無所適從的莫以翔。

不是懷抱告白後的忐忑或自信，而是帶著世界毀滅的眼神。他偏開頭不再與我對視，我盯著他緊緊握住玻璃杯的手指。

手背都泛起青筋。

坐立難安許久，又或許只經過一分鐘的時間，他丟下一句，「我什麼都沒有說，妳忘了吧。」將手提著紙袋放到桌上，揹起後背包負氣出了餐廳。

我遲疑著追不追。忘了？如果忘記那麼容易，世上不會有千萬種可以悲傷的理由。

他輕易地脫口而出，像是如鯁在喉的真心再也無法忍耐，我不能想像這些年他是珍藏著什麼樣的心情在陪伴我。

當我因為與父母親的緊張關係夜半逃家，坐著公車在城市晃蕩。當我模擬考嚴重失利，抱著書包躲在補習班廁所掉淚。當我因為高三時的曖昧對象傷心，對誰都發著幼稚脾氣。

每個難過不安的時分，他都不曾離去，我忽視了小時候萌芽的心意會成長。

用了捂開一株花的綿長時光，在這個時刻，莫以翔說喜歡我。

掐緊桌下的手，抬頭向遠方望去，玻璃窗外的他卓然而立，深色的背影讓陽光鍍上一層光輝，將孤獨失落的陰影更加放大。

最後，他沒有繼續在這個失控上多說什麼，清淡的淺淺微笑中揚著難以察見的牽強，我裝作看不明白，他已經越過我們之間岌岌可危的界線。

打破的平衡像無人搭理的蹺蹺板，再難回去。

目送莫以翔交出票券，抬腳要步上客運，我向前一步。

終究沒有喊住他，再見與謝謝，甚至是對不起都沒有說出口。我想我們就這樣子了呀……

「莫以翔……」

謝謝你的喜歡，然後，對不起要辜負你的喜歡。

也許因為太過熟悉，勝過青梅竹馬的情意，我從來沒有將他擺在家人朋友以外的定位。很多人都說越是親近的朋友，越是跨不過那條線走在一起。

這樣親近的兩人相愛，需要更多勇氣。

只是，說再多理由搪塞，終究抵不過一句話：不夠喜歡。

我對莫以翔的喜歡止於似家人的朋友。不能再多、不會再多。

拖著蹣跚的腳步回到宿舍，換下一身汗濕的衣服，上床用棉被裹著洗乾淨的身子，輕輕嗅著睡衣上洗衣精的檸檬清香。睡意排山倒海來，今日心理曲折又壓力大。

努努嘴，我縮了腦袋放任那些繁雜的思緒滋長，睡醒再說。

沉沉睡去，一覺醒來，窗外居然換上夜幕，我直起身體，過大的動靜引來書桌前的人投來注目。

「醒了？睡多久？」

「童童妳回來了呀。」

聽我聲音有異，她頓了動作，「怎麼了嗎？有氣無力的，是因為剛睡醒，還是肚子餓了？」

「我又不是余芷澄。」這少女一讓她餓到就要翻臉。

「那妳是……看起來很不好。」

「別管我，讓我長草。」掀過棉被翻了身，悶著頭，良久。

我探出半顆頭，只露出一雙鬱鬱的眼睛，軟軟的聲音飄出來，「童童。」

「怎麼了？」

「開個冷氣行嗎？」

明靜溪，Jasmine。

分明是代表同一個人，卻表現出截然不同的性格。

自嘲地扯了扯嘴角，盯著鏡子裡黑色頭髮的女生穿著寬大的黑色帽T。淡漠涼薄的眼光與散落的陽光冷暖各異，我抿緊了血色未明的唇，認命拿起唇膏上一層明亮的氣色。

視線掠過後背包裡的鼓槌，鎮定的目光不可避免一顫，平和的腦袋忽然思緒亂了，像是陡然斷層的地理位置，猛然陷落。

墜入回憶的重點。

連續許多天空堂的傍晚都積極跑去 Pivo 酒吧，深怕被人揪住這絲異樣，總是必須鐘聲響前一分鐘開始將所有筆記本與藍筆掃進包裡。要是教授延遲下課時間，往後口述的內容要集中十二萬分精神記憶，趕緊在搭車時記錄進手機的備忘錄。

太挑戰認真如我的良心了。我那顆勤奮向學的心呀，我的天。

這些牢騷都被安安穩穩壓回心口，辛苦不辛苦，終歸只有一句話可以收結，值得就好。

時光晃晃，我逐漸習慣 Pivo 內的允修司。

聚光燈下的他、練團室裡的他，沒有校園遇見時的矜持冷肅，相反的，那種一切盡在掌握中的自信耀眼，全會在白未凱面前斷然消散。

他的賴皮與任性，正常人都沒辦法招架，認真就輸了。

Seven 以及 Chris 這兩個名字，居然在段時間內近乎要成為我生活的重心。

醫學專業名詞除外，盤旋小小腦袋中的英文名字，張揚著日常之外的喧鬧青春，任誰都想放肆沉淪一回的熱血。

打住懷想，重新抬頭看像化妝室裡的大面鏡子，靜默，聽著外面走廊不間斷的嬉鬧與腳步聲過路，我深深呼吸一口氣。果斷扭開水龍頭，沾濕了手指，拍拍微涼的臉蛋。

振作點呀。現在還在學校上課時間呢，從來不知道自己可以如此期待一件事。

呼，揉揉嘴角，面無表情回到通識課的教室，若無其事坐到選課確定以來每次落座的位置，有些驚愕，旁邊已經有人。

而且，猛一瞧她的面容莫名眼熟。

我還沒在記憶裡搜索出相對應的名字，女生率先開口搭話，「嗨嗨嗨。」

「呃，早安？」我有些發蠢，用了疑問的語調。

毫無意外地，她愣了一瞬，驀地笑出聲，隨之揚起的話語透出再明顯不過的愉快，「學妹，我是大三的藤詩芸，電機系。」

「好像有點印象。」對名字與面容。

眨了下眼睛，思考起來，深深覺得這漂亮的學姊出現我的生活頻率有點高。蜜桃色的大波浪長髮柔軟的擱在肩膀，回身之際風揚起她凌亂的劉海，帶起一股無與倫比的率性，「我跟阿司是一個社團的，啊，就是妳的直屬允修司。」

原來不光是通識課，還有這層關係，曲折離奇。那麼，迎新當天出現在門口的女生，八九成機率也是她。

那她跟歐陽芮學長又會有什麼牽扯？頭疼呀。

「呃，他是什麼社團？」

「熱音社啊，你們不是一起讀書一個月了嗎？還是你們醫學系就是這樣可怕、讀書時間就真的全程讀書，沒半個字廢話？」

聞言，直想翻白眼，正堵著一口惡氣呢。我才不願意和他一起讀書，這種掀半邊八卦圈的事，我明明是敬謝不敏，人生多的是事與願違的窘境，居然折在他手裡。

「我們比較安靜。」皮笑肉不笑，差點沒被自己委婉的理由噎死。我不樂意跟他聊天。想法閃電似落下，我微怔，心底居然將允修司學長與 Seven 切割得如此分明，說不出什麼大落差，但是私心不願意看成是同一個人來相處。

詩芸學姊狀若理解地點頭，修長的手指摩挲著光潔白皙的下巴，「也是，要和那小子聊天，每分鐘都必須原諒他上百次才聊得下去。真是辛苦妳了。」她頓時面露同情。

「感謝諒解。」

僵了僵輕淺的微笑。正覺得學姊的評語深明大義，下一秒的憐憫卻讓我牽不動嘴角。

肩膀忽然沉了沉，夾帶夏日暑氣，我身體彷彿僵了半邊，倏地抬眸，撞上的是允修司學長的似笑非笑，高深莫測的如海深眸，還有讓人背脊發涼的氣勢。

「哎？阿司您老人家何時出現的？」

我憋著笑，似乎可以聽懂學姊的隱言：您老人家剛剛對話聽到多少？

「要說人壞話記得眼觀四方。」

允修司學長清涼的嗓音聽不出喜怒，眉眼卻是彎了彎，沒有絲毫責備意味，隱隱略帶善意的調侃。

瞟了我心虛飄移的目光，他的嘴角微抿一個小酒渦，難得笑得有點使壞。他執意扯過學姊手裡的分組表單，逕自寫下自己的大名以及明靜溪三個字與學號，在兩人發愣的視線下再塞回給學姊。

「你這是幹麼？」

「不是要簽分組名單嗎？」

學姊被狠狠一嗆，瞧了瞧我，很是歉然，「可是，我還沒問學妹的意見，就算我不是豬隊友……」

「喔，平衡妳的雷實力，我把自己寫上去。」

我愣著，沒回神，兀自消化著殺傷力太強大的對話。緩緩偏過頭瞅著學姊，明亮朝氣的眼眸一片迷茫和不可置信。

然而，允修司學長可見沒有要放過我們。

「人我帶走，名單交給妳。」他指了指一邊木頭般傻樣的女生。

詩芸學姊張了張嘴又闔上，她摸了摸腦袋，約莫是感覺到詭異的危險氣息，直覺自己可神了。

「不對啊，你連自己都寫上去做什麼？你又沒修這堂通識課。」

「旁聽。」

好一個不為兩學分折腰的好兄弟。

我偷偷豎起大拇指，他正好敏感地低頭看過來，深黑的瞳色藏著點點看穿人心的笑意，我頓時怔了，這日子沒法過了。

被打壓呀，完全完全。

「什麼啊？那你現在要帶走小學妹是又想幹麼？」瞥眼手機屏幕的時間顯示，她將手機擺正到他面前，「再兩分鐘上課呢，先生。」

允修司學長笑咪咪，難能可貴的表情，「蹺課。」

沒有等到學姊的反駁聲，我大大咳嗽起來，假意成分居多，不過，確實被驚嚇滿點，抹掉眼角擠出的淚花。

這人很出其不意呀，還是出奇制勝的那種。

「醫學系光芒萬丈的才子你，是說出蹺課兩個字嗎？」

「聽力不好就到附近醫院掛號。」

「這是給你機會修正說話懂不懂！竟然拐小學妹蹺課，蹺課就算了還給我知道，這些通通算了，重點是蹺課還不帶上我！」

允修司掀了薄唇微笑，聲音不溫不涼，「妳要留下來點名，簽到單。」

「……」學姊氣結。

「學號都在分組名單上，走了。」

嗯，徹徹底底體悟前些時候的那句話「要和那小子聊天，每分鐘都必須原諒他上百次才聊得下去」。

這不是報復是什麼呀？

「幹麼跑來旁聽這堂通識課啊。」

再說，旁聽也不見得要加入分組。

亦步亦趨地跟著，嘴下心不甘情不願嘟囔著，我還真是被磨得沒膽子了，起初明明是能直接扭頭走人的。

「我聽童童說妳中秋沒有回家，幹麼去了？」

「學長不是也沒回嗎？」到 Pivo 報到去了。

「妳怎麼知道我沒回家？」

壞了，太順口，簡直想把自己活埋了。

顧不上這樣會有多生硬，但願是我自己心虛，其實沒什麼異樣。

我故作鎮定，面上雲淡風輕，「我也是聽童童說的，我怎麼會知道她怎麼知道的，你自己問她。」

完全是吃定了他悶騷又疏離的性子，絕對不會去求證。

夕陽餘暉傾灑在他的背影，彷彿化進了暖紅紅的背景裡，溫和朦朧。

我瞇了瞇眼睛，有點失神的目光凝著，下意識頓了步伐。

他像是有所感，跟著駐足回首，一個迷茫的小小身影猝不及防的衝進瞳仁裡，似乎也可以同時感受到左胸口忽然的熱燙。

「幹麼不走？」攥著我眸子裡模糊的情意，他緩步靠近。

聞聲，我賭氣，還有點搞不清他怎麼又回到我跟前。懊悔自己這是不是又色欲薰心了，老是被他亂帥氣一把的模樣唬了。

側過視線，聲音透出扭捏，「走不動。」

「那妳想怎樣？」他好氣又好笑，越發容忍我語氣毫不遮掩的厭煩，這份縱容是驚心動魄的。

聽說許多人的學長姊前輩後輩的觀念是刻到骨子裡的，發訊息都要小心翼翼，深怕踩了底線不自知。

但是，眼前這個冷傲的男生像是一次次不計較我的尖銳任性。

我正想問他想怎麼樣呢，為什麼老是出現在我眼前？究竟是誰鬼打牆了？

總是繞著對方的生活走不出去，我越是想閃遠點，越是容易碰頭。

「我問學長幾個問題，請學長認真回答。」

不堅持要他滾出我的世界，他滾不走，我自己滾成了呀。

天助自助者，行的。

他靜默幾秒，說：「好，妳問。」

小計謀踏出成功一步，眼色亮了亮，我抿出一抹喜色，下意識跨步向前。

「學長平常最常走哪一條路？」我絕對要繞道而行。

「學長最喜歡去哪裡讀書？」打死我也不會去那個地方。

「學長最常在哪間教室上課？」如果離得近，只能晚進早出教室。

「學長有沒有哪天沒有課的？」至少給我一天橫行無阻呀。

允修司瞬間冷了臉色，青潭的眸子湧起深沉的寒光，嘴角勾起的弧度似笑非笑，這氣勢壓得人矮一截。

眨著眼睛，我挺著胸膛，不怕死地執意對視。開玩笑，這麼丟臉傾倒一堆廢問題，搞出我是什麼花痴鐵粉的形象，要是還得不到答案我不就虧大了。

「無聊，走了。」

他自然是明白我的用意，這麼用心良苦是為了躲開他，居然是為了躲開他。

他能知道我是心狠決絕的，但大概沒有想到是如此發揮極致。

後來的後來才自他口中騙到他的坦白。他的腦子裡總是重疊明靜溪的憂傷和 Jasmine 的燦爛陽光，明明是那麼截然不同的女生。

他當時一股腦地私自希望將世界的美好捧到我面前。

只是，這時，我嫌棄他特別煩人。

「你怎麼不回答我？」硬著頭皮再次邁開步子跟上。

「我只讓妳問，沒說會回答妳。」他的嗓音依舊不冷不熱。

這個人、這個人，他媽的狡詐呀。

跟學霸打交道就是以卵擊石，會灰飛煙滅的，我心裡全是眼淚。

「好的，那就一拍兩散。」

輕盈的話音剛落，前方的身影腳步一頓，驀地回首。

我像沒察覺一點異動，正想行個小軍禮道別。「學長慢走……呃？」瞠目結舌地瞪著近在咫尺的人，他這走幾步，停下，走幾步、又停下，練習探戈都沒他敬業。

他黑曜石般的眼眸深邃，閃著意味深長的沉光，身上有清洌乾爽的薄荷香氣，帶著夏末氣息的風鼓進了他的衣衫，我們之間僅剩遠處人群的喧囂和風撲打的呼聲。

「妳在躲我？」他終究過不了自己心裡的坎，即便已經有了確切的臆測，依然執著我親自說出口，我的推拒。

才不相信是我做得很明顯，肯定是他太敏感小心眼，被眾星拱月慣了呀。

努努嘴，斂下眼裡一閃即逝的殘忍冷光，我要是真犯傻、犯賤，就是利用這份與眾不同贏得他的注意，相信很多人是這樣隱性或是明目張膽的認為。

可是，我不是。可是，沒有多少人會相信，然而，我又何必對誰解釋。

我不懂自己為什麼獨獨對允修司學長冷言冷語，Jasmine 面對 Seven 明明都是笑逐顏開，偶爾得寸進尺耍賴。

壓下心中的紛亂思緒，我涼涼的語氣，說：「傳說中的退避三舍。」

良久良久，聲音沉如深海，寂寂而平穩，「……妳為什麼習慣推開別人的關心？」男生抿了薄唇。

妳為什麼習慣推開別人的關心？

妳為什麼習慣推開別人的關心？

在心裡反覆咀嚼這句話，狠狠扎在胸口，四肢百骸都不可抑制刺痛起來，冷涼的笑意在清麗的面容蔓開。

瞇起眼睛，悉心隱藏眸光中暈滿的脆弱與倔強。

他用著近乎責備的口吻，直指他所見的、所感受的，我性格裡的荊棘，延伸進他的瞳仁，無非是看成不成熟的彆扭幼稚。

我知道他不是適合談心的人，我們之間不存在這樣的關係。

同時，這時候更不是剖析我自己的良好時機，可是呀，他就站在這裡，此時此刻，在我面前，直拗得索求一個答案。

眼光微凝，彼此視線彷彿相互鎖住，他沒有多餘動作，我率先耐不住空氣中的尷尬異樣，深深長長吸吐一口無聲的氣息。

太過認真的心神，我清楚看見自己映在他黑色的瞳中。「一個人不好嗎？」

輕淺簡單的問句莫名像亙古難解的問題。

飄盪在空間、敲在心尖，漫起更大更大的波瀾，無比寂寥。

仰首且毫不避諱地，對上他深沉的眸子，清澈的眼光裡迅速墊上一層涼寒，彷彿是從骨子處透出來的別樣深刻。

「不用牽就也不用顧忌別人，不用煩惱著虛實，不用被背叛後還必須自怨自艾，當人還在爭執妥協午餐要吃什麼或是放學後和假日要去哪裡玩，我可以多背幾頁單字、可以吃自己想吃的食物、可以逛自己想逛的店。

「連至親都會不屑你的心情和意見了，還有誰會將你的事情放在心上？」

我早就明白了。

分針答答跳格，不可抑制又嘆一次氣。

「明靜溪，我不能明白。」

持續不斷的思考被空降的聲息再而三截斷，眉頭微擰。

「妳的拒人千里，有多少是因為怕麻煩，有多少是因為……」

我啞然，如同當時世界突然的寂靜。

「因為妳害怕寂寞。」

捧著一份自尊心，反其道而行。做著衝突與矛盾的行為。

也許正是因為害怕寂寞，我選擇率先推卻，不願意懷抱期待後落於深沉的失望。

任由緊握在手心的鉛筆在空白筆記紙上胡亂作畫，畫著不規則的無意義線條，繞過一個一個圈、交集出一個又一個奇妙的相交點。

允修司呀，你讀醫學系真是浪費了，心理系需要你這種天縱奇才呀。

傍晚五點五十分。

我知道這是我第七次注意牆面上的時鐘，再不想認真較勁，不聽使喚的腦袋替自己一次次紀錄了。

終於忍不住，我踢了踢腳，力道恰好，位置同樣恰好，不偏不倚踹在男生的膝蓋，他嗽嗽出聲，立刻橫一眼過來。

「呃、失手……」

「小矮子妳跟我解釋一下，我好好坐著，哪裡得罪妳了？」

自知理虧，摸摸鼻子，我假意咳嗽一下，「測試一下你的膝反射。」

顯然，跟理科生說這些簡直是找死。對上他似笑非笑的鼓勵眼神，深覺人生很難，想為說錯的話補救一番。抓了抓髮尾，我呵呵笑了兩聲，不帶真誠。

Chris 睨著我。「連婉轉的迂迴都不說了是吧。」

「說了只會被你嫌棄轉得太生硬。」轉轉眼珠子，拿下耳機、放下歌譜，我嘟囔。

「小矮子妳現在是翅膀長硬了？還我第一次見面時的乖巧安靜。」

聞言，徹底樂了。我敷衍地扯了嘴角。「喔，原來我乖巧過。」

「可不是，我幫妳開門的時候妳根本感激涕零。」

「你眼睛是長壞了呀，我明明是在萬分唾棄還有鄙視你的潔癖。」

瞄著他的臉色，不知道這是正常還是不正常，和他待一起總是沒有正經過，展現不出任何知性美。

摘下耳機，才發現外頭的音樂自沒有關緊的氣密窗流瀉進來，我起身闔上，回頭便首當其衝他俊毅的面容。

Chris 卻是被氣笑了，挑單邊的眉，「還說呢，妳轉眼就跑丟，趕投胎都沒有妳急，差點以為我見鬼了。」

「切，作賊心虛呀。」怪不得別人，Chris 常態遲到。

不給他繼續辯駁的機會，我作了打住的手勢。

休息室內忽然詭異寂靜了，我眨眨眼，挖坑給自己跳，尷尬呀。

「我是想問。」

「說。」

「怎麼沒有看見 Seven？一下舞台就沒見到他了。」

該不會是我實力爛得他不忍直視，不想跟我待在同一個空間？

Chris 略為蜷起食指，半截手指指骨敲在我的額際，完全沒有隔夜仇，這男人當場就報仇了。蹙了眉，順勢張了嘴想咬他。

「少胡思亂想，果然是小女生。」

「什麼跟什麼呀，別性別歧視，要建立良好友善的職場環境。」咬字清晰，一字一頓，「謝、謝。」

他沒有猶豫地直接翻白眼，蔑視地掠過我不服氣的臉。

「Seven 出去接電話，可能是他媽，Seven 他媽最愛跟他撒嬌了。」

「喔，聽起來真奇怪。」

「怎麼奇怪了？看過他們相處都覺得根本像朋友。」

頓時沉默了，家人間的相處，也是有相敬如冰的呀。

將 Chris 那個小屁孩壓回心底深處再深處，最好能將他欠扁的聲音放生到宇宙外，煩人。

集中精神盯著眼前的流程，我能感覺自己很想抽回被余芷澄用力扳住的左臂，我不會逃，她別這麼害怕行不呀。

前一天本來打算向 Chris 打聽允修司學長在學校熱音的小祕密或行蹤，哪會料到全被他一席幹話打亂。

我將目的遺忘得徹底。

「啊，小溪妳快看！好像可以入場了！快來這邊簽到。」

用不著我奮力排開眾人邁開腳步，余芷澄單手緊緊攥住我，另一手拚著她的氣勢硬是衝到隊伍最前方，衝鋒陷陣。

我語帶嘆息，揉揉抽疼的腦袋，「不是有網路表單先報名都可以入場嗎？幹麼一定要衝第一個？」

「哎呀，要搶到一個好位置當然要先衝啊，這才不像演唱會搖滾區一樣有序號。」

「好好好，反正妳就是想早點入場，怕我們矮子看不見。」

「小溪妳不要妄自菲薄嘛。」她樂呵呵的小模樣有點討好意味。

擺擺手，她的歉意是比平日的鬧騰順眼得多，「幸好裡面有冷氣，要不我真會落跑回宿舍窩著。」

「妳太廢了。」余芷澄恨鐵不成鋼的語調讓人有些暈。

不多時，演藝廳內充斥張揚的喧嘩，人群黑壓壓一片，將視界裡的光線再奪取一些，我閉了閉眼睛又張開，色彩光芒只是更加繽紛絢爛。

微微瞇起眼睛，我看到降下的幕晃動一下，沒來得及形成猜測，從右側舞台走出身一個女生，穿著全黑貼身短半上衣與熱褲，手持著麥克風姿勢娉婷，場下爆出一串歡呼與鼓譟。

女生很自然露出燦爛的笑容。

我揉了揉眼睛，眼神微凝，那個不是詩芸學姊嗎！

我暈了，這是什麼神奇運氣，全部人都相聚了。

詩芸學姊、歐陽芮學長，還有另一個男生，聽說是學長的青梅竹馬。

原來他們全是熱音社的，不單是社員，更是幹部群的。

光輝將舞台上人群的臉照亮。

之後的沒有一個不是陌生的曲調，但是，當音樂熱情自指尖傾瀉出來，像是衝越過血管，每一次頓點的敲擊似乎應和著脈搏。

心跳開始失速，氣氛喧擾得人們都脹紅了臉、嘶吼到啞了嗓子。

儼然將一個校內小型盛發喧嘩成一場搖滾演唱會。

十來組的表演，我能發現同一個貝斯手有參與兩個樂團的，看來有些組合是湊合著。壓軸是詩芸學姊演奏韓團的歌，韓文的發音咬字意外清晰正確，搭檔的歐陽芮學長與謎樣學長面上都沒有絲毫不快，似乎默認學姊的迷妹執著。

也許這是許多人夢寐以求的寬容與支持，雖然眸裡瀰漫著無奈，可眼睛與唇角都不自覺洋溢著認命的弧度，摻雜幸福意味。為了眼前的女生，摘星星都可以。

濕潤的眼光被五彩的光照耀得視線更加模糊，我忽然發現身邊的余芷澄情緒沉靜許多，兀自詫異。

不必刻意壓低聲音，話語便輕而易舉消失在嘈雜與狂歡中，索性放棄。與此同時，樂聲也落下最後一個音，我拉回有些走神的思緒，目光回到舞台途中掠過前門門口一道熟悉頎長的身影。

定睛一看，那個人的輪廓在無意間轉過的燈光下清晰了一些。

我眨眨眼，片刻的傻愣，男生已經悄悄開了限制通道的門，逕自離開。

所有表演到一段落，原本群聚一起的人們都各自分散了，不再一味擁擠要更加靠近舞台。健談的人與宣傳的學長姊們乍看一見如故，許多尷尬侷促的人是被學長姊們的快語唬得一愣一愣，簽下名字訂了樂器，掏了錢就要付社費。

即便認清自己嚮往的所在，我卻是還沒堅定要加入熱音社的心意。

「嗨，好久不見，學妹妳居然來了熱音社迎新成發！」

茫茫人海還能瞧見我，不可思議的眼力呀。與詩芸學姊並肩行走的自然是歐陽芮學長和謎樣學長，頎長俊逸的身形與外貌都難逃脫自行發光體的稱號，吸引著人們的眼珠子。

沒掩飾眸光裡的受寵若驚，面對不熟稔的人總是拋不開侷促。我不及答話，余芷澄先一步竄了上前，出乎預料握住學姊的手，熱絡打著招呼。我抬眼，正巧看見謎樣學長挑眉的神色。

臉上湧起的熱辣愧疚又是怎麼回事……與我何干呢。

「學姊您好！剛剛的主持人是妳吧？早聽說熱音社有個漂亮又厲害的貝斯手，鐵定是妳沒錯。」

詩芸學姊顯然被從天而降的親暱嚇到，不著痕跡抽了手。我不忍直視偏開頭，腦中迴盪起方才音樂結束時候瞥眼的畫面，那個熟悉到不能再熟悉的男生背影，允修司呀。

「謝謝，過獎了。」

「那是客套話，又稱官腔說法，尾巴別翹到天上去。」

謎樣學長線條好看的手臂擱上學姊的肩膀，笑得邪氣又輕佻。立刻，學姊攘了他一把，在歐陽芮學長的規勸下，不甘願收斂了張牙舞爪的表情。滷水點豆腐，無非是一物降一物。

「你不要搗亂。」架了他一個拐子，學姊樂呵呵看過來，「學妹怎麼會想來？難道也是要加入熱音社？」

「咦？不是，我陪室友來的。」

「我以為妳是被阿司強迫來的呢，啊，難怪他今天根本沒出現，如果知道妳今天會來，就不會跑得沒看見人影。」

「呃，學姊妳……」腦補太多了。

她抬高下巴，問身邊的人，「你們今天有人看過阿司了嗎？」得到否定答案，自己雙手合十擊了掌，得意地笑。

「學長他都不參加學校表演的嗎？」

「沒有啊，不知道為什麼這次都沒有報名，問他，他也拒絕，這麼說來，去年怎麼說都有自彈自唱。」

我突然想起，偏了頭有些困惑。「他是前任社長，沒有出席行嗎？」

「沒關係的，阿司訓練起接班人，那個手段啊，慘不忍睹。」

學姊呀，妳還記得我是她直屬學妹嗎？我這樣往後日子怎麼能斗膽問他任何課業上的問題。

我僵硬著嘴角，面有難色，余芷澄一改時而昏暗時而熱情的陰鬱神情，回頭嘗試跟歐陽芮學長搭話。

一個恍神時間，學姊往我耳邊輕輕靠靠。輕軟暖熱的氣息徐徐吞吐，帶著些許酒香，還有她身上的香水味道。

我聽見她真心話的嘟囔，「妳這朋友很奇怪呢。」

「咦？」

「說不上來，是不是拚命把自己當主角？拚命要認識人的積極程度讓人很傻眼。」

我沉默了，沒有很明白余芷澄的心態，當然不好做多餘表態或應和。只能傻傻笑了笑，回覆學姊眨著眼睛、食指靠著唇比「噓」的俏皮動作。

學姊也明白我的為難立場，自顧自豁達，「算啦，跟我沒什麼相干，來，這是熱音社之後的活動安排介紹，還有需要填寫的回饋單，之後會有學長姊們統整名單後，再發送入社報名和組團意願，一定要記得交哦，不然沒辦法確定入社。」

接下紙張，連同余芷澄的那份，「我會好好考慮。」

「另一份給妳室友。」她壓低嗓子，瞟了余芷澄一眼，眨眨眼睛，「我是比較期待只有妳要入社啦。」

我哭笑不得呀，讓人難接話。

詩芸學姊轉身拎了謎樣學長的耳朵，一面吆喝歐陽芮學長離開，角度關係，又或許不過是光線昏暗導致，她錯過余芷澄立刻暗下的眼光。

完整活動散場已經是晚上九點半的事情。

捏著挺燙手的表單，與余芷澄並肩走過回宿舍的沿途，氣氛的詭異寂靜，時光漫長得可怕，我絞盡腦汁要說些什麼打破冰冷的凝滯。

「小溪妳……妳們說的阿司是指誰？我能知道嗎？」

「喔，允修司學長？我直屬學長，怎麼了？」

她倏地抬頭，我愣了愣，倉皇中逐漸湧上迷茫，我抓不太住她眼底的糾結，更深一層埋怨又覆蓋上來。

腳步慢下來，最後，兩人都駐足，微弱路燈在身後拖下長長的影子，朦朧的暖色像是嚴肅話題染上不明亮的鏽色。

「妳怎麼沒有告訴我允修司學長是妳直屬學長？」

「呃？」

「他是我同一所高中的學長。」

我更加迷惘了。校友喔，思緒實在跟不上余芷澄的跳躍。

她氣息沉重，咬了下唇，仰起臉，眼裡的倔強光亮比星光明豔，還有難以言喻的執拗。

我感覺自己呼吸都輕了。

「他是我從高一就喜歡的學長。」

趁著余芷澄到浴室洗澡，嘩啦啦的水聲沒將我們之間的矛盾沖淡多少。

童童蹭到我身邊，低語。「怎麼回事啊……她一回來完全臭臉，東西都用摔的，怕別人不知道她怒氣沖沖。」

「妳們不是去參加熱音社迎新成發嗎？」莉宣也拿下耳機。

我比她們還要無奈呀，「她怪我沒跟她說我的直屬是允修司學長。」說出來都啼笑皆非。

「咦？她跟我們又不同科系，跟她說她哪會知道，沒共鳴啊。」

又嘆一口氣，這世界才沒有那麼簡單，「她跟允修司學長是高中校友，懂嗎？」

兩人同時呆了呆，好不容易擠出一句話。

「所以是老戲碼？」

「學妹對男神學長沒有道理的愛慕，這樣？」

相仿的猜測蜂湧而出似的，我聳了聳肩，意思不言而喻。

如果要這樣遷怒或是沒道理的指責，我揉了揉額際，奉陪不起呀，當誰都閒著都關注社交關係呀。

童童拍拍我的肩膀，眼神十足憐憫。「完全是池魚之殃。」

「還是砲灰那種。」莉宣的落井下石總是不落人後。

人生很難，事情沒有最煩躁的，只有更煩躁的。

星期四空堂的時間，我趕著到圖書館借書。

有一份報告特別需要參考資料，必須找歷屆學長姊的論文佐證，網路的搜索引擎關鍵字沒能替我解答，只好自己跑一趟。

一個書架一個書架找。

「明靜溪。」

盯著眼前的男生，有些發懵。有好些日子沒有以明靜溪的身分與他見面，生疏不少。我扯了扯髮尾，遲疑著該用什麼作為寒暄的起始。

一時竟然也想不起不論是明靜溪還是 Jasmine 是什麼樣的相處模式。

他驀地失笑，「認不出人了？」

將頭搖得波浪鼓似的，視線落在他稍微修剪過的劉海以及剃過的鬢髮，乾淨又俐落。

他靠近一步，聲音壓得極輕極輕，怎麼會有人連氣音說話都那麼好聽！

「找什麼？論文？」

「對呀，有一門課的期中報告需要，網路上找不到可以用的。」

「哪一堂課？」

瞄了瞄他的眼睛，有些彆扭，「人際關係。」

他清淡的眉目微動，墨色的眼光中流淌淺淺的笑意與詫異，暈染成一片溫柔的光。

「妳在修心理系的課？」

像被戳破謊言的孩子，有點底氣虛。但是，我幹麼每次面對他都像矮了一截半截。

我偏過頭，拙劣地解釋，「我的英文可以免修，系上大一的課目前還可以負擔，所以，抓緊時間去選修別的系的課。」

「我沒有覺得妳不自量力，不用解釋。」這個男生卻是一語道破。

我真的懷疑很多次了。「學長你……是不是也修過心理系的課？」

察言觀色到覺得他是不是會讀心術了。

他依舊在笑，恍若破雪的冷梅。讓人覺得奇怪，他今天對我笑的次數太多了，該克制點了好嗎。

埋怨似的努努嘴，低著頭，不著痕跡地轉轉眼珠子，鼓足了勇氣才又仰首正視他。他是那麼耀眼的人呀。

「沒有。」他抿了薄唇，彷彿嘗試憋笑。

「可是感覺你看透全世界。」全世界，挺浮誇的，自己心底直笑。

「真的沒修過。」

微挑了眉，他戳了我的額頭，像是不滿我的懷疑，「想查我的修課紀錄？」誰有興趣查了？

他忽然瞇起眼睛，我微怔。下意識摸了摸臉蛋，被圖書館的冷氣吹拂得冰涼，除此沒有異狀。

「妳跟我認識的一個女生很像。」

呃？我眨眨眼睛，臉上不動聲色，心裡是大大一沉。

「原本沒察覺，現在看來是越來越像。」

喉嚨像被哽住一般難受，害怕他說出口的名字是Jasmine。

心臟好似被蔓生的水草纏住，帶著又潮濕又窒息的感受，牢牢攥住。如果在他眼裡，我刻意區分的兩個身分是如此相像……

我不懂了。究竟是明靜溪不知不覺作回最初的樣子，還是長久以來的矜持偽裝感染到Jasmine身上。

搞得這般複雜，我都暈了。

果然一開始該如莫以翔的寬慰與支持，明靜溪不要再為了家人或是和誰委屈自己的性格與驕傲，還有這個年紀該有的任性。

接不上話，我難以直視他深邃的探究。

這時，確實是因為愧疚不敢與他四目相接。

「幹麼一直低著頭？」

「喔，身高差距身高差距，仰頭挺累的。」

「低著頭倒是不累了，但是，傷害肩頸神經妳不知道？」嗓音裡的笑帶著幾分質疑。

我努力真誠地看著他，「還沒學到。」

恍神之際，允修司學長就近坐到自習書桌的椅子上，距離與高度更動，我近乎可以與他平視。腦子一片空白了，溫軟的感動逐漸在迷茫的眼眸中破出。

「呃……」學長這是什麼打算跟我促膝長談的架式。

「聽說妳去了熱音社迎新成發。」

在他的注視下我傻傻點頭。

又或許是我不自知，在他面前的明靜溪都還挺傻的。曾幾何時，所有該堅持的尖銳和疏離，變得很難執意對著他使，深怕傷了他，深怕將他推得太遠了。

有這種想法的自己非常莫名其妙。

「很聽話。」

「我才不是接受你的建議。」

他沒有被駁聲破壞笑容，眉眼更彎了些，「如果能再好好讀訊息、回覆訊息，我就會留在迎新場。」

徹底愣了，後知後覺掏出手機，開啟日積月累的訊息通知量，在一串群組中找出允修司的對話框。眨了眼睛，再眨一次，不是幻覺呀。

「我盡力定時查看訊息。」

原來有一個人用心拿捏著距離，在恰好的時間，給我純白貼心的問候。乾淨又清澈。

「下星期三有空嗎？」

「要、要幹麼嗎？」傻了、我在結巴什麼啊。

「登山社期初社大。」

眨巴眨巴眼睛，我偏了頭，計算日子，有些遲疑，「下星期就十月了呢，比想像中的要晚了。」

他的自信向來是展現得從容不迫，「期中考前都是期初。」

原來有這道理，聳了肩，不可置否。

他像是預料我的逃避，緊緊盯著我。同時，我真誠眨了眼睛，與他對視。

「所以，回答呢？」

「我看起來像是會去登山健走了人嗎？」

「不像。」

我忽視他聲音裡顯見的笑意，那就對了呀！

「所以去體驗一下。」

我扁了扁嘴，忍著沒有妥協。他不急躁，溫和的視線彷彿細細描繪過我的神情，不緊不慢，他在涼爽空氣中起唇。

「童童會去。」

「……」這是謀畫好的嗎？

越是接近冬天，天色暗得特別快，六點已經夜幕略垂，天空昏暗昏暗起來。七點半回到宿舍，剛坐上書桌前打開電腦，一連串雪花似的訊息飛入。微愣一瞬，我趕忙點開還在倍增對話的聊天群組。

前些時候才被加入登山社社群，發現這邊的刷訊息的量是以秒計算的。

大家都閒著沒有別的事情幹呀，一面抹著汗，一面滾動滑鼠，飛快瀏覽之前三十分鐘的訊息。

「夥伴們，吃消夜啊。」

「呃，現在七點，晚餐時間吃消夜問號。」

「原來學長消夜晚餐兩個名詞分不清楚。」

「我的意思是，約待會十點半吃消夜。」

後仰了身子，無奈的口吻，「童呀，幫我懶人包一下好嗎？到底在說些什麼重點？」

「我才要問妳呢，妳什麼時候真的也加入登山社了？什麼進度啊！我只稍微開玩笑提議一下，妳就真的……」

「妳還有資格問我？妳這個為了歐陽芮學長的女人。不對，什麼叫稍微提議一下？」被雷得風中凌亂，有氣無力地嘆息，「妳到底做了什麼呀？」

這位少女一把抱住我的臂膀。我動彈不得，連帶腦子軟成一團糨糊，她的嘴巴一張一闔，半晌，我才有些回應。

「當時登山社聚會，我鼓起勇氣，推薦允修司學長約妳一起來的啊。」

賣隊友的人就是她了。

頓時，軟成一團爛泥，歪歪扭扭賴在椅子上，生無可戀呀。

鼓起勇氣個鬼呀。

「妳不要這麼哀傷，這麼世界毀滅的表情，有直屬學長在多好。」她小小得意，拇指蹭了蹭鼻尖。

沒糾結壞我一頭美麗的黑髮是值得慶幸。

「允修司他不是重點，不對，他是問題之一，最大重點還是登山呀，我高中畢業後就跟八百公尺絕緣了。」體力絕對不行。

她拍拍我的肩膀，「相信我妳可以的。」

「我都不相信自己了。」

「我是相信妳對允修司學長的畏懼。」

徹徹底底無語，誰害怕他了？我只是反駁不過他。

忿忿咬咬牙，不能被小看了呀，我用力扭開頭，抓起手機要回群組訊息，一面唸出聲音，「我才不去，我本來就不愛吃消夜。」

連晚餐都很少吃了，常常是打一杯香蕉牛奶解決。

摸了摸悉心呵護的腰身，心滿意足，長出一點腰間肉我都會難過千萬年。

「不能。」

「啊？」我用手機回訊息拒絕都不行了嗎？

她手指電腦，笑得萬分奸詐。我警惕瞇了眼睛，直起懶散的身子，縮著肩瞧她，眼看她綻放燦爛的笑容，然後，越退越遠。

「怎麼？我可以喔，跟童童一起出現？這什麼東西！我才沒有打這些智障話！」錯愕得快爆粗口了。

肇事者嘿嘿笑了兩聲，拎了盥洗用具要落跑，「我先去洗香香啦，要不要跟進？」

氣到無力，突然有點明白迴光返照的空靈感覺。

打算放任喧鬧的群組訊息，同時放任自己自生自滅，那不擇手段的少女開了門縫，只露出兩顆晶亮的眼睛，語速飛快。

「不能放學長姊們鴿子喔，妳怎麼樣都解釋不清了就認命吧。」

像是被拐了一樣。

一群人坐在巷子轉角的關東煮店，我裹著黑色外套，漫不經心用筷子玩弄碗裡的青菜，聽著他們聊音樂或系上八卦。

我盡量不動聲色，不去在意有道強烈的目光偶爾掠過我。

飛逝的時間很快到了十一點三十八分。學長姊們似乎在仍舊熱鬧的校園街巷燃起興致，細嚼慢嚥著，時光在天馬行空的對話中靜靜流淌。

來不及替自己徵求提前回宿舍的結果，我被童童一把拉住，回頭看見她眼裡的請求。她想多跟歐陽芮學長相處一段時間，即便不是獨處，在眾人裡待在她身邊她也是開心的。

她害怕建立起不能晚歸的形象，屆時，可能學長姊們會減少約她的次數。

要她一個貪睡的人這樣拚命苦撐，看了都難受。愛到卡慘死呀。

思及此，我低著頭，嘆一口無聲長氣。難為我要捨命陪君子，要不她一個大一少女，總是會略顯尷尬。

踱步慢在大夥的身後幾尺，儘管有些突兀，我也不想顯得太孤僻，明明都答應要出來玩耍了，總是不能掃了大家的興。下了車一直在思考自己怎麼就被拐了，立刻夜衝成就達成，恍然時候才現實中發現已經落後。

抬眼望了越跑越遠的歐陽芮學長的青梅竹馬，不斷回首呦呼詩芸學姊，兩人都貪玩又激不得的個性，打打鬧鬧著，逐漸將我們甩在後頭。

我們。我，還有允修司學長。

收回一點視線，童童撩起長髮隨意紮成低馬尾，海風拂面，只捲亂了幾綹碎髮，她亦步亦趨跟在歐陽芮學長一步距離之外，偶爾抬頭覷他，學長目光幽深放遠，凝視著前方歡騰的

兩個背影，沒有注意到那份綿軟的小在意

他和她和他，就是一個不可解的糾纏迴圈。

這樣擁擠的世界，再走入一個女生，簡直是微積分問題，再多一個根號或次方，難度是咻咻倍增。

「腳太短了嗎？」

「呃？」惶惶頓下步伐，他逆著微弱路燈的面容，清冷無瑕的剛硬下顎稜角分明，像是他性子裡的孤傲，我眨眨眼，看得更加清楚一些。

沒有順著他的話乖巧跟上，反倒又調緩速度，夜風颳過腦袋，我挺清醒的，精神與身體的的疲憊是徹底被區隔開來，眼睛有些乾澀，我無法靠著呵欠眨出一滴淚花。

彆扭地揉了揉，再用力眨眼，似乎能將他的輪廓與細微表情都看得清晰。我要是快步向前，肯定是要與允修司學長並肩而走，光是想像就極為如坐針氈，不可行。

他的光芒與其說是溫暖耀眼，老實說，於我是有一種芒刺在背的灼痛，哪怕是私底下的他。也許還因為來自關於我欺騙他的良心作痛，人生很難，果然不能做壞事，心虛呀。

心底是百轉千迴，我低著頭、踢著碎石子，走幾步，再幾步，忽然感到拔高的強烈氣勢，彷彿整個天空壓下來的昏暗。

及時煞住身子，避免尷尬的身體接觸。

「你幹麼突然停下來？」一字裡行間盡是忿忿的羞惱。

他輕巧側開身，聞言，卻是漫開笑意，「看妳什麼時候會跟上。」

我放軟了語氣替自己沒底氣地反駁，「又沒有落後多少。」嘟囔著，竟然有幾分小女孩作態。我怔然。

面為溫和如許的人，再多刻意擰起的強勢或冷漠，其實都像是全全砸落在棉花上，無可奈何的蒼白無力，看來，他比認知中更懂得心理。

真是深不可測的男人呀。在他數不清的探究與注視裡頭，我始終撐著面子矯情，非常膽怯，深怕一個楞神會被看穿了。

害怕努力埋葬的脆弱都給他凌厲翻開來。

我對他懷抱猜忌，他卻是溫煦好聽的嗓音訴說著關心，「一個女生走在所有人後面總是不安全。」

「喔，怕我暗殺你嗎？」

他無語了。

別說他了，我都想掐死自己，說這什麼話呀，生無可戀、生無可戀了。

我不會不知道這些話有多幼稚無理，但是，如果不用這樣天外飛來一筆的異想搪塞，人心的脆弱與柔軟會讓我成為他溫暖關懷裡的淪陷。

我知道的，我知道不能。

允修司對誰都是一樣的，我無數次在心中告訴自己，誰都難以成為他眼裡的星光。

他是如此外冷內熱的男生，似乎是不經意的微笑或是拉誰一把，都足夠讓一些女生飛蛾撲火了，造成青春裡難以痊癒的千瘡百孔都甘願。

真是一個危險到不行的男生，偏這個人還挺不自知自己的能耐。

「路上很黑，妳走在面被抓走了，我們都不會知道。」

「抓走了幹麼呢，我又不是黑人，沒有良好基因。」

他目光呆滯一瞬，我有些好笑。

猜他是在思量我的話是不是有膚色歧視的嫌疑。

我歪過頭，撐著勇氣緊盯著他，「沒看過前陣子很厲害的電影嗎？《逃出絕命鎮》呀。」放鬆了語調，深呼吸，心情輕快起來。

他短瞬的注目都會讓人臉頰發燙。

「很會聯想，好評。」

「學長很不會連結娛樂時事，差評。」

他輕輕揚了眉毛，「學歐陽芮倒是學得很快。」

呃。聞言，我縮了縮腦袋瓜，露出討好的笑容，「過獎。」帶著罕見的靦腆。

仰首的角度，看見他俊朗的臉，好看的眉眼、好看的唇角，勾勒起讓人不忍苛責的愉快。我略微楞神，有什麼困惑與遲疑在心底出土蔓生，我一時沒能抓住苗牙認真觀看，失了動作，一味凝著茫然的目光在他身上。

果然是看臉的時代呀。

「笑什麼笑呀。」我果斷撇開臉，心裡蔓延難以言喻的扭捏。

「笑一下不行？」

「當然不行。」給自己充足底氣，撞上他更加理直氣壯的似笑非笑，我難免心虛，含糊的將一句話噎在嘴邊，「殺傷力太大了呀。」

允修司的黑髮短又俐落，攏在頎長身子上的黑色飛行外套鼓進了風，噗噗作響，帶起不可比擬的氣勢。他的笑容，不得不說與他的氣息截然不同，有令人著迷的反差萌。

我揉著鼻子，正要長長吐出一口氣，他又莫名闖進我的視野，與他再次對視，我收起不優雅的動作，不緊不慢跟上。

在他面前呀，骨氣什麼的都是浮雲。

還是妥協屈服了，不甘不願地，走到他身邊。

「你們剛剛氣氛挺好的耶。」

我愣了，「啊？」

「不要裝傻，就是說妳跟允修司學長啊。」

「誰跟他好了，那氣氛叫做低氣壓。」

童童當然不這麼認為，也不那麼輕易被說服。她說眼見為憑，我看她是只挑自己願意看見的發展。

悄悄拉了她的手，「別亂說我了，妳呢？我熬夜陪妳出來是要看妳跟歐陽芮學長有點進展。」我壓低著聲音。

童童一樣只敢用氣音說話，「沒如何，學長啊，他的眼光可能只會追逐學姊吧。」

我默然。就像是童童灼然熾熱的眼光追逐著她心裡的唯一。

但是，那個唯一，即便回頭，都是用著漫不經心情緒，所有溫柔都是浮光掠影似的，一晃而過，對詩芸學姊之外的人，毫無等差。

「可是我才不會這麼輕易放棄！」握緊拳頭，燃起少女的小宇宙。

「別委屈了自己。」

「靜溪，妳這麼說我覺得不對。」

她眼裡的星光與夜空的星輝相互映照，失落中破出漫天堅定，「也許很多人都認為在沒結果的暗戀裡努力是痛苦的，可是我不覺得委屈，我不想對不起自己的愛情。」

儘管是一個人花開花落的愛情。

輕輕的聲息融進夜色，她的語調帶著決心，「我追求我的愛情，不去中傷別人，我覺得自己這樣很好。」

這麼一個傻氣的少女，勇敢無比，她值得獨得一份完整的愛情。

儘管前一天睡過午覺，還是特地蹭回宿舍的床。但是，距離此刻，上一回深度睡眠已經是二十小時之前的事情了，精神恍惚得要懷疑自己真的還活著嗎。

「不行了，果然是老了，夜衝生活僅限於大一啊。我骨頭都要散了。」

歐陽芮學長立刻冷眼掃過自家青梅竹馬，「沒開車的閉嘴。」

瞄了一眼穩穩駕駛的男生，一頭俐落的深髮有些凌亂了塌了，挪挪身子，看著他稜角分明的側臉，籠著濃重的疲憊，我眨眨眼，壓下莫名心疼的情緒。

視線靜靜落在他扶著方向盤的白皙手指，指骨分明，修長無暇，讓人捨不得移開眼。

允修司學長一個一個將我們送回宿舍，我站在宿舍大門裡頭遠遠望著車子駛離，目送果然是最不人道的畫面。

回首，童童已經竄進宿舍，連澡都不洗，迷迷糊糊爬上床蜷著。

「不洗澡再上床嗎？」

「我們昨天是洗好澡才出門的，洗澡是晚上的事，我動不了了。」

「我們不是還吹了海風，妳可以忍受真服了妳。」

「睡覺皇帝大。」睏意濃濃的蹭蹭枕頭，開始搖頭晃腦，「我明天會洗床單的，真的。」她的保證沒有半點可信度。

反正髒的不是我的床，隨意。

到浴室裡沖了澡，換下一身衣服。我也想到床上裝殘廢，只是還有即期的報告必須完成，心裡都是眼淚呀。含恨瞅瞅對面床鋪的少女，我可沒有她大膽，敢拖延到最後一刻。

盤腿縮在椅子上，手上馬不停蹄似地敲著鍵盤，不時還需要動用美工能力，拉上幾條線或輔助表格，字型還得弄成助教規定的，錯一個都不行，不想這份定生死的報告過不了關。

寢室裏到中午都只有我與沉睡少女兩人，直至一點五十分，我揉揉肩胛，伸了個舒舒服服的懶腰。總算完成，點下儲存，立刻站起身，無聲唉唉片刻，老骨頭呀。

踮起腳尖，童童睡得昏頭，連翻身都沒有。

看來下午的課她是打算蹺課了。

一面收拾桌面與書包，我輕輕鬆鬆整理頭髮和有些褶皺的衣服，今日是註定睡眠不足了，晚上還有打工呢，Pivo 的例行表演。

太陽穴說時遲那時快突突跳了跳，真是理解自己主人，累得慌。

三小時的課都渾渾噩噩，撐著沉重的腦袋、竭力睜著眼睛，下課前回顧一下自己的筆跡……再完整都有些慘不忍睹。默默祈禱之後複習我能看懂自己寫了什麼。

一路奔馳，沿途都直直盯著前方，不敢慢下腳步或東張西望，這個時間到捷運特別多人，有時候不光是要等錯過一班的時間，沒能擠上車，必須再等五分鐘。

最後一堂課害人不淺，不準時下課也罷，還逼迫人必須交隨堂筆記！上百多人的大課，一個一個等助教登錄收拾，分分鐘鐘都讓人急不可耐。

遲到呀，想想就一陣戰慄，表演前的Seven 是很可怕的。

回想與Chris 第一次見面，非常自然流露的畏懼，嗯，我不斷加緊步伐。

「Safe！」氣喘吁吁衝進休息室，環視一遭，撓著頭討好地朝兩人笑笑。

「以我的錶為準，遲了一分鐘。」

「難得我準時啦，Jasmine 這就是妳不對了。」

眼睛瞇起，這人完全是幸災樂禍來著，毫無疑問。我氣弱道：「代表、你接下來的九次……會遲到。」

還在緩氣，話說得斷斷續續，我硬是要反駁他的風涼話，職場霸凌呀。

Chris 闊步繞過 Seven，扳住我的肩膀，我錯愕得忘了動作，只能認真眨眨眼睛，在彼此眼瞳中看見清楚的人影，這人看什麼呀？

才說了他一句，不需要動手動腳吧……

他仔細打量我，蹙了眉，「妳都沒有在好好睡覺的嗎？」

「啊？」下意識摸了眼下的青影。

不過是一天沒睡，用不著這麼眼尖。不自然地扭扭神情，我偏過頭，視線恰好掠過一邊的少年。

Chris 彈了我額頭。「別裝，妳跟 Seven 怎麼回事？兩個都一副沒睡醒的樣子。」

「咦咦咦……」

驚慌瞥眼 Seven 眼裡的笑意，那不明的深意，有點心虛。

我輕輕咳嗽，掩飾自己的胡謅，背涼了涼，「我在追劇，想一口氣看完，忘了睡覺。」

「那 Seven 你幹麼去了？」Chris 立刻將矛頭轉向。

「帶登山社的人出去。」

聞言，我頭垂得更低了，搔搔臉，我什麼都沒有聽見呀。

「夜景？」

「還有日出。」

「你行，都大三了還玩夜衝，老當益壯。」有力地豎起大拇指，燦爛的笑傻臉張揚著，像是青春最斑斕的畫面。

Chris 的笑容是有標誌性的。

Seven 隨意聳了肩，一面揹起吉他，「成語別亂用。」

「有嗎？我覺得挺適合的，妳說看看啊小矮子。」

「呵呵，別牽拖我。」

反手抽出鼓槌，仰首又喝一口拿鐵，苦澀的味道擴散整個口腔到喉嚨，忍不住狠狠擰眉。

這位少年又有話要說了，「幹什麼像在喝毒藥一樣？」

「苦，苦到我心坎裡的苦。」

他有些無語，盯著垃圾桶裡的兩包糖袋，「妳是螞蟻啊。」

「我平常又不喝咖啡，加一百萬包糖都覺得苦。」要不是今天情況特殊，我喝點茶就可以得到足夠咖啡因。

「也是，看妳好像都喝微糖綠茶。」他的指腹飛快拂過我的黑眼圈，我一詫，他馬上漾起輕鬆的愉快，若無其事，「像個熊貓一樣，結束後早點回去休息，小心變醜。」

「你這句話轉折來轉折去的，到底是想損人還是想友善關懷，實在猜不透你。」

「別問，妳會怕。」他淘氣眨眨眼，我一陣惡寒。

翻了翻白眼，我走近 Seven，替他撫平衣角的皺褶。他低下頭，即便沒有說話，都是強烈的存在感。

觸電似的趕緊放開，怎麼那麼彆扭。

醒醒呀 Jasmine，別讓童童給洗腦了，妳現在是宋蕭不是明靜溪。

空調吹送的室內該是涼爽，我順手扯了扯髮梢，莫名燥熱。抬眼看見 Chris 一蹦一跳站到門口，唇角的弧度帶著孩子氣的耀眼。

「走了走了，上台，要七點了。」

Seven 褪下外套，手指稍微撥弄琴弦確定音準。經過我身邊，厚實的手掌落在我腦袋，我來不及隱藏眼裡的慌亂，獨特的溫暖與安全感已經猝不及防撞進心裡。

在心底拖下長長久久的餘溫。

「別緊張，正常發揮。」

「好。」

眨眼間，我靠著捷運上的鐵桿，隨著輕微晃蕩，渾沌的腦海傾倒出前些時候的畫面，困倦的眼眸染上溫軟的笑。

結束表演，三個人魚貫下了舞台，休息室甫闔上，我抬頭，道歉的話還沒有脫口而出，被張揚的笑聲截斷。

「小矮子妳真是沒睡飽啊，手腳都不協調起來，要是沒有我的貝斯 cover 妳，妳就會被專業的音樂人白眼。」

好險來這個地方的，喝酒比例高，女生除了跳舞，欣賞眼前兩位少年居多。

我縮了縮脖子。「不就是第三節最後掉了一拍……」

「第四節起音慢了。」

氣勢衰弱大半，Seven 沒有放過我的意思。

「最後一節的連音沒敲俐落。」

「這是宿醉、宿醉。」

Seven 似笑非笑，語氣從容不迫，「第一次見面，妳喝了酒，是表現最好的。」

「哈哈哈對的，完全是不淋漓盡致不痛快。」少年在角落椅子坐下來，好整以暇哼起死了都要愛的曲調。

沒人可以救場，我眨眨眼睛，努力睜大眼裡的真誠。

他推了我的頭，要我趕緊回去休息。連收拾場復都不用了，將超市賣的盒裝香蕉塞進我手裡。

仰著頭艱辛瞅著他，茫然的眼光裡充滿他淺淺笑著的雋朗面容。Seven 又摸摸我的頭，清冷好聽的嗓子說著香蕉助眠。

此刻，下意識手心貼上自己的腦袋瓜，似乎還有他的溫度，涼風拂面，好像還能嗅到他的薄荷清香。滿腦子都是允修司太過分的笑容，刷了學生證進入宿舍樓，見到余芷澄在一樓的販賣機前面，面色微怔，她感應似的回頭。

「回來了？」意外地，她率先綻出笑容同我打招呼。

「喔，對。」

「打工了？妳們昨天怎麼回事？整晚沒回來。童童看起來像是屍體，完全一覺不醒。」

我更愣，「童童還沒醒？」

「喊了她幾聲都沒反應，還穿著妳們昨天出門的衣服。」

無語了，那隻豬呀。想想我至今沒有闔眼，全是眼淚。

隨意按下按鈕，機器匡噹掉出一瓶花生牛奶，她追問：「所以妳們去哪玩了？夜店？」

「登山社有活動，詩芸學姊她們都在。」

「是嗎，原來小溪妳的興趣很廣嘛。」任誰都能聽出她話語裡的酸意。我注意到她悄悄捏緊手指，「學長他們都在？」

她會問的學長，無非是允修司。

「有，都在，童童拉著我去的。」

她笑容僵硬，意味深長，「小溪這樣可不好，要是不想去的話，拒絕會比較好吧，不要委屈自己陪同童童瘋。」

被她的說詞雷得暈呼呼，忘了接話，低頭瞥了震動的手機，目光觸及飛入的訊息，驚嚇得差點摔飛出去。

在宿舍就下來一趟。

是允修司！

立刻回首張望大門外，昏暗的夜色遠處空無一人，我安心不少，鬧我呀。

不料，訊息又進了一條：我三分鐘後到。

「我、我先上樓拿東西，待會聊。」拿什麼東西呀，見鬼了，先換件衣服再說，妝呀妝，卸了素顏都好。

飛快奔上樓，連電梯都忘記可以搭。房間內莉宣才洗好澡，藍色的毛巾包裹著濕漉漉的頭髮，見我的氣勢不好拉住我盤問太多。

乒乒乓乓找出卸妝的工具，換下的衣服隨意扔進洗衣籃，捨不得多花一秒將垂掛在邊緣的褲子好好放進去。撞出許多巨大聲響，上鋪的某少女不過翻一個身，眼皮微顫，依舊睡得很沉。

我重新回到樓下，余芷澄已經不在，搔搔臉，沒看見她回房間呀。

抬手順了順讓風揚亂的劉海，刻意放緩步伐，深深呼吸一下空氣，努力再努力顯得鎮定從容。向門外遠方望去，視線不用過分延展，男生頎長的身影倚靠著牆，昏暗朦朧得像要化進唯美夜色中。

其他同學經過，感應的路燈一瞬間亮起，將他的面容都打亮。

我有些扭捏，「學長。」

他順著聲音回首，眉眼染著溫和的笑，分明知道我來了，還要故意等到我出聲才動作，沒人比他更奸詐了。

「在幹什麼？」

「啊？」

允修司大神不是該日理萬機，特地來找我只為了問在幹麼？這種傳傳訊息就可以解答的問題。我揉揉眼睛，迷茫的眼想將他看得更加清楚，馬上得到他暴力相待。

他戳了我的額際，手指白皙修長，但是，老愛跟我過不去。

「給妳，消夜。」

「咦？」

「當明天早餐也可以。」

在他執拗的溫煦目光籠罩下，期期艾艾開不了口拒絕，默默接下紙袋，偷偷瞥一眼。

「起司半熟蛋糕？」

「需要排隊到天荒地老那間店？」語氣忍不住飛揚。

他清冷的眸光終於徹底被溫軟的愉快覆蓋。我是知道的，眼前這個男生的一顰一笑，任何開心不耐，都牽動著人的情緒，甚至，自己也逃不過這樣的心悸。

太優秀的人會讓人害怕靠近，深怕被批評不知天高地厚，所以，出於自我保護，還有一貫的疏離，我不得不一次次推開他、一次次質疑他的問候。

這是我的真心嗎？

有一種心緒破土而出，持續又迅速生長，其實，也是期待呀。

期待他捧出的這份溫暖是我生命裡的陽光。

「對，趕緊上去休息。」

我眨巴眨巴眼睛，佯裝精神好，「現在才要九點半呢。」

他的黑色眼眸有一閃即逝的微光，沒讓人看懂。

剛剛好像表現得太傻太目中無人了，殘存著 Jasmine 欠揍的身影，越來越心虛了呀，再次懺悔，人果然作不得壞事。

「別忘記下星期第一次生物小考，明天找時間拿考古題給妳，絕對不會有一樣的，可是，能熟悉出題方向。」

這麼好，這種好東西要提早拿出來交流呀。我嘟囔。

像是看穿我的計謀，「要是一開始給妳，原文書都不會好好讀了。」

「心理系遺珠。」

「上去吧。」

「好啊，學長。」喊住他，盯著他在地上拖出的長長影子，我鼓起勇氣盯視他的雙眼，黝黑又深邃。我努力笑笑，「謝謝。」

又在門口站一會兒，趕在其他同學刷卡進去時跟著。恍神半晌，發現剛剛事出緊急，學生證肯定丟在書桌。

經過洗衣間旁的回收空間，忽然頓了頓，凝神在滾落地板的鋁罐子。

花生牛奶。

靠近一點，伸腳輕輕踢了，竟然是沉甸甸的重量。

周遭是靜聲的，我沒有四處張望附近有沒有人，斂下神情，這裡可以對門口情形一覽無遺。

所以，是妳嗎？余芷澄。

「書念得還好吧。」

倚靠著牆，捏了捏手機，我鬆了一口氣。看來莫以翔沒有我想像中的彆扭，反而比起他，我扭捏多了。

要是被他知道，不外乎會被批頭罵，「我一個告白失敗的人都沒有不好意思了，妳有什麼好矯情的？」

不能怪我，或許我平時表現多淡然，面對在意的朋友總會柔軟體貼幾分。二月連假過後，他依舊會傳傳訊息過問我的近況，只是，計算我們的交情，他的語氣語問候倒是顯得格外疏離。

我們都在尋找一個平衡，深怕就此老死不相往來的走散。

微薄的訊息牽絆著我們關係，至今，他終於來了電話。

「喔，勉強，你呢？圖學扛得住嗎？」

「妳還知道圖學了？」可以想像他揚起眉毛的表情。

好像真的許久沒有見到他了。

我輕哼，「當然，見多識廣還需要你稱讚嗎？」

「不錯、不錯，涉獵很廣，忙到我不打電話給妳，妳就真的給我一路裝死了？」輕淺的笑語隱藏深厚的危險。

他翻起帳來很熟練，理虧，我摸摸鼻子，咳了嗽清嗓。

「我有認真回訊息，值得被嘉獎鼓勵。」

「妳好意思提，哪一次不是我先開啟話題的？」

「斤斤計較的男人最不可靠了，要改。」

聽見我的理直氣壯，莫以翔倏地氣笑了，「還變成我的錯了？」

點點頭，一面手指輕點在白色磁磚牆，百無聊賴的模樣。我順口接上話，「喔，知錯能改，回頭是岸。」

「好了，我聽得出來妳過得很好了。」低沉的音嗓掀起一陣落寞，飛越距離到我耳畔。

「啊？」突然提起他做什麼？

「看來是妳那個直屬學長照顧得很好啊。」

「嗯，沒事了，妳去讀書吧，我去洗衣服了。」

忽然便要結束通話，我有些回不過神。從前都是我三催四請他才會甘願結束話題。

笨拙地張了張嘴，忘了挽留。

「喔好……拜拜。」

盯著按了光芒的手機屏幕，我略有感悟。曾經忽略的細節與情緒，現在好像都因為他的坦誠明朗許多。

喜歡一個人可能是一個瞬間的悸動，可是，忘記一個人是漫長歲月的褪淡，沒有盡頭。

系上的硬課沒有分期中或期末考試，教授直接了當規定三次考試，兩次不及格是穩當，出席率都救不了。

越是接近考試週，隸屬醫學院的圖書館人滿為患，搶不到座位，只好回宿舍浪費冷氣。抬了腳按下小電風扇開關，舒舒服服在寂靜的室內啃起厚重的原文書與剪報。

莉宣回到宿舍，進門看見已經窩在窄小椅子上做題目的我，沉默半晌，我有所察覺，扭了頭瞧她，她的表情顯然比我茫然，甚至逐漸溢出惶恐。

我正奇怪，她立刻開口了。

「妳妳、妳怎麼還在宿舍？」

「呃？不然我應該出現在哪？我今天沒打工。」再幾天就是生物學第一次小考，我才不敢到 Pivo 玩音樂。

允修司學長都送來歐趴糖和學霸筆記了，不能對不起他呀。

她放下書包，坐到我面前，神色嚴肅莫名。

「妳跟余芷澄怎麼回事了嗎？」

「啊？平常也就在宿舍會講上幾句話，而且都是妳們在的時候，怎麼了嗎？」

「社團呢？熱音社，妳們不是一起去了迎新，應該會一起入社吧？」

「入社意願單是交了，再來，好像是等課程安排表跟組團意願表，當時說過幾天會由學長姊發下來，沒有在期限內繳交的，就算交了社費也不算社員。」

「這麼嚴重？」

「因為要安排老師的時間，還有練團室的使用，能越早確定越好，怎麼說熱音社都算上大社團了，跟熱舞社一樣人數驚人。」

手裡轉著的藍筆停歇，我看著她眼裡的詫異與不可置信，蹙了眉，「到底怎麼了？從剛剛就這個神奇的表情，想說什麼直接說。」

「所以妳沒有拿到妳說的啥表單？」

我偏頭思考，認真搖頭。莉宣卻是很鄭重嘆一口長氣，在我困惑的詢問目光下，她又拉近了距離，壓低聲音。

「我真的不知道她會這樣……」

「誰？余芷澄？什麼？」

「就是前天妳們熱音社的一位學姊拿單子等在宿舍樓前面發，我剛好經過看見，才想問妳需不需要幫妳拿，我記得妳那時候在系辦，結果余芷澄自告奮勇替妳拿了，說一定會轉交給妳。」

她悄悄覷了我的沉默一眼，扭著手指，吞了吞口水，小心翼翼說：「我是聽見那個學姊說哪天要到社團活動的地方繳交，所以……」

我沒怪莉宣，揉了揉混亂的腦袋，這事情的內幕很稀鬆平常，沒什麼好大驚小怪，這麼小兒科的把戲，我斂下眼瞼，稱不上背叛的。

從來就不放在心上的人，我們是彼此彼此。

但是，如果現在連表面的和諧都維持不成，也就罷了。原本想著船到橋頭自然直，看來，這份豁達是保持不下去了。這次不過是社團的選填單，往後呢？往後攸關住宿或是升學或是其他更重要的呢？

到時候，絕對無法寬容原諒。

「算了，我們合不來，她在意的是我向來不在意的，她如果覺得我是阻礙她交友的人，所以想藉機推開我，我無話可說。」

「她還在為上次的事情生氣？太沒道理了，她實在是……她不會真的喜歡允修司學長吧？」

我聽見自己聲音清冷漠然，「喜歡，她當然是喜歡，只是這份喜歡到底有多少真心，有多少不是因為虛榮或膚淺的愛慕，我們都不會知道。」

讓人不勝唏噓。

「也是，我都不敢說自己和學長很熟了，她一個外系生而已，就算是高中同一個母校，中間差了幾屆，再多了解都是傳言。」

我點點頭，打算不理會這些事情，轉回身子繼續跟生物學搏鬥。

她忽然又問起，「那熱音社的事妳要怎麼辦？」

「她那麼不想要我加入，我也不用去找不自在，本來就是陪她去的，既然現在不需要了，宅在宿舍或是打工，都挺好的。」

「妳不跟她攤牌嗎？」

啞然失了語，沉默半晌。我嘆一口氣，無奈是綿長的，竟然也有幾分如釋重負的意味。

「能攤牌什麼？說我知道妳故意不告訴我表單的事情，還是我知道妳一直看我不順眼？不管什麼，這些沒什麼好說的。至少，她不喜歡我，我同樣不喜歡她，不會心理不平衡。」

「可是！妳不怕她真的跟妳那些學長學姊混熟了，她在他們面前生話或挑撥之類的嗎……」

這確實是好問題。

但是，懂我的人用不著我費唇舌解釋，不懂我的人，再多對話都是沒意義的辯解。

或許這樣的想法成熟豁達，偶爾還是會興起疲憊。

「她就試試呀，她能做到什麼程度，我很好奇。」

「小溪，妳果然狂。沒關係的，我是絕對絕對站在妳這邊，不要擔心。」

我沒忍住笑，頰邊泛起輕淺的微笑。手指捏著筆，敲敲厚重的課本，溫軟的嗓音隨之響起，「什麼時候改成心靈雞湯的模式了？這話題結束得很特別呀。」

「……妳她媽才心靈雞湯。」

第一次生物小考，讓一堆專有名詞打暈了腦袋。

幸好在生單字部分有多下工夫注意，要是連題目都看不懂，只能猜一個歡樂。我憐憫地瞄瞄拎起背包自暴自棄的某少女。

「這次考不好，下兩次考好也行，是吧！」

眨眨眼睛，不能說善意的謊言，「必須看這次多不好。」

保守回答、保守回答。

她頓時傻了，「莉宣在乙班不知道寫完了沒。」關心起別人。

「這種時候只有兩種人會出考場，確定會寫的，還有，都不會寫的。」沒對她手下留情，不然她要繼續醉生夢死了。

能不能擦邊畢業不是重點，未來執業誤了病人比較嚴重。

她將頭髮扯成鳥窩，忍不住好笑，帶著難得的同情心要替她打理。不料，彎過轉角毫無預警走來一名男生，我愕然，是歐陽芮學長。

手僵在半空中，實在不好理解身邊這位少女的崩潰內心戲。

「學、學長……」

須臾，她飛快自空蕩的背包掏出梳子，若無其事整理，心理素質挺高的。

將兩張通知單遞到我們手上，歐陽芮學長勾起尋常溫和的微笑，「詩芸讓我拿過來給妳們，登山社第一次出隊的活動介紹。」

「麻煩學長了，其實我們可以自己到社辦拿。」

我撫額，口是心非就是這般了。分明非常欣喜若狂能有歐陽芮學長親自送達，要是到社辦領，見面的機會是趨近零。

不怪她糾結的心態，這貼心的少女捨不得勞煩學長。

「不麻煩，我前一堂在樓上，通識課，就是順便。」

「原來如此、原來如此。」

「看了有什麼問題或疑問，都可以隨時提出來。」

「好的，學長辛苦。」

是不是暗戀的少女都會變特別卑微，平日再活潑健談的個性，在最特別的男生面前，成了膽小鬼自亂陣腳。

目光忽然沉寂下來，我始終害怕的，不光是無法與他走到最後，同時，害怕自己率先成為那樣的人，那樣因為愛情奮不顧身的人。

眼見童童有點接不上話題，我勉強開口，「我待會是和詩芸學姊同一門通識課，有問題也可以問她。」

「聽說阿司旁聽那堂課？」

我點點頭，歐陽芮學長不可抑制漫開嘴角的笑。

「他挺行的啊。」

「呃？」

「沒事，也是，妳也可以問阿司……靠，那他們兩個人都可以等一下拿給妳，還硬要我起床。」

「起床？」

我與童童不約而同重複一次。

歐陽芮學長露齒一笑，像是穿越無數光年的陽光。線條分明的臂膀抬起，撩了凌亂的劉海，黝黑晶亮的膚色帶著迷人的耀眼。

童童少女徹底被亮晃精神。

「剛剛的通識課是涼課，不睡覺才傻。」

社團一面籌備著期中後的出隊，一面討論著細節與注意事項，天氣良好的時分偶爾要到體育場體能訓練。沒有加入熱音社，於我，並不是多天崩地裂的事情，我還有登山社，儘管不是滿懷熱忱參與，但是，這裡有我想見的人。

走著走著，有些失神。

我揉揉腦袋，趕緊往通識課的教室前進。不知不覺學期已經過了一半，多少人在大學期間醉生夢死，再也不像高中生擁有長輩的叮嚀催促。

查詢期中成績，我拍拍胸口，也許不是前三名，前十名應該不是問題，別被通識課或體育課坑掉就行。

拐過一個轉角，驀地被一隻手扼住行動，我抖了下，略驚嚇。

側過頭，恰好看見詩芸學姊賊兮兮的笑容，太陽穴跳了跳，有不太妙的感覺，老實說，學姊的思維不是挺正常的。

她朝我露出燦爛笑容，纖細的手指指向樓梯口，我順著指示望過去。

有一對男女，對話似乎膠著許久。我定睛一看。

「學長是不是對小溪太好了？」一點點的酸意像是要自喉嚨竄出。

是余芷澄，還有允修司學長。

默了一瞬，男生揚起不溫不涼的聲音帶著深濃的疏離，要掀起女生更深一層的不甘心，他恍若未覺，「那又如何？」

我聽見她的步伐踉蹌一步，鞋底與石子路摩擦沙沙的聲響。

「算上社團活動，我也是和學長有關聯的學妹……不是嗎？」尾音的疑問生硬了幾分。可以聽見男生輕輕淺淺笑了起來，「同一所大學就能稱上學長學妹。」

輕鬆灑意的語調帶著漫不經心的心情，彷彿俯視著女生的幼稚與嫉妒。

揉揉眉角，我不懂這些話她怎麼敢對著允修司質問，他從來都不是好說話的人，她就是看不清。

我知道，如果不是允修司學長對我好，哪怕是同一個科系，我都不敢死纏爛打黏上他，我更知道，如果不是他對我親近，我不會知道他是多麼外冷內熱的人。

全看他有沒有放在心上。

「我不對直屬學妹好要對誰好？」

「你看到的是最真的她嗎？就平常那點相處，學長你了解她嗎？」

好奇心作祟，我貼著牆，覷眼看過去，恰好收攬允修司揚起的眉毛，似乎帶著探究的意味。女生從中找到繼續話題的勇氣，語調抬高幾分。

「小溪平時乾乾淨淨的，其實在宿舍挺邋遢的。她很愛睡懶覺，還挑食，這樣的她，你見過嗎？」

真是太無語了。她描述的人物形象，根本是自己呀。

想要抹黑也該是找點自己的優點，這不是傻嗎。

她更向前一步，「學長這樣就說喜歡，不覺得太早了嗎？」

喜歡？

心臟彷彿被狠狠撞擊，在心底響起悶哼，我壓了壓左胸口，心跳莫名失速了。這話題太跳躍了呀，根本是在搭火箭。

時間像是被按下靜止，與感情一樣都黏稠模糊起來。

在冗長光陰中男生重新揚起聲息，我屏住呼吸，似乎世間萬物都輕盈了。

「喜歡不喜歡，與妳何干。我沒有時間可以浪費，不願意給不重要的事情浪費，從現在開始，我們應該都不會有交集，所以，別再跟我提明靜溪。」

清冷的嗓音充滿距離，這樣淡漠的他，是罕見的、是真實的。

我忍不住抬眼去注意他。

他的話語不停，眼光冷下幾分。「我不需要浪費時間去聽我沒看見的樣子，關於她的任何事情，我會自己去認識。」

耳邊傳來詩芸學姊的低語，「好樣的小子，將這女生打擊得七七八八。」

「我哪裡比她差了？就因為她是醫學系的嗎？」

「差在妳對一個人的認識停留在表面。」

「什麼？」

「她不覺得世界上有差勁到沒救的人，不會惡意中傷人或是無中生有，她不會對朋友甚至是同學的事情信口開河，更是不會拿捏著攸關別人權益的事，告知和隱瞞全憑自己一己之私。」

余芷澄的臉色唰地白了，腳步與手指狠狠顫慄。

半晌，她倔強抬起頭，讓人同情不得她眼角的水花。

「她連這都要跟妳告狀嗎？我以為會有多高尚呢。」她頓了頓，察言觀色，「不過是嘴上與看起來不在意，其實惱怒得不得了。」

要有多腦補才能說這樣的話？我再假掰矜持，用不著偽裝給她看。

「是我說的、是我說的。」

我一愣，學姊瞇起眼睛笑，有些得意，「我覺得妳沒加入熱音社很奇怪，特地找她出來談談，雖然釐清了，可是不好破壞社規，所以做不了什麼，不過，對她來說，告訴阿司就是最好的懲罰了。」

默默點了頭，當許多人都在困難的世界支持相信著妳，是會感動的。

允修司笑了出來，涼寒的、輕蔑的、冷情的。

「我想，那是妳的心情，而且，與我無關。」

她不覺得世界上有差勁到沒救的人。

這句話聽在耳裡有些耳熟，有熟悉的體諒。

誰都是在冷漠的世上尋找一份相依，同樣，誰都在不斷面對世上的冷暖變換，即便生命裡有再多不幸悲苦，我都試圖從莫以翔的寬慰中學著去看事件的正面或人性的善良。

認真想來，莫以翔說過，對於不熟識的人，我最愛說：「喔，聽起來像個好人。」

莫以翔是與我相伴鼓勵多年的朋友，他的相知我不意外。

但是，允修司，我總不敢直視你的理解，彆扭的應對你的善解人意。

可是，我逐漸明白、逐漸不可抗拒，在與你的羈絆裡頭，不論是 Jasmine 或是明靜溪，都有屬於自己的定義。

都是在你面前才能擁有的模樣。

來到教室，詩芸學姊故意蹭到一邊與朋友搭話。

做足了心理建設，故作氣定神閒，悄悄且緩慢在他身側坐下。

斟酌片刻，我喝了一口礦泉水，「其實，我在宿舍不邋遢的。」

一句話，只需要這樣一句話，他能明白意有所指。我不願意隱瞞，選擇坦承。

漆黑清亮的眼眸破出溫和的愉快，習慣性的，他戳了我的額頭。

「偷聽。」

「誰偷聽了。」這麼小人的事情我才不幹。

撞上他爐火純青的似笑非笑眼神，氣勢飛快矮了半截不只。略尷尬，百口莫辯呀。

「我是剛好偕同詩芸學姊經過。」

「所以，聽明白了？」

腦子沒有轉過來，我一臉傻缺樣子。

他露出饒有深意的微笑，修長的手指拂過衣角，停頓與醞釀的時光長久到讓人按捺不了，我憋著氣，知道他壞心眼又要耍人。

「我想知道的，我會親口問妳。」

「嗯？」

「我不會去聽信別人眼裡的妳是什麼樣子，我相信自己，相信在我面前的妳。」

清風過境，意外沒有吹散空氣裡獨特的躁動。

在心底留下深不可測的痕跡，還有，最清晰的失速心跳。

有人的一句話能夠讓你如鯁在喉，同樣的，必定有人的一句話會讓你徹夜輾轉難眠。

冷清的夜裡，胸口卻是莫明燥熱。

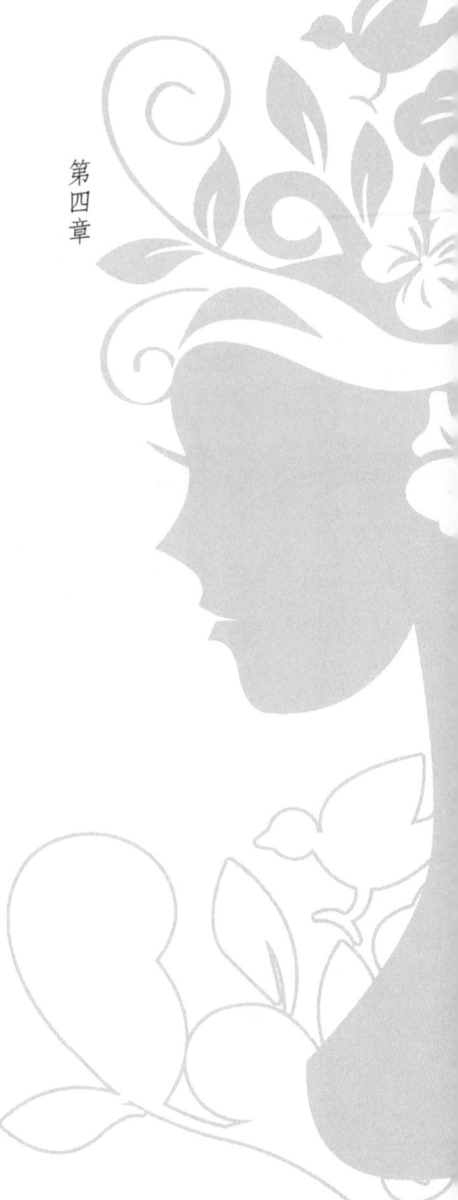

第四章

我以為我與余芷澄就這樣子了。

不再有其他交集。即便在同一個寢室裡也是形同陌路人，即便在校園裡迎面走近也是擦肩而過，不爭執不吵鬧，相敬如冰。

確實如此過了這一學期最後時光。

她不再過問或干涉登山社的活動，不光是沒有立場，亦是拉不下臉面。不管她好奇與否，我與童童都不需要迎合她的喜好，甚至顧忌她染上鏽色的那份喜歡。

往後的往後，才聽學姊說起熱音社裡的余芷澄過得不好，與同屆其他學生的摩擦多到吉他課老師處理不完，揚言要她們退社。

越到期末，她很少回寢室，最後，某一天居然將行李都搬了。

漠不關心是很可怕的。

從宿委口中得知她退了下學期的住宿名額，在校外找了房子，前一星期就在準備申請退宿。她的私事對我們無可奉告，我還是有些詫異她走得決絕又風風火火。

進入期末考週，在校園內閒晃的身影少了，天氣冷，到圖書館的人不比夏末。一個寢室內的都是相同科系，發憤圖強起來，能互相打氣、互相唾棄。

我們常猜拳決定買飯的人選。

很好呀，我是猜拳小手殘，跑腿次數五根手指頭數不出來。

今天卻是意外在自助餐店遇到余芷澄，愣神片刻，猶豫要不要打招呼，縮了縮腦袋，看來是被風吹壞腦子了，多虛假的決定呀。不幹。

她倒是比我沉不住氣。也是，她理虧在先，但是，老實說，我沒有在她眼裡看見任何歉意，只有一貫的倔強與任性。

「妳沒有什麼話要跟我說嗎？」

我確實跟她無話可說，因此，她叫住我我挺意外的，收起眼裡的詫異，我站定腳步。

認真看她的神情，「沒有。」

「把我逼退妳們真的好意思？」

我一臉懵樣，「不是妳自己選擇退宿嗎？」

誰拿刀架她脖子上讓她滾了？太把自己當一回事絕對是病，病入膏肓的人沒得治。略憫。

「歐陽芮學長和允修司學長關照妳就讓人羨慕了，可是他們跟妳是同系的，無可厚非，那就算了，連詩芸學姊他們都站在妳那邊，太不公平了。」

我嘆氣，這少女的邏輯有點問題呀，「他們多照顧我一點，都是因為允修司學長。」完全是裙帶關係。

「妳現在是在炫耀嗎？我非常非常在意的人，妳棄若敝屣，那麼，讓給我不可以嗎！」

心好累，完全不能溝通，「如果妳只是要追究這些，我沒空。」

「明靜溪，從一開始我就……就嫉妒妳。」咬了咬牙，她堅定的眸光裡籠上一層冷冽的勇氣，破釜沉舟似的，「妳什麼都不用做，就可以得到所有我夢寐以求的。」

「夢寐以求的，是萬眾矚目，還是一個人的喜歡？」

顯然一愣，她咬了咬唇，說不出話來。

沉下聲音，我第一次正視這份真心、第一次說起關於他。

「然後最後，妳說錯一點，就是我沒有把誰棄若敝屣。」

捧在手心珍視都來不及了。

暗戀是許多人青春裡的陰雨或暗影。

喜歡得義無反顧，傷心時淚流滿面，哭得豪邁放肆都不打緊，因為最期待來安慰自己的那個人，卻是懷抱另一份愛慕，對著其他女生。

再如何嚎啕大哭，都換不來一次回眸。

或許有憐憫與不忍，但是，那些優柔寡斷的情緒都不是我們渴求的。

我收起筆，猶豫片刻，試圖在寂靜的淚水中盪起一些聲響，輕聲的寬慰在面對漫溢寢室內的悲傷。

輕輕靠到床沿，我蹙了眉，「童童妳醒了嗎？」

「……我再睡一會兒。」極輕極輕的囁嚅從被窩傳出來。

話語中盡是哽咽與委屈，清晰可辨。

她已經蜷在床上一個早上了，不吃不動，當自己是冬眠的北極熊呀，連翻身都沒有動靜。拂上她的肩膀，我再次規勸。

「再怎麼樣都不能忘記吃飯呀，我去幫妳買妳想吃的東西。」

小心翼翼不踩著地雷，拒絕呀失戀呀難過呀，這些負面的可怕詞語，完全是禁語，要比文字獄還謹慎。

失戀的人比平常要脆弱上百倍。我必須好好捧著她的少女心。耐著性子，又晃晃她的身子，溫聲開口，「妳再瘦下去，臉頰都要凹了，變不好看妳開心嗎？」

倔強的身形顫動一下，我克制嘴邊的笑意，再加把勁，「想幾樣想吃的食物，幫妳貼心外送可不是每天都會有的事，好好把握呀，機會難得。」

「……」

「想想外面的烈日，再想想宿舍的冷氣，心動就別逞強了。」

「小溪。」

眨著眼睛，幸好被說動了，我發出一個鼓勵性的應聲。

一面三心二意祈禱，要是距離遠了，只能涎著臉祈求莉宣騎車去了。

「妳記得現在是冬天嗎？」

學校寒假比其他學校要來臨得早，儘管如此，我們都留下來練習實驗課程，因此多申請一星期宿舍房位。

不得不提及醫學系最後一科期末考試，考到時間壓線才交卷。登山社的遊覽車停在後門口只等我們大一兩人，臉都丟光了。

在學長們催促中匆匆拽了行李衝上車，甫上樓梯，輕輕抬眸，慌張的目光被一道清冷專注的視線攥住，頓住，迅速冷靜下來。

深呼吸一口長氣，讀懂他的示意，乖巧坐到允修司身邊的空位。眼睜睜看見他將背包放到上頭置物，伸手拎過我的也推進去。

童童緊跟在後，理所當然竄到歐陽芮學長身邊的座位，不過，發現鄰近位置的詩芸學姊，眸光稍微昏暗了，咬了咬下唇。

她需要多努力才能得到歐陽芮學長多一點關注？

打定主意要在活動期間找一個浪漫好時機告白，沒有好的說詞阻止。她的愛情不該被人和誰左右。

其實，我不明白說出口的勸阻，是該害怕他們錯過多一點，還是害怕童童受傷多一點。

不經意跟在路途中跟允修司提起，他的回答非常有風格。

「她的喜歡，與妳無關。」

「啊？」

「除非，妳喜歡歐陽芮。」

「沒有！」謹言慎行呀謹言慎行，被這個敏感睿智的男人抓到小辮子會很難翻身。

這次是第二次出隊，難度理當高了些。第一天晚上允修司學長便帶我脫了隊，搬出我生理期當作藉口，眨眨眼睛，默默瞅著他，我臉色變幻難測。這人怎麼可以說起謊來臉不紅氣不喘？高手呀。

我跳了兩下，身體是這麼靈巧。

他帶我拐了幾個彎，繞出荒山野地，回到市郊，經過燈光昏暗的街巷，這些無名的小路他走得自如，絲毫沒有遲疑，不用開地圖大神。

走平地是比爬坡輕鬆多了。收到童童慰問的訊息，不是略心虛，是大大大歉疚，坐立難安那種。

「要去哪呀？」

「別吵，待會就知道。」

居然讓我別吵。耐不住沉默，我更加小心翼翼開口，「這裡你怎麼走起來都不用思考？你家廚房呀。」

「別問，妳會怕。」

這人挺幽默的，只是這幽默挺冷的。

我只好呵呵陪笑。但是，絕對不會想到半小時後我便木然，壓根笑不出來，站在舊式三合院房屋外呆若木雞。

遠處有聲控的壁燈，在夜裡沉寂著，我看不清他的面容他的神情，肯定是揚著放肆的笑，燦爛又帶著惡趣味。

「你、你家？」不是吧？

「老家。」

皺了眉，空白的腦袋實在難思考更多。「不懂。」

「我媽平時都住在西區的公寓，偶爾才會回來打掃。」

「然後、你想說……」

「她今天剛好來了。」

揉揉眼睛，再揉了揉，確認他眼底恣意的玩笑不是錯覺。他的笑向來是乾淨清冽的，時而溫軟時而淡漠。很少很少會像現在這樣有些使壞。

確切如實的形容，是笑得有點賤。

我盡量不讓自己結巴，「你帶我來這裡……要幹麼？你想家了？」

「喔，想我媽了。」

這人多悶騷呀，說得出口如此溫柔又脆弱的話語。

被他的直白晃了精神。你想念你家娘親干我什麼事啊？就算路上孤單寂寞覺得冷，也不該拉上我。我與他，明靜溪與允修司的關係便得撲朔迷離，我自己都釐清不了對他的心意，不用說猜測他的思考了。

他輕易將我落在身後，月光將他得被映照得格外巨大頎長，像乘著風走近剛跨出門的婦女，迎面給他一個擁抱。忽地，鼻子酸了。

這才是家人久別重逢的溫馨呀！

眼瞼微斂，胸口傳來窒息似的悶感。耳邊響起允修司學長先前不經意的探問，緩慢讓目光順從內心凝在他碩長的背影。

聽童靜予說你中秋沒回家。

學長不是也沒回去嗎？別問我聽誰說，小看自己的腦殘粉絲是很可怕的。

中秋團圓的節日我沒有回家，不過是，缺了一個我，他們依然將家視作美好完整，我留下的空缺，他們恍若未聞的用笑聲填滿。

我媽難得有勇氣離開熟悉的城市來見我，我不能打擊她的信心。

截然不同的原因。

在身體裡面漫溢的欣羨，逐漸擴散到全身，自瞳孔流瀉，漆黑的眼睛亮晶晶的，濕漉漉的，可以反射出遙不可及的嚮往。

曾幾何時，已經不對父親母親的關懷懷抱希冀。

紛飛的思緒似乎在臉上一覽無遺，我摸了摸臉，沒感覺異樣，可是，我忘了，允修司是多麼成熟細膩的個性。

他朝我招招手，我回過神，眨去眼角的水色，隱藏蔓延的遺憾。

「過來，這是我媽。」

神色僵硬，我當然侷促，「阿、阿姨好。」

在接下來的擁抱裡，除了溫暖還是溫暖，滿滿的。我悄悄伸出手，扯住允修司母親的衣角，忍不住回憶起母親的味道是什麼。

只是，越是回想，越是淪落於更深沉的空盪。

理智線突然猛力回攏，發散的懷想斷了，我集中注意回到前方的紅綠燈，視線掠過手裡的食物，定定落在不斷亮著螢幕震動的手機。

快要回到宿舍了，等一會再回撥也行。

我踏出穿越馬路的第一步。

三天的登山社旅途，所有人所有事情好似都有飛躍性的成長。

童童的告白失敗讓她掙脫暗戀的桎梏，然而據說，當時歐陽芮學長遠目跑在前方的詩芸學姊與自家青梅竹馬，如同之前每一次的團體遊玩時光，他們倆人總是玩得最暢快最旁若無人。大家呀，都見怪不怪。默認了他們的關係與相處。

歐陽芮學長淡淡說一句話，「都是我最好的朋友，如果可以給彼此幸福，沒道理我不給祝福。」

遠觀著童童與歐陽芮學長，其實是近乎站在極為靠近的距離，記錄了兩人面對愛情不同的態度。

我做不到童童的浪漫無畏，可是，同樣不想萌芽的好感蒙上灰塵。

總是忍不住捫心自問，我是喜歡允修司的嗎？

願意走向他身邊，走進入他的生活圈，以及走進浮躁的流言嗎？

是不是這份若有似無的喜歡還不足以讓我鼓起勇氣與他並肩？

只是，我很清楚明白，不要再重蹈覆轍，不能逃避自己越來越頻繁的心動。錯過，是生命中難忘的灰色遺憾。

紊亂的思緒突然被拉回現實，我喃喃重複一次。

「Chris 摔車？」

卸下髮捲的手一頓，被嚇得夠嗆，眼底翻起一層明顯的怔忡，擔憂與無奈都後知後覺匍匐前進，我隨手撥弄飄揚的蓬鬆劉海，驀地有點啼笑皆非。

怎麼說呢、就是有些不意外。

這種無厘頭的危險事在他身上似乎絲毫沒有違和。

瞥眼童童搖搖晃晃下了床鋪，腳步虛浮，分神盯著直到她坐回書桌前打開盒飯，我才放心認真給 Seven 回話。另一隻手把玩著手機，為了偽裝不是明靜溪，特地新辦了一個臉書帳號。

每次都很害怕開錯帳號回覆訊息，眼殘已經是沒藥醫的境界。

言歸正傳，老早告訴 Chris 不要老是在市區時速七、八十。依恃他那爛運氣，根本完全扛不住呀。總是恣意妄為，就算後座有人還是敢單手騎車。

右肩夾著手機維持通話，先是嘆息，有忍不住的笑意，「傷勢還好嗎？」

「手指頭打字速度慢得他都錄語音了。」

「聽起來很嚴重。」微微蹙了眉。

「他愛小題大作，平時就比別人怕疼。」

聽著 Seven 風輕雲淡的口吻，不安的情緒只剩下微風輕輕過境海面的漣漪，一晃眼便消失的痕跡。

也許他的聲息，對我就是有永遠不嫌膩的作用，拿他沒轍。

「晚點一起去看他嗎？我還在學校。」歪過頭，我又開口：「都住院了，真的不嚴重嗎？」

「擦傷聽說挺多的，腳上的面積比較大，處理起來麻煩，怕他有腦震盪，在急診室躺著，要觀察一下。」

我聽到他輕哼。「他們學校教官打死也不讓他住院，太丟臉，他是死賴著不肯移動。」

「笑了，行，他是等著我們去救，你開車去嗎？」

「當然，我不樂意推輪椅跟他逛大街。」

沒心沒肺地扯了嘴角，我揚了語調。「笑了，醫學系才子你要去急診室探望傷患呀。」

「……說人話。」

我在電話這頭沒心沒肺笑起來，呵呵的笑聲太魔性，感染了他，但是，無奈成分可見居多。

「沒呀，我說人話，就是覺得未來醫生探病挺好笑的。」

對話彼岸的男生嗓音依舊清冷平淡，泛起一絲無奈與縱容。「我看是妳笑點太低了。」

「哦、是被你影響的。」

Jasmine 對 Seven 向來膽大很多，明靜溪顧忌形象也好，更是在意學校的長幼制度，不好踰矩放肆。

這句話說來挺沒底氣，不過是想反駁，沒有半絲根據。我摸摸鼻子，誰不知道冷面允修司是多不愛笑的人，但是，真微笑了，肯定是一顧傾人城，禍國殃民呀。

這世代不愧是靠臉吃飯的，他騙走多少無知少女的芳心呢。

「聽起來今天心情很好？」不說我，他聲音裡也藏著溫和的愉快。

不能誤會呀，我們才不是對Chris幸災樂禍。

「還不錯。」可能陽光很好、可能，聽見你的聲音很好。

都忘了這個少年有多見不得人得瑟，打擊人是分分鐘鐘的輕鬆活。「看來，晚上要練習的歌序是寫好了？」

「……幹麼每次都要人寫歌序。」

「如果妳可以即興發揮我沒意見。」

狠狠一噎，囁嚅著。「太高看我了。」

「想多了，沒高估妳，所以讓妳好好多聽幾次歌、好好寫歌序。」

這個人飆起智商嘴人還是無人能敵的，句句都確實戳在人痛處，完全沒辦法突破回應。

鼓著腮幫子，下一秒想起他看不見，白浪費了。

「行了，別玩了，十分鐘後老地方接妳。」

「好呀。」語頓，我連忙補述，嗆了一下。「等、等一下，十五分鐘呀，我還要上妝，還要防曬，外面的紫外線不是開玩笑的。」

會燃燒吧火鳥。

這句智障的形容當然只敢憋在心裡，被莉宣影響得有些腦殘了。

剛剛出門是大嬸的派頭，凌亂的頭髮只抓過梳子好好梳開，穿著薄長外套，睡褲都沒換下，踩著拖鞋到隔壁街拿份餐點。

現在可不行。得到他的應諾，俐落摁斷電話，輕笑起來，約莫能想像允修司臉上鋪上一層無可奈何的容忍情緒，墨黑色的眸子全是胎非比尋常的冷靜與理智，充滿違和。

可是，讓人很明白知道，眼裡星光點點的寵溺。

是會成癮的體貼，同時，是我盡力忽視的好。

我該拿什麼心情接受，我釐清不了心底那份惶惶的不安。

但是，別忘記世界絕對百分百事困難模式。

「你帶小學妹去你老家？這是什麼見家長的節奏！」他語畢，我一口差水點噴出來，嗆得狠了，拍著胸口用力咳嗽。肇事者奇怪了，「Jasmine 妳反應這麼大幹麼？」

這個人、這個人！

都躺在病床上了嘴巴還這麼不安分，雷得我幾乎要把肺咳出來了。就算根本原因是我自作自受，他也別那麼思想出神入化。

引人遐想呀。

「可以這麼說。」

小心嚥了口水，行動有些機器人般僵硬，我回頭，身邊的 Seven 面不改色，眉眼的飛揚傾洩出不一樣的流光，與他語氣裡的平淡截然不同。

我努力在時光中平復七零八落的心情，撿回一些被沖散的理性。

「你們直屬關係這麼先進？」我故意問。

Chris 面色古怪，「先進？」

Seven 的神情也不遑多讓，可能冷面習慣了，顯得略正常。

「不要在意這種細節。」我擺擺手。

「同理，我跟她的關係你們別多問。」總覺得他今天的笑特別不懷好意。

「哪是我們自己問的！是你先說你們在登山社活動落跑，然後又說出你拐她去老家見阿姨！」越說越是亢奮，語帶委屈。Chris 剛抬手又哀哀叫疼，扯到痛處。「我們都是認識兩年才讓我去過你老家，果然重色輕友。」

「沒說不是。」

「不是什麼？」

都幾歲的大男人了，還直著脖子這樣孩子氣的爭執，他真的只有輕微腦震盪嗎？我覺得挺嚴重的。

「沒說不是重色輕友。」

堅決的，果斷的，理智的，重複說了一次，卻是說出如此親暱溫軟的認定。

違和的神請語調多了，似乎都沒感覺突兀了。

忽然插不上話，覺得胸口鼓譟著熱意。低頭盯著男生的名牌運動鞋，一雙呵護得晶亮潔白，另一雙明顯歷經風霜，可見摔車時後在柏油的上磨慘了。

思緒飛快在腦子裡轉，允修司是故意帶我去老家的嗎？

我抓了抓頭髮，任由長髮自肩膀滑落。出門前用電棒捲稍微打理過，挺順眼的，風來伸手揮揮也很自然。

「Jasmine 妳又幹麼？頭癢呀？昨天沒洗頭？」

「你他媽才沒洗頭。」

問女生有沒有洗頭跟問年紀體重一樣是大忌，沒洗頭會讓他看出來嗎。

只想對他翻死魚眼，不懂女人心，難怪還單身。

「吃到炸藥了？」他撇撇嘴，下一秒又坐正身子，眼眸裡閃著真誠的疑惑。「妳幹麼面對我都是嗆，只欺負我是不是！」

著實讓人噎住，總不好說面對 Seven 根本就是面對直屬學長，備感壓力、不敢放肆。

光速揚起駁聲，心底湧起懊惱，不能展現我好像心虛呀，「誰說？我對 Seven 也沒在客氣呀。」

「那倒也是。」

白眼都不願意給了，這男人的觀察力洞察力什麼的，負值。

插科打諢之際，護士來過兩次，觀察了 Chris 的傷口包紮狀況，也做了一些簡單的物理醫療測試。醫生要是診斷他腦袋是撞空了我都不意外，還是敲一下會有迴音的空蕩。

「我看你復原挺好的，自己走回住處都不是問題。」

「咳咳，不要那麼絕情，我不斷腿也會殘廢，載我，謝謝。」深怕被拋下，胡言亂語少了不是一星半點，直奔重點。

坐到寬敞的後座，如果不顧慮大片的擦傷會磕到，他八成手舞足蹈，陽光般耀眼的笑顏讓人有些不忍直視。

是沒看過車子嗎？黑人問號呀。

死命要賴上了座位，容易得意忘形，Chris一個人同樣能自得其樂，潔癖鬼的高傲形象蕩然無存。

「啊，剛剛想到我們的年紀，Seven 大三，我大二，小矮子大一，階梯式的Do、Re、Mi。」

「想表示什麼？直說呀。」

「既然如此，從今往後！」

「是？」真不期盼他能說出什麼驚世駭俗的決議。

駕駛者僅是瞥了中央的後視鏡子，約莫零點幾秒，微小的關注。

「Seven 是大哥，我是二哥，小矮子就是妹子啦。」

「靠，你腦子一定沒長全，誰要跟你拜把呀。」

沒頭沒腦的，霸王硬上弓，認親沒人他這樣心血來潮的。

屏蔽兀自雀躍的男生，我鎮定看向專心在路況的 Seven，車子緩緩駛進，在十字路口的紅綠燈前好好停下。

前方的車子呼嘯而過，搖下的車窗湧進轟隆隆的吵雜，風卻是止息了。

手指輕輕敲著方向盤，空閒的右手伸過來，親暱又霸道的，彈了下我的額頭，力道沒有在客氣的，當下，我忘了計較。

不過是指尖的輕觸，熱燙的溫度在額際蔓延開，非比尋常的暖意餘音裊裊似的盤旋，其實，他的手指向來是微涼微涼的。

溫暖的是他的聲息、他的話語、他的舉止。

「聽起來可以。」

可以？我的眼裡樣起深沉深沉的迷茫，對聽力自我懷疑。

他微笑起來，「喊大哥。」

凝望他閃爍耀眼的笑容，我偏不開視線，瞬間，陷了下去。

沉淪在他的溫暖細膩堆積起的一切。

不論是允修司的他或是 Seven 的他，面對不論是明靜溪的我或是 Jasmine 的我，都給我如出一轍的寬容。

他強勢打碎我的疏離，依靠我與他之間的牽絆，綑綁了我與人群和世界的聯繫，不允許我過度獨善其身。

拿捏在適切的距離，對我寬慰照顧，理解我與縱容我，待在他身邊，那些被壓抑隱藏的真實的小脾氣，似乎故態復萌。

我喜歡這樣的自己。

不得不在意起，讓我成為這樣的人的允修司。

我不喜歡春節假期。

家裡的氣氛不是我能恣意的，像是困人的囹圄。許多叔叔阿姨輩的，攀比著工作與孩子的成績，從前看來和藹的臉都市儈起來，但是，只有這個時候，爸媽會記起我念了醫學系。

諷刺到可笑。

過了初三，不用被勒令留在家中問候來訪的親戚，起個大早便出門，清晨的陽光穿過樹葉打亮一地寂靜，勾勒圈圈的陰影。

慣性向右拐，走著，沒有方向、沒有目的地。

後知後覺地走過一個又一個街區，已經走在前往國小的路途，偶爾踢踢路上的小石子，偶爾裝模作樣地停下來盯著公車站牌。

左顧右盼，確定四下無人，俐落攀過圍牆，噠地落地。一面驕傲自己身手矯健。抬眼，愣了。

莫以翔？

有些難開口，心情沒有趕上，不太對勁，「你、你怎麼……在這？」

「回國小母校。」他聳肩，「跟妳一樣。」

噎了噎，輕輕嘟囔，「我是路過。」

自從鬧僵了，約定好的通電話與訊息回覆都大幅減少。起初確實很不習慣，讀書一個段落會拿起手機找出他的對話框，盯著他的已讀失神許久。

不知道我們之間還可以牽起什麼話題，好像說什麼都不合適。

總是說著無關痛癢的瑣事，不敢提起自己小困擾，課業的小成就也不再敢洋洋得意。這些這些，曾經都樂於跟他分享，如今，害怕被誤會是欲擒故縱，老賴著他的體貼總是不行。

既然說了成長，我不能止步不前。當初，選擇離開熟悉的城市，避開莫以翔前進的所在，就是期盼可以逃脫過去的束縛。

怎麼人會因為安逸了就鬆懈呢。

給自己打起精神，認真對他微笑，「什麼時候開學？」

「下下個星期一吧，妳呢？」

「一樣，可是我過幾天就會回去了。」

「喔？那麼急著回去？家裡待不住嗎？」他嗤笑，我聽出不尋常的酸意。

蹙了蹙眉，繞開他身邊，漫步到後方的遊樂設施，不優雅的倒著爬上溜滑梯，約莫是姿勢太豪邁，男生再不悅好像都淡散，發出微小的笑聲。

儘管嘲笑意味居多，至少，凝結在我們之間的冰冷悄然變化。

坐在邊緣，晃著一雙小短腿，隻手撐著臉龐。看見他清俊面容溢滿的無可奈何，知道他又一次原諒我的任性。

「學校開宿了，我想回去打工。」眨眨眼睛，聲音低了幾分，染著笑染著自嘲，「家裡呀，我哪天喜歡待著了。」

沉默良久，他嘆一口氣，「妳跟家裡的關係真的沒有能和好的時刻。」

「沒有吵架要和好什麼。」

「哇，你們這樣還不叫吵架？」

「至少單方面的他們不這麼認為，這叫做家庭相處模式。」

「家家都有難念的經。」他的口語安慰還是一樣，有說跟沒說一樣。

他也習慣我的白眼，努努嘴，輕輕哼了哼，「我們家的呀，肯定是無字天書了，梵文、甲骨文、無解的那種。」

「行了行了，不用那麼多形容類比。」

扯了下嘴角，目光漸漸飄遠。他看著我的神情也不再說話，逼迫我給他讓出一個空位，跟著攀上來坐在我身邊。

並肩仰望遙遠地方的風景，時間像是都慢在兩人身後。

滴答的時流流淌在天色裡，越發明亮刺眼，明淨清徹，同時，將整個人包覆起來，暖融融的。

沐浴在陽光中，身子都發懶了，像倦怠的貓。

他的聲音忽然在身旁揚起，近在咫尺，卻依舊想起回音，久久不散。

「明靜溪，我們不吵架了？」

我一頓。「誰要跟你吵架了！」

你總讓我忍我，根本吵不起來，我也不想再委屈你。

「冷戰沒有比吵架好。」

認同，我點點頭。語氣聽來有些縹緲恍惚，「我們呀，會一直很好很好的吧？」

我凝神聽他的後話。

「聽我說啊，明靜溪，跟未來無數的日子相比，喜歡妳的八年只是短暫的時光，所以，這輩子我不會只喜歡妳。

「妳的愛情，不該只是得到一味的付出，學會愛人也是一件很幸福的事。」

他在陽光下微笑起來，真心誠意的，折射出令人不敢逼視的誠意與溫柔，我用力眨眨眼。

「我很期待那一天，妳可以指著另一個男生，勇敢說喜歡、勇敢呵護。」

望著他眼底的軟軟溫情，我怔忡。他口吻中的那份篤定，重重擊在胸口，在心中泛起難以言喻的漣漪。

至今，還沒考慮過說喜歡。

此刻才意識到好像是我必須正視的重要事情，不停試著忽略的怦然，不會在日子裡淡去，只會累積堆疊成洶湧潮水的重量，到有一天令人窒息的程度。

可是呀，我首先要思考要用什麼身分去喜歡他。

在他眼裡，Jasmine 是宋蕭。

終章

後來的後來，我終於明白。
比起無止盡的漫長等待，我更害怕你告訴我，
你再也不會回來了。

「Zero 妳來多久了？」

「哎？幹麼突然問……」像是看見男生眼裡的清冷肅穆，她的聲音忍不住跟著緊繃。可以想像得到她偏過頭思考的模樣，「我今天下午來得比較早，大概四點吧，怎麼了嗎？」

「妳來的時候 Jasmine 還沒來是嗎？」

「咦，還沒呢，星期五 Jasmine 不是都要五點才出現？而且小七先生，現在還寒假呢，

也要看她回學校了沒。」

「昨天宿舍就可以入宿，我前天跟她約今天四點半先來練習。」

這是寒假前一星期，即將迎來大一下學期。許多人依恃緊接著的二二八連假，索性裝病不回學校。我可不一樣。

我的家呀，不是讓人醉生夢死的安逸所。低眉斂眼，笑意淺淺，卻是十足的嘲諷。

邵雩滿不在乎的口吻似乎挺讓男生惱火的，聲音冷了些。怪不得邵雩，她就是這個性子，多大的事都風輕雲淡，天塌下來都沒有她的責任。但是，她也在男生深沉的靜默中嗅出一點不對勁。仔細推敲他的話，邵雩小心翼翼開口。

「你還特地查了 Jasmine 的學校開宿時間？太變態了……」

後面的聲音說得極小，她還是挺畏懼男生的冷漠氣勢的。

躲在牆柱後方，我昏沉複雜的腦袋重重抵著堅實的水泥柱，耳聽他們的對話，還有他的焦急。我一點都不想出面，不是可以矯情想要他再多擔心一些，我清楚知道，自己不再是能讓人擔憂的年紀。

儘管如此，還是放任自己不成熟一回。

不該一味逃避，可是這個世界本質就是悲傷，離不開這個牢籠，因為未來直直延伸到遠方，結束不了。

捏緊掌心的手機，閉了下眼睛，涼薄的眸子中閃過一絲決絕與失落，深呼吸一口，轉身悄悄沒入人群擠到門口，當沉重的闔上，繃緊的神經有一些斷線。

現在的我一定會成為他的負擔。

我不能替他分擔困擾，也要努力做到給他許多快樂，或是，不將悲傷傳染給他。

蹺了與他約定的練習，心中難安，可是內心深處不斷不斷湧上更深更磅礡氣勢的絕望，空白的腦袋開始迴響起前一通電話的冷漠聲息。

「妳那麼早跑回學校幹麼？不好好讀書在談戀愛了嗎！也不會想留在家裡做點家事，給妳念那麼多書也沒用，還是那麼不會想。」

「回去的兩個星期家事都是我在做，姊姊現在在家，她可以幫忙。」

「妳姊姊跟妳哪能一樣，她還要上班。」

「我也是回來打工。」

「妳打什麼工，不要只是回去花錢而已，妳姊姊每個月都拿兩千元回來，妳就一學期拿那一萬五！」

讓人無語，她都多大年紀還住在家裡，花用都算在家裡的開銷，拿薪水出來貼補家用很過分嗎？

再說，我一學期給的一萬五也比她每個月拿出來的總和要多，到底為什麼要偏心到視而不見我的付出？像是我怎麼做都錯。

「要是沒心留在家裡，就多拿錢回來，我們要供妳七年的學費已經很善待妳了，不要想著可以領七年的生活費！」

我才沒有妄想二十幾歲還要伸手跟家裡要錢，但是，被直白得說出彷彿放生的話，誰都不會好受。

我咬了下唇，聲音開始細微哽咽，「你們也同樣要求姊姊獨立了嗎？」

「妳給的那一萬還不夠妳姊出國遊學，她自己還要工作補上。」

聞言，我愕然，心裡漫天都是深濃的悲哀。

母親寧可讓姊姊到國外放飛自我，只將現在對我讀書的投資看作累贅，我怎麼能接受。

聲音顫抖，分不清是憤怒還是難過，「我工作的錢是希望給妳跟爸吃好一點、穿好一點，不是給姊姊去浪費的。」

「明靜溪，妳當妹妹的有點禮貌！什麼叫給姊姊浪費的？算了！不想說了，說到一肚子火，掛了！」

嘟、嘟、嘟……單調的低音平板響起，冰冷的淚水同時掉落。

為什麼，母親的寬慰與理解註定是妄求了。

莫以翔，你說的這本經……真的太難念了。

藉酒消愁？

勾起嘴角，我抬起手背抹抹殘留的酒滴，豔紅唇膏在白皙皮膚上留下痕跡，我很克制滿腔悲傷，深怕眼淚誤事，成了煙燻妝。

昏暗的光線裡不時有刺眼的霓虹光在場子裡盤旋，令人格外心煩意亂。但是，不去 Pivo 只能退而求其次了。

無肩帶的黑色禮服極為貼身，儘管個子小，顯得有些稚氣，不過，大膽的妝容與穿著，微笑起來染上幾分憂鬱幾分挑逗，妖嬈的姿態不免吸引人駐足打量。我擺弄吧台上的玻璃杯，不去在意圍觀的群眾或是惡意的目光，低著頭悶悶酗酒。

不多時胃就起了不適，輕微的疼痛我沒放在心上，倔強又逞強地接過酒杯繼續，應諾其他女生的挑釁。

醉眼迷濛之際，用力扳住吧台邊緣，冰冷的大理石觸感刺激了神經，得到半瞬的清醒，視界裡像是灌進了酒精，醺然又迷醉，晃蕩又忽遠忽近。讓沒有好好修剪的指甲嵌進掌心，拉緊疼痛的神經。

跌跌撞撞離開舞池區，最狂歡的場子連空氣中都是酒的氣息，無法維持半絲清明。呼吸沉重混濁，努力搧著周遭的空氣，有點窒息。

壓了壓胸口、壓了壓胃，全身上下都在叫囂著難受。

鼻子酸了，無助感與厭世感層層疊疊浪潮似的湧上來。脆弱的耳膜被熱血的音樂與人聲鼎沸敲打，我摀不住耳朵，力氣被一瞬間抽了空，對所有事情的無能為力的末世感。

好不容易找回視覺焦距，落定在左手腕的地方，凝視著遲遲無法動作，彷彿將身邊的時間都靜止了。右手緩緩靠近圈在左手腕的錶帶，指尖輕觸到肌膚，冰涼刺骨的溫度與銳利殘忍的揭穿衝動，驀地停下。

光年之外，依稀聽見一個聲音。

彷彿是種在心底的幼苗，溫暖飛快生長攀附整個心防、直到全身都有燙傷似的灼熱。倉促的情緒間，我只看見熟悉的衣角。

又或許只是對這樣的聲息特別銘記。

我想起允修司。我知道的，知道他無意探知我心底最黑暗的祕密。只是，我還是直拗的想弄清楚真相。他怎麼會到這裡來找到我？

他又怎麼會看著我喊著明靜溪這個名字？

縮在他的懷抱裡抬不起頭，心跳聲跟隨他的腳步快速穿越過人群擾嚷，離開五光十色的場所，他沒有停下腳步，手臂的力道輕而易舉壓下我的掙扎反抗，拂過街道的晚風沁涼，將臉龐的燥熱吹得更加突兀一些。

我閉著眼睛，紛亂的思緒像暴漲的潮水。許多疑問擠在腦中，一時間不知從何問起。

因此，他將我在公園內的長椅放下，眼睜睜盯著他拆去我手腕的束縛，我都沒有回過神、沒有吭聲，甚至，近乎無視他眼底的沉痛與怒意。

手腕上深深淺淺的傷口，長短不一參差著彷彿交疊悲傷的心緒，入眼時猙獰得讓人心驚。明明曾擁有那麼燦爛、明亮的笑容，卻必須壓抑那麼灰暗、沉重又痛徹心扉的心事。

明靜溪與 Jasmine 此刻才深刻理解如此判若兩人。

一個帶著滿身瘡痍孤獨的前進不甘心的未來，一個躲藏在堅硬的保護殼微笑帶過。

儘管細膩如他，偶爾能捕捉到我眼中一閃即逝的涼薄冷意，可僅以為是偶爾，他只想著將一切美好捧到我面前，忽略了我的膽怯以及拒人。

允修司攥緊我的右手，深沉的目光凝了凝，準確落在我蒼白的面容，是待在觸手可及的距離，但是，害怕碰碎了我任何一點。

手指顫了顫，涼意擦過頰邊，我迷茫的目光與他對上。

「學長。」屬於 Jasmine 的妝容與穿搭，一開口卻是明靜溪的語氣。

他一怔，低頭瞧見我深色的眸子彷彿跟著氣息的昏暗更加沉寂，脆弱又倔強，他刻意忽略我眼角可疑的瑩光。我便沒有試著隱藏，不願越顯得笨拙。

一臉怔忡，盯著陌生的街景，沒察覺他匆忙收拾的疼惜。

「這是哪？你帶我出酒吧？你怎麼知道我在那裡？」

「妳確定妳有資格先質問我？」他抬手抵住我猛然直起的身板，嘆一口無聲的氣，繞到我身後承接住一半的重量。

都忘了起身太快會暈眩。

我擰著眉，聚焦著模糊的意識，頻頻襲來的暈眩感到分外讓人力不從心，直到不堪的記憶逐漸回攏，我忽地變了臉色。

酒精鼓譟著感性的那一面，蘊藏在語調裡的決然竟有幾分孩子氣的撒潑。我在他詫異的注目下揮開溫暖有力的手。

「不說就永遠也不要提。」

盯著我事不關己的淡漠，允修司氣結，他眼底浮出的情緒我還猶豫著是不是錯覺，他明明不是容易情緒外漏的人，何況是憤怒這般懦弱無力的心情。看起來是想敲開我的腦袋瞧瞧裝了什麼，居然會跟常人不一樣，會這麼不愛惜自己。

「妳一個女生獨自在酒吧喝個爛醉，妳讓誰不擔心。」

允修司嗓音一貫的清冷，意外是前所未有的焦躁和隱隱的疼惜。就算是各大院校內飲調社特約的酒吧，我都不應該這樣放縱。

「你只是個學長，收好你多餘的擔心。」

冷硬的聲線帶著無比的決絕，過去，再反感不耐，也不曾有這麼失去禮貌的話語。推攘不動男生強勢的關心，倔強地撇開頭，不願意讓他窺視自己的脆弱，奈何眼淚還有心底的酸楚聲勢浩大得翻騰，直抵胸口。

逐漸，我看不清地面的凹坑到朦朧間看見一朵無言的淚花。

好好讀書啊，沒事回來幹麼？讓妳姊姊回家就好。

妳看看妳姊姊多孝順，一畢業就出來工作了，想想妳還要多讀幾年書，就要多花家裡多少錢。

我聽見奶奶跌倒住院的消息，連夜趕了報告繳出，再搭夜車回家，沒得到任何寬慰，只是披頭被質問為什麼不是姊姊回來。

我應著家裡長輩愛攀比的虛榮心，拚死挑夜燈讀書填個醫學系，他們卻是又力挺大學休學的姊姊，責備我需要讀書七年。

我怎麼能甘心？

不管我做多少努力、在旁人面前多麼光鮮亮麗，我始終達不到他們的期望。我告訴自己不要再期待他們的稱讚，理智是堅強的，感性是不可控制的，我真的做不到不去在意他們的言語。我永遠差姊姊不只一星半點。

「明靜溪。」

他的親近是近在咫尺，聲息像是遠在無數光年之外，抓不緊也靠不牢。

他扳住我的肩膀，瞅著我潰堤的淚水和失控的情緒都染著醉意，如果不是喝了酒，我鐵定不會允許自己那麼脫韁。

「你不要叫我！」我討厭這個名字。

「Jasmine。」

世間的風、世間的呼嘯，一瞬間都平息了。

什麼也聽不見。

他的聲息，像過境和煦地中海而至的暖風，拂平心底的一切皺褶，彷彿所有浮亂都熨燙得服貼服貼，沒有一處折角。

悲傷忽然失了落角，傾瀉在閃閃的淚光中。

面對允修司，會無法無理取鬧。

下意識地扭頭，很是委屈地眨著眼睛，眼底一片怔然，直到男生親暱的以指腹承接我的淚水，我還是傻氣，本來低垂著頭很丟臉，哪來的勇氣敢仰首瞧著他。

「這是什麼傻表情？」

我不語，目光一味地黏著他寵溺又心疼的深黑眸子，腦袋疼著、太陽穴抽著，看不清自己在他的眼裡的倒映是什麼模樣。

允修司抖了抖眸光，沉著清泉的笑意和溫情，別開話題，「明靜溪，妳知不知道

Jasmine 的花語？」

他不依不撓，不生氣我的沉默。

「茉莉花的花語之一，是『幸福』，所以妳是幸福的，懂嗎？」

茉莉花的花語是幸福，所以我是幸福的嗎？

我拽緊了他的衣角，緩緩斂下眼瞼。四周是如此寂靜，恍若被按下了靜音，從回憶湧現的痛苦，都讓他低沉溫和的聲音歸於平靜。

聲音陡然啞了，太驚慌。「你怎麼會……會知道？」許久，掐出一點含混哽咽的語音。

知道明靜溪就是 Jasmine。

「本來就覺得妳們相像。」

「所以你一直沒有相信？可是 Chris 就沒有懷疑。」

Chris 曾經來過學校熱音社找允修司，算起來，他與明靜溪有一面之緣，彼此好好打過招呼。

允修司挑了眉，「他的腦筋什麼時候搭上線過了？」

讓人反駁不得的貶低，通紅的眼眶氤氳著霧氣，流瀉絲絲縷縷的好笑。

「Chris 可沒有經常和明靜溪相處，這也是差別。」

「是嗎。」

「雖然一個脾氣古怪、個性彆扭，一個張揚恣意、說話一針見血，討厭麻煩，害怕人群是一樣的，還有，一個笑起來侷促不安，一個笑起來浮誇燦爛，其實心裡都是悲傷的，因為，不論多吵鬧的氣氛，沉默的妳都流露太多憂鬱。」

化妝技術上我是沒什麼信心的。明靜溪只上底妝，頭髮隨意披散，反觀 Jasmine，眼線、眼影、腮紅還有唇蜜，從未缺一。

面容相像不如何，世界上多少人因為化妝而相似。

我自己都沒自信作好區分，我自己都近乎要忘記真實的我該是什麼樣子。

淚眼迷濛中他的笑容是乾淨清澈的。我忽然很渴望觸碰他微涼的臉頰，軟軟的手指滑過嘴唇，猛地收回。

「還有最重要原因。」

「什麼？」

「真正的宋蕭待的那所學校，有我認識的人。」

「就算是這樣……」我不能理解。

他抓住我無所適從的手，輕輕柔柔包覆住。「真正的宋蕭是籃球校隊球經，我有認識的朋友在隊裡。」

就是這麼簡單的理由。

允修司一次次懷疑與確認，明靜溪就是 Jasmine。

「Seven，我不想當明靜溪。」我哽咽。

這句話從來沒有多人說過。

在允修司面前，明靜溪坦率到令人心慌，所有脆弱都願意攤開給他看，篤定了他會擁抱一切悲傷。

喜歡像是浸在時光裡的琥珀，乾淨純粹，將最初的悸動悉心保存。

「明靜溪，我會比誰都喜歡妳，可我更希望妳能珍惜自己。」

允修司會比誰都珍惜明靜溪，可更希望明靜溪能珍惜自己。

眼淚毫無預警掉落，打在允修司的手背上，夾帶著點點痛覺，他似乎才有我還在身邊的真實感。

允修司是多強勢執著的人，不容退縮地拽過我的手，盯著我眼裡的難堪，感受我氣息的昏暗。

「聽見沒？」

眼淚撲簌簌掉落，我突然靠近，小小的腦袋磕在他的肩胛，凌亂的長髮順勢而下遮蓋臉龐，遮住我的心情轉折，只能聽見悶悶的低語。

「你怎麼這麼多事。」還這麼細膩睿智、這麼讓人心動。

喜歡這份心情，是那麼不牢靠的關係，我不敢寄望。

從來沒有人如他，不隨意探究我的心事、不輕率過問我的傷口，只是用盛滿陽光和煦的嗓音，求我能珍惜自己。

我再也無法假裝看不見他的真心。

我再也無法逃避自己的心情。

「第一次是因為模擬考成績名次下滑，我知道他們不關心的，其實我也不在意啊，只是要是我都不在意了，那我不懂還需要為什麼努力……然後我聽見父親說我不是他期望中出生的小孩。」

允修司眸光一緊，掠過痛意，　著我的手緊了緊，而我恍若未覺。

我深深吸一口氣，聲音裡的顫抖深深背叛自己。「他說，長女只需要一個呀，為什麼我不是男生……」

「我當時國中，老實說，真想真想回嘴說那要怪你！染色體的ＸＹ組合是他決定的……」扯了唇角，笑容卻沒有成形。

「我很怕痛的，可是當下真的有一種快意，後來逐漸成為習慣。」

「改了。」他啞著嗓子打斷我。

他緊緊接著我僅僅鼻音發出的疑問，更用力說：「把這習慣給改了。」

有一個人，介意妳的所有壞習慣。

介意妳自殘傷害自己、介意妳空腹喝奶茶、介意妳不愛看紅綠燈，為了妳，沒有原先的冷靜自持。

無法不感動。

人都會成長。

那些解不開的心結，也許曾經困擾痛苦，但是，有些人我們注定恨不起也放不下。

因為那份難以明說的愛、因為那份留著相同血液的親近，我們都可以在時光裡學著釋懷。

張開手掌，逆著光凝視著。

允修司。

難的不是愛，是原諒；難的不是照顧自己，是珍惜自己。

那些留下傷疤的傷口不會消失，有時候甚至會不經意勾起隱藏很的悲傷，但是，同樣是那些經年累月的挫折，我披著一身偽裝與堅強，走到如今，遇見他。

最美的遇見。

翻開厚重的日誌，刷刷地攤開紀錄明靜溪與允修司初見的日子。

隨意散漫的筆跡，當時沒有將他放在心上、當時恨不得閃躲到天涯海角，誰知道，現在一點目光都捨不得移開。

曾經他說過的話，不論是「怎麼說都是直屬學妹比較重要」、「我沒有覺得妳不自量力，不用解釋」，或是「關於她的任何事情，我會自己去認識」，還有「我會比誰都喜歡妳，可我更希望妳能珍惜自己」。

陷落是一瞬間的，逐漸迷失在他給予的溫暖裡頭便是沉淪。

右手覆上另一隻手腕處的手錶，堅定的勇氣似乎將傷痕都震動。

不會再發生這樣的事。

我不知道他的話算不算得上是告白。

當然也沒好意思直白地逼問，削自己臉皮的事我才不做，賭氣地鼓著腮幫子，拚著氣勢不能先連絡他，半晌，又垮下肩膀、垂下唇角。

這個人……這個人！

再一次，再一次數到一百，允修司再沒有傳來任何訊息，我就、我就……我也不能對他怎麼樣。

頹然盯著手機螢幕，在床上翻滾一輪，仰面朝著白色的天花板。寢室裡只有我一個人，莉宣和童童都還在家鄉打混。

九六、九七、九八……

忽地，被扔在床角的手機滋滋大力震動。

趕緊飛撲過去捉緊，趴著褲子要讀取刷進來的訊息。眉心一皺，什麼呀，是買衣服的簽帳通知信。

這種難捱的時候，連銀行都欺負人。

才剛熄下螢幕，畫面又立刻跳出通訊軟體訊息。

眼眸一詫，確確實實是來自某個男人。

我在樓下。

差點摔飛了手機，這個人怎麼老愛搞突襲。

不過，與此抱怨的同時，忍不住泛起笑容，我都要唾棄自己了，太太太沒出息了，要振作。

咬咬下唇，思索著如何爭取十五分鐘更衣梳妝的時間，作為未來醫生的男人，一定程度的耐心鐵定是必須有。

還在腦海中擬稿，手上又震動兩聲。

到對面買點東西，妳二十分鐘內下來。

耶，心想事成呀。

雖然不明白對面那麼多商家早餐店他要去哪，二十分鐘讓我有餘裕好好打理居家的懶散面貌，可以人模人樣的出門。

擺出上星期新買的的刷具，歐洲品牌的，託寒假去德國的學姊代購，完全是一見鍾情那精緻的外觀設計。

最後，抿了抿唇，唇色有些淡，血色不足，思量須臾，拿起唇膏輕輕兩畫，緩緩抿開，整張臉明亮起來。

不忘帶上隨意扔著的學生證和鑰匙，踩上五公分的黑色皮靴，蹦躂著下樓，在廊道底端，一面踮起腳尖視線搜索，心口暖了暖，深呼吸，故作從容走出去。

「比想像中快。」

我笑咪咪。「別稱讚我，我知道。」隨後，接下他遞過來的塑膠袋，沉甸甸的。「這什麼？三明治？」

「還有鮮奶茶。」

「……還是熱的。」

「溫的。」

我無語，芝麻綠豆大的事情沒什麼好爭論的。

插在長褲口袋裡的右手伸了出來，摸摸我的頭，也不怕將我的頭髮弄亂。他替我開了副座車門，抬高下巴示意我進去，儘管不明所以，我孬，我照做。

不過，他的眼神太灼熱太有威脅性，我默默啃起小麥吐司包裹著生菜與檸檬雞腿排的三明治，憂喜參半，這生菜裡面不幸有番茄呀。一面分散注意力地與他搭話。

「到底要去哪？突然叫我出門。」

「現在問不嫌晚嗎？」

我挺起胸膛，不能被他牽著鼻子走。「還停在宿舍旁邊呢，我開個門，逃回房間是多輕鬆的事。」

「是嗎。」

這兩個字說起來意味不明，沒喜沒怒，我莫名抖抖身子。

他抬了排檔，踩下油門，好好倒車後駛離學校宿舍。我一臉怔忪，眼前的景致變換極快，回神時候已經不知道行駛在哪一條道路。

「呀，到底去哪？」

「捐血中心。」

「捐血中心？你要捐血？」

「妳滿十八歲了，也可以捐了。」

話音剛落，禁不住頭皮發麻，士氣退縮了下。這肯定痛呀，聽說捐血用的針特別粗。

眨眨眼睛，努力閃爍著裡頭的真誠。「學長，我怕痛。」

「現在會喊學長了？」

「我什麼時候沒禮貌了。」

很少很少的時候，他會像現在這樣笑得很壞，隱隱透出幾分淘氣。

我有些看傻了眼。暗罵自己沒定力。

美色呀都是浮雲。

「我以為妳會開始拼湊我的名字，像是允小七之類的。」

……我錯了，這人的笑容怎麼會是溫文儒雅，絕對是笑裡藏刀呀。

我噎了。「呵呵，怎麼會，這樣多沒禮貌，不能顯示學長的德高望重。」

「喔，所以還是要捐。」我一愣，沒反應過來，只看見他黑色眼底晶亮的愉快。「一起捐。」

「不捐。」我咬牙，破罐子破摔的肯定。

「下次歌單的歌序我幫妳寫。」

糟糕，不是普通的心動，明靜溪妳的節操呢？挺住呀。

面對他，敢怒不敢言時候特別多，只能在心裡想，多不暢快，憋屈呀。我磨磨牙，面上還在微笑。

還是要意思意思掙扎，他能就此放棄就更好了。

我嘟囔，「你又知道我沒有貧血了？」

漂亮的薄唇微揚，再勾人都不改惡魔本質。

頓了，我以為他是回心轉意，長長的睫毛搧了搧，漾起孩子氣的得逞笑容。可是，下一瞬的他將車子好好停進醫院旁邊的停車場。

「知道我為什麼非要妳捐血嗎？」

「想玩我呀。」

他瞇了瞇眼睛，我輕輕咳嗽，趕緊改口，「還是，要在二十歲之前挑戰一下不敢做的事情？」

「不是。」

「想不到，剛吃飽，血糖高，不能思考。」

「妳怎樣都有理由。」他失笑。

「大學霸你就直接告訴我呀。」

「妳負面情緒那麼多，當作血流掉一些。」

「哈啊？」被他的回覆弄得更傻了。

允修司解開安全帶，忽地靠了過來，氣息與溫度都竄了上來，由胸口到臉頰，我下意識閉了氣，後知後覺捏了捏手指。

讓空調吹送的冰涼的手指拽緊我的，我發現他很愛把玩我的手指。

「怕妳嫌自己血量太多，讓妳先回饋世界，別浪費了。」

這男人的想法很別出心裁呀。

不過，很吃這套的我應該也是沒救了。

出了捐血中心。時日沒有額外的贈品活動，沒有很多人前來，因此，排隊登記與會談到坐上捐血座椅，不過是十分鐘時間。

我持續僵著手臂不敢亂動，允修司想拉下我的手都不准，比打上石膏還管用，他再啼笑皆非我都不能因為丟人妥協。

「你別碰到我呀。」

「別別別，不喝了，我拿不動它。」

「不行，我手不能彎。」

沿途都是我的崩潰，允修司心很累，但是，只能揉揉我的頭髮，認命接過我的肩背包，替我開門。

我摸摸鼻子，笑得有些傻氣自責。「我是不是太任性，太嬌氣了？」

手下動作不亂，最終停在我的腦袋瓜，我奮力抬頭凝視他，流淌在深黑色眸底的縱容如水，怎麼突然不是一點點覺得過意不去。

「想多了，妳讓公主病的人怎麼活？」

「不能這樣比——哎，算了算了，沒事。」

接著給我繫上安全帶，摩娑著我的指骨，一寸寸輕撫，直到溫暖厚實的手掌徹徹底底將我的攏在手心，聽見自己心跳如鼓。

清澈迷惘的目光慌亂，想偏開又捨不得錯過他面容的任何情緒轉折。

「覺得可愛。」

腦中空白了一秒。「……咦？」

笑容在清俊的臉上盛開，清冷的氣息染上幾分粉色。

他顯然很不擅長說這樣輕軟的甜言蜜語，笨拙裡頭又蘊含滿誠摯。

「怕痛不敢動的樣子，看著挺可愛的。」

「你講這話真奇怪。」將囁嚅的話收攏在嘴邊，深怕他耳尖聽見。

這樣綿軟的聲息落在心底，令人溫暖又開心。

怎麼可能會討厭。不能讓他惱羞了，從此噤了口。

「我對我父親說過印象最深刻的一句話。」

這話題跳躍成這樣，被唬得一愣一愣。「嗯？」

正好俐落打了轉彎，空出來的右手緊緊攥住我，是不放手的力道，偏低的室內溫度裡恰巧成了人體暖爐。儘管害羞，還是沒有拒絕他的牽握，如此，得以說服自己這麼不矜持的任由。

允修司視線飛快掠過我，再轉向路況。「他說，身為男人一定要學會單手開車，要我好好磨練。」

「為什麼？」

「因為，這樣。」

還在一團迷霧中徘徊。他略略抬高了交握的雙手，意思不言而喻。頓時，面色漲紅，立刻將臉撇開，狀似認真盯著過境的的行道樹。

心中千軍萬馬奔馳，這個男人平時冷面冰塊，撩起來是讓人不要不要呀，高手、絕對是高手中的高手。

避免自己再出糗，將臉轉向窗外的風景，單調的城市景色在眼前如跑馬燈，壓抑著要揚起的唇角，空蕩的右手擋了擋眼角。

自左手不斷蔓延開來的溫柔暖情，帶著灼熱的溫度。

車子平緩被駕駛著，一路無話，我不尷尬，漸漸平息雙頰的熱燥，再腮紅之外暈起的紅暈好好退了潮。

回學校的路途似乎忽然顯得太短，分別倏地來到眼前。相互道別之後，他忽然又搖下車窗，微微探出頭。眼中浮起困惑，我靠近上前，他單手擱在方向盤上，分外帥氣。

「怎麼了嗎？」

「過幾天 Chris 會回來。」

「呃，好。」

美好的唇角勾勒出恰到好處的弧度，他的嗓音清冷依舊，「好好想想怎麼跟他開口，妳就是明靜溪這件事情。」

行呀，明靜溪妳報應來了。

過幾天我以為是至少有一星期時間可以拖延。

殊不知，不過是兩天，都忘了允修司有多坑人，老愛看我犯傻。

「喔，小妹來了。」

Chris 燦爛的笑顏竄到面前，亢奮的話語洋溢著朝氣。有些受寵若驚，我不自覺後退一步，他立刻不幹了。

「妳閃什麼閃啊，我潔癖我都沒先嫌棄妳了，妳怎麼好意思給我後退。」

「喔，呵呵，那你還是趕緊趕快地嫌棄我。」我皮笑肉不笑，非常不帶真心誠意。「謝謝。」

「哇哇哇，翅膀長硬了是嘛。」

「這句話說過了，換一句新鮮的。」

頓時，Chris 張牙舞爪了。「現在是有 Seven 撐腰，吃了熊心豹膽了，二哥都可以欺負了？」

聞言，不客氣笑出聲。

「二哥還你自稱的呢。」

「沒反對就是認同，不對，妳的意見不算，Seven 當時可沒有投反對票，所以啊，乖乖認栽。」

見到尾巴都要翹上天了，實在無語，我默默吐出四個字。「狐假虎威。」

他猛地被嗆住，不可置信盯著我，與此同時，Zero 推開門與允修司一前一後走進，眼看 Chris 吃鱉，她可歡快了。

她晃悠到他身側，嘖嘖幾聲，「智商不足要認命。」

「說得好像妳智商足夠，妳有資格揮霍，呵呵，五十步笑百步。」

「白未凱你爛東西，最煩了你！」

允修司越過吵鬧的兩人，逕自坐到離我最近的位置，一貫的氣定神閒，清冷的俊顏似笑非笑，不由得寒得打顫。

我不動聲色拍拍手臂的雞皮疙瘩。

他視線凝住，挑了單邊好看的眉，上午的嗓音特別低沉有磁性，「已經坦白完了？」

臉色一僵，我陪笑著搖頭。一旦跟 Chris 打起哈哈，天大的重要事情都會不小心拋到腦後，因為他說話太抽了，必須要好好跟他聊聊。

「幹什麼幹什麼呢，有什麼話不能大聲說出來！別咬耳朵。」

「大聲說？」我稍微咀嚼他的發言，重複一聲。

他認真遲疑片刻，服了他。「別用吼的，老人家耳朵受不了摧殘，我怕妳的河東獅吼還會走音……」

「我是明靜溪。」

「啊？」

「我不是宋蕭，是允修司的直屬學妹明靜溪。」

這下子，Chris 是徹底石化了。

能看見 Chris目瞪口呆，邵零笑到打不起精神，一口氣還沒喘上來又想開口，「很行呀，Jasmine 我以為妳會再瞞久一點，看來也沒憋過一年。」

「咳咳，學長神通廣大，低估他了。」撓撓頭，我將所有是非緣由簡化成一句吹捧。瞥見允修司漫散的笑意，好氣又好笑。

不懂在得意什麼。像個傻子呀。

撞上 Chris 複雜的眼光，微怔，我馬上展現委屈，「是你讓我直說的。」

不能怪我不給他起承轉合，讓他沒有做好心理準備。

「那妳最一開始幹麼不直說！」

「不想給直屬學長認出來。」

這理由倒是挺好的。Chris 氣悶，讓他說什麼好呢。

他扯了扯乾淨俐落的紳士頭髮型，亂得別有風格。我縮了縮肩膀，他好像打擊大了一點。

他狼狽的樣子像風中凌亂。

說話的聲音都虛弱了，「我需要靜一靜，腦袋過熱了，你們都先出去吧，哪邊涼快哪邊去。」

愕然，我與邵零迅速相視一秒，嗅出些許不對勁，最後，同時調轉了目光，就屬允修司與白未凱相識時間長，他什麼脾氣他一定知道。

悄悄轉動門把，將門開得小心翼翼又無聲無息，偷偷覷了抱著樂器的男生一眼，一手拿著調音器在擺弄。我吸一口氣，鼓起勇氣溜進來，多怕熱臉貼冷屁股，但是，更害怕Chris餘怒未消。

退一萬步來說都是我的錯，必須好好道一次歉。剛剛顧著歡笑，確實忘了顧忌他被欺騙的心情。

所有動靜都沒有得到他絲毫關注，心裡懊惱了，他感覺氣瘋了，沒有允修司說得那麼好安撫。

他眼皮未動、舉止不變，我閉了閉眼睛，心一橫，躡手躡腳走到他右邊的茶几，放下章魚燒和鮮奶茶。這是我覺得最好吃的食物了，他再不領情，別怪我將它們搶回來吃光。

此刻，有短暫的怔然，很快露出微笑。要是允修司聽見我的心聲，肯定會說我是土匪。刻意將沉甸甸的飲料與桌面撞出悶聲，若無其事蹭到一邊，蜷起身子窩著，隨手翻閱起長桌上的樂譜。

沒有五分鐘時間，男生放下貝斯，帶著章魚燒縮到沙發一角，然接受我鄙視又釋然的眼光。越坐越懶散，戴著耳機盯著手機屏幕，過長的耳機線搭在斜躺著的頎長身子上，一面搔著臉一面打著呵欠，姿態灑脫率性。

可是，他依然一句話也沒和我說，我任由他。

低著頭，繼續研究允修司替我寫好的歌序。

風扇的咿呀成為唯一的聲響，沒有其他人，只有我和他，格外靜好。沉默的 Chris 顯得乖巧可愛，收束所有張揚。然而，忍不住浮出不合時宜的疑惑，允修司可真放心。

「哎哎，小…… Jasmine 過來這邊。」

這人果然一開口就是欠扁。

抽了抽嘴角，我不動如山。「不要。」

「我是要說正經事。」

「正事就好好說正事，就這樣說。」

「切，小 Jasmine 妳是被害妄想症了，給我過來，現在是妳理虧喔。」

這個人！

我還在跟自尊心拔河掙扎，他終於鬆口。「我要給妳看一首歌鼓的 cover。」

聞言，原來真是一件正事。

輕輕挑了眉，嘴上仍是倔強的推拒，終究是抵擋不了對鼓手的熱切與好奇，不甘不願地踱步靠近，他灼亮的目光攥著我的妥協，笑得恣意得意。

無端有種輸了感覺，可惡。

硬是補述一句，「我是屈服神人鼓手，才不是你。」

他失笑。「用不著特別解釋好嗎。」同時，端坐了身子，讓出一個恰好的空間位置。

不理會他的調侃，順勢挨著他坐下，不客氣拽過他單邊耳機。他倒是縱容地笑笑，但是，那樣輕軟的寵溺不偏不倚落在左胸口。

溶進血液之中，逐漸蔓延到四肢百骸。微涼的指尖都傳來觸電似的酥麻與溫熱。

室外意外想起淅瀝瀝的陰雨落聲，伴隨斜風捲過矗立而筆直的樹的呼呼。

我們一致看向窗子，冬末的溫度又要下降不少，沒來的及先發出對憂鬱冷雨天，Chris快一步，垮下明媚的神情，梳理得帥氣的黑髮都要塌了。

「翻臉比翻書快。」我努努嘴。

「難道妳愛下雨天了？」

「這一點也沒有邏輯性，你腦子進水了？」

語畢，Chris立刻飛來一記眼刀，差點要擒拿我。靈巧閃避，笑咪咪與他的咬牙切齒對峙，鬧著他玩就是讓人感到快樂療癒。

他這麼笨，想想就讓人不忍直視。

「妳現在還欠著我呢！」

「好了，幹麼一直扯這件事不放，我是明靜溪礙到你了嗎？」

「不是……」

「那是怎麼樣？你說呀。」

他明亮好看的眼眸浮起掙扎與迷惑，最終，搖搖頭。

我氣結，這人是小孩子嗎。「不管。」手指著吃半的章魚燒與喝個精光的飲料，語氣哼哼。「吃人的手軟，懂？」

「好計謀。」

「呵呵，謝謝。」

他向來小鼻子小眼睛，小氣得很。扯掉耳機，一瞬的疼痛後耳膜立刻衝進鼓棒的清響，我微愣，視線降了下來。

小鼓的快節奏鋪天蓋地似的，手速極快，每一下都灌注了十足力量，每一點都不拖泥帶水，我緊緊盯著畫面，難得的雙踏大鼓發出最沉悶的槌擊。

敲擊在鼓面的悶，收住欲言又止的氣勢，濃縮成似乎還有無限可能的頓點。下意識舔了舔唇角，我能感覺自己眼睛亮了亮，聽見自己聲音裡的雀躍。「是 Linkin park 的 in the end 嗎？神作呀。」

「完全熱血沸騰了是不？」

用力點頭，驚嘆的張著嘴巴，我捨不得眨眼，深怕錯過任何一秒。

看到讓人澎拜的打擊與技巧，還必須倒轉回去再欣賞一次。

感受到 Chris 灼熱的注視，我偏頭瞟他一眼，長長的睫毛搧著張揚，忍不住怔忪，與他靠得很近，將周圍得風都帶暖了。

我攘了他一把。「看什麼看？」他被推得有些身子不穩。

他好氣又好笑。

「妳好的不學學壞的，學了一手 Zero 的怪力和粗暴。」

「幹麼老嫌棄 Zero，有種去她面前講。」

「呵呵呵，在她面前我照樣說她粗殘。」

「真是沒度量的不友善的男人。」

他噎了，頓時，磨磨牙，狠狠盯著我，「沒度量？嗯？」扔下手機，他長臂一身，穩穩勾住我的的頸項，強勢拉到他身邊，再靠近一些。

抖了抖，被他沒有避諱的親近嚇著，眼眸中渲染出一片迷茫錯愕。

他的潔癖原來不是無藥可救。

「原諒妳的條件是我說一妳不能說二……」

「那你別原諒我了。」翻了他白眼，果斷截了他的話語。

我壓了壓痠痛的肩胛，無聲哀哀，努力伸展著想得到和緩。

Chris 那個賴皮的幼稚鬼，最後，讓人輸給男生的力氣。

回到吧台要倒一杯冰水解渴，張頭四顧，沒看見邵零的身影，可能去倉庫盤點貨物，趕緊補充水分去幫忙。

恰好低著頭走路，當十分熟悉的一隻鞋子竄進視界裡，我一愣，目光稍微上移再上移，由修長的身形到那個男生溫涼的微笑。

我彎了眉眼，「允修司！」

心裡頭挺彆扭奇怪的，從來不敢想像可以在 Pivo 用最真誠的面貌仰頭凝望他，脫口而出被收藏在左胸口的三個字，心口微熱。

僅僅與他相視，冷如霜的面容破出無可奈何的笑意，站在親暱的距離之內，他揉了揉我的頭髮。

我以為他會見好就收，沒料，他的手順勢而下，拽住我的手，像從前一樣把玩著我的手指，不過，力道深刻幾分。

「妳把 Chris 的潔癖治好了？」

「耶？」

「都可以抱在一起玩了。」

「呃，你怎看見的！而且，我們那叫 battle、叫 v.s.，誰跟他抱在一起了！」鬆開他，拍拍自己臂膀，惡寒呀。

「所以是看我不在，玩得挺歡樂的。」

意識到他的語氣是肯定，怔然的眸光逐漸被一絲明亮覆蓋。

我重新蹭到他身邊，拉起他的手，愛嬌的眨眨點亮星光的眼，帶點遲疑的走進他懷裡，感覺到他倏地僵硬，無聲笑了。

沒感受到他的抗拒，繃緊的神經鬆了鬆。

也許此刻，我真的還沒有弄明白明靜溪與允修司的關係，但是，他的醋意確實真實到讓人心悸。

他捏了捏垂放兩側的手，一秒的落差，輕輕擁住我，像是再也無法放任我恣意的力道與氣勢。我身上的櫻花沐浴清香與他身上特有的薄荷涼意，混合成讓人微醺的氣味。

他更加用力攬緊我的肩膀，下巴帶點懲罰意味重重磕在我的腦袋瓜上。

聽著我不服氣的悶聲，淡漠的眼神終於不爭氣露出愉快，剛毅的側臉斂出溫柔的線條。

「我知道妳和他只是朋友。」

「當然只是朋友，還是跟你的共同好友。」

「要是再讓我看見，我絕不輕饒。」

絕不輕饒？

絕不輕饒……

這不是霸氣外洩，絕對是威脅！

「有人知道你這麼……」說不上來一個是何的形容詞。

「這麼如何？別人知不知道，與我何干。」

與我何干。輕輕笑了，想起初次見面時候的他，冷漠得讓人只想退避三舍，那些腦殘粉絲肯定是不怕寒不怕凍。

我眨眨眼，微笑的弧度是狡黠。就算他一隻溫暖的大掌覆上我的眼睛，沒能阻止我，睫毛輕輕在他掌心刷刷，光是想像就發癢。

「你知道允修司說什麼話的時候是最帥的嗎？」

「不知道，說說看。」他難得陪我玩。

「他說『與我何干』的時候呀。」

他將眼睛笑成月牙灣的美麗，捏住我的下巴，我哀哀兩聲都沒讓他憐憫的鬆手。凝視著我，聲息不疾不徐傳開。

「嗯，他一定也認同。」

我一愣，這什麼詭異答案。抬眼又見他抿著唇笑得人心花怒放。

禍水禍水禍水！

我不只一次質問過自己，這樣平凡又任性彆扭的自己，是不是能夠站在他身邊、是不是夠在他身邊停留。

我始終沒有答案，因此得過且過還有他近在咫尺的日子。

然而，時光飛逝，我逐漸明白。見不到他、失去他，甚至出現其他女生陪著他，都要比流言蜚語可怕。

旁觀人的冷言冷語不值得畏懼，沒有什麼話語能勝過家人給予的漠不關心。

所以我足夠堅強，所以，我想當那個、站在允修司這個人身邊的女生。

「允修司一定覺得明靜溪說什麼都對。」

我偏過頭，這樣綿軟的嗓音和溫煦的笑容太犯規了，不能讓他捕捉到我的臉紅，太沒定力了。

咳嗽幾聲，我一本正經說：「是嗎，那今天早上那題選擇她覺得是B，允修司反駁是D，還用了非常鄙視的語氣說她沒好好背單字。」

「翻舊帳倒是挺順手的。」

「當然，你打擊到我的信心了。」

「行，以後我會委婉，呵護灌溉妳的玻璃信心。」

我扁扁嘴，這話說起來真沒誠意。

待在他面前的明靜溪分外耍賴與孩子氣，他的聲息他的脾氣跟晚風一樣溫和暖融，將我寵愛得無可復加。

像是要補足曾經缺席的愛。

鼻子忍不住酸了酸，有一個人你會永遠心疼他的付出、永遠會感動他的理解，永遠會願意攤開赤誠的心回應他的對待。

儘管赤裸裸的心情是多麼容易受傷。

允修司的聲息沉穩幾分、清冷幾分，「還有。」

被他的聲音酥麻一臉，仰首，特別聽話。

「以後都叫 Chris 二哥。」

傻了，我脫口，「你想被我叫大哥？」是大哥還不是歐巴。

兄妹戀是虐戀。內心有些狂風暴雨。

他的手拂過我的劉海，同樣，彷彿將周遭的混亂空氣都拂平了。

「沒有，允修司就是允修司，記住了。」

允修司很多時候是孩子氣的、彆扭的、悶騷的。外冷內熱，那點反差萌總是讓人怦然心動。

好多次都被他收服得服貼服貼，一點尾巴都不敢翹起。

我不是特別纏人的個性，但是，疑惑悶在心裡才不舒爽，眨著眼睛，努力努力讓他看見我眼底的真誠與撒嬌。

抱著他的手臂蹭蹭，感受他忽然的緊繃僵硬，默默在心裡笑了，可顯然僅有一瞬，他容不得我作怪。

他一隻手扶住我的腰，緩緩收緊。

「所以你到底要不要說呀。」

漫不經心的口吻，一面摩挲著我的腰，引起一陣戰慄，我怕癢似的縮了縮，被他攔截住我的逃脫，只能呵呵的陪笑。

撒嬌什的好像挺受用的。

只是會有另一種形式的遭殃。

「好像瘦了。」

「呀，不要轉移話題。」羞憤怕開他的手，阻止他的不安分，這個人要起流氓來也是學霸等級。「快說呀，你那時候到底怎麼會突然想到要去找我？還知道要跑去那間酒吧？」

他依舊不答，我耐著性子跟他耗時間，學霸的時間可比我們這些草民貴重多了，他不嫌棄浪費，我不好說話，呵呵。

百般無聊，盯著他慢條斯理回覆著堆積許久的訊息，忍不住笑。

「你還好意思說我，自己訊息還不是積了有上百則。」

「少得寸進尺，我都優先讀妳訊息。」

「這是所謂等差愛呀，孔老夫子的話有好好記住，果然是學霸。」

「又在牽強附會。」

「沒，這是有憑有據。」

目光不經意瞥見，這個名字是誰呀，似乎沒聽他說過。我也不矯情，好奇就是好奇了，懷疑就是懷疑，這個名字左看右看都像是女孩子。

我努努嘴，指尖滑過那個訊息視窗。事與願違，卻將十幾條的訊息全讀了，沒一個落下，立刻引來某人的冷視線。

乖覺的收了過動，我正襟危坐，緊接著的呵呵笑是充滿歉意與討好。

「我手殘，原諒我。」

「是手短，想指什麼都指不好。」

我一噎，咬咬牙，「誰手短了，我是想問你這女生是誰呢，剛好，現在點開了，現在先回她吧。」

「不是什麼重要的人，無關緊要。」

「根據報導顯示，越是說避而不談的人，通常是當事者心虛。」

他挑了眉。「哪裡來的報導？」

都忘了這個人有多實事求是。「我下個月就讓莉宣寫進醫學系刊。」

「別壞了系刊素質。」

我哼哼。他笑出好看的弧度，伸手摸摸我的頭安撫，「之前通識課認識的學妹，總是追著我問一堆上網就可以查到的問題，我不讀訊息，她還是很有毅力一直傳。」

「就是在追你的學妹。」

「重點抓得挺簡潔的，反正晾晾她，一段時間就放棄了。」

「堅持傳個十天已經夠有決心了。」

「別玩了，我知道妳不在意。」

「什麼叫我不在意，我只是不放心上，不過是，不、重、要的人。」乍聽真的很像賭氣，我斟酌補述一句，「我在意你呀，只是不在意她。」

「知道，今天幹麼一直犯傻。」

「因為你死不回答我，我飽受打擊，心情鬱悶，智商下降。」

什麼叫牽強附會，這才是。

他失笑，那份燦爛耀眼連陽光都不及，帶著最乾淨最清澈的流光。

好好將話題晃回正事。他慢慢吞吞開口，弔胃口似的，「下星期清明連假，我會回家。」

自然知道他沒有說出口的問句。

「喔，我不用回去，我們家女生都不用去掃墓。」

「好，好好留在宿舍讀書，別亂跑出去。」

「亂跑出去？」重複得有些遲疑。

薄唇微揚，清冽美好。他的神情卻是有些鬱悶，「不要再跟什麼兒時玩伴出去玩耍。」

兒時玩伴？「莫以翔？」

國小時候認識的玩伴。不過，允修司是從哪裡知道這個人的？

我們之間即便不避諱再彼此面前回覆訊息，我也有一段時間沒跟莫以翔聯絡了，最重要是，莫以翔的對話視窗名字讓我改成了老媽子。

他臉色更加深沉，我似乎在深邃眼眸裡探查出一絲委屈，有些訝異有些好笑，但是，沒敢洩漏情緒。

「那時候，是他找到我的臉書直接私訊，他說去妳家找妳才發現妳回學校了，剛好聽見妳母親跟妳通電話的內容。」

沒有想到會是這樣，也許我心中也沒有什麼預設答案，只是事實被我逼迫著推到眼前，還是有些動彈不得。

「然後呢？」

「然後不是重點。」他黑如深海的眸子似乎波光粼粼，反射出不可逼視的複雜情緒。最多的是近似嫉妒的不悅與不安。

讓人既開心又跟著心慌。

「他比我更了解妳的過去、妳的心情。」

「那是……」

「所以，以後不論快樂或傷心，都要記得說給我聽。」

以後，我的快樂或傷心，都只想第一個跟你分享。

雖然難為情，拗不過他，我還是默許了一起上圖書館讀書或吃飯。我自己都還沒習慣，莉宣與童童，甚至是系上幾個熟識交好的同學都不陌生我們的出雙入對。

尤其是跟允修司同屆的大三學長姊，若有似無的曖昧眼光，盯得人手足無措，肇事者也不大搭救的，彷彿打定主意要我面對自己的輕微社交障礙。

堅持讓我走進他的生活圈。

比起我的懶散，允修司很愛拉著我到處曬太陽。儘管我硬是堅決不脫掉防曬外套、每四小時要補一次防曬乳液，他都不嫌棄麻煩，顧著要我多喝水。有一次輕微中暑已經嚇著他了。

他是這樣的男生，做起一件事都會格外盡心。

不是心甘情願想要做的事，哪怕是教授的要求，甩前輩臉拒絕或靜推拒都會發生。

呼，拉回飄遠的思緒，將演算的最後一步驟寫完，核對了答案，暗暗在心裡吻呼。

已經重算千千萬萬次，再錯我就要放棄它。勇敢放下，交給允修司學長求一個正解與詳細計算過程。

瞥眼一旁手機的時間顯示，午間一點三十分。

內心的臆測都沒有他快，輕快的指背撞擊桌面的聲響，扣扣兩聲，我驀地側過臉抬頭，毫無意外地，是允修司。

「吃飯。」

讀出他的嘴型，我莞爾，可真準時。

為了避開午餐的尖峰時刻，不要在大熱天外頭排隊或候位，我們有志一同將吃飯時間挪後，早餐吃得不早，不怕餓。

「考試都準備好了？」

「馬馬虎虎。」對上他瞇起的眼睛，趕緊改口，拍拍他胸膛，下一秒意識到在人來人往的大街，收了手安分。「不馬虎，單字有好好背，物理也都弄懂了。」

「實驗操作呢？」

「咦？」都忘記有解剖操作考。

約莫是我遲疑太久，他蹙了眉，「需要跟助教借實驗室給妳練習嗎？」

嚇了一跳，用不著這麼大費周章，我有點了解助教是博班的學長，似乎跟允修司關係挺好的。

連忙擺手，眨眨眼睛，讓他漆黑的眸子裡映出我真誠的自信。

「我行的。之前都會不小心把染劑連同細胞一起沖掉，現在已經成長成神手等級，給我點信心。」

「……」

他無語了。我摸摸後腦杓，又不是不會，只是手殘了點、動作粗暴了點，這學期都沒犯呀。

路途上熙熙攘攘，嬉鬧著進到日式咖哩專賣店。店內一如往常三五個人，在一個地方生活一段時日，會對周遭的商家與居民習慣保有一些印象。

像是，設計系的同學交稿期限常會比表定的期中期末考試早一至兩星期，因此，會在考試週出現在隔壁街的早午餐店的，八九不離十，全是室內設計、建築系或商業設計。

不過瞟一眼，立刻有了決定。「我要黑咖哩。」

允修司的反差萌之一是，選擇性障礙。

這男人還老愛裝沒事或裝深沉，硬是故作心不在焉，敲敲桌面，隨口問的小樣子。

「他的咖哩烏龍麵好吃還是黑咖哩飯？」

在心裡嗤嗤笑，捨不得直白說「我覺得是看你想吃麵還是飯」。

我輕輕咳了嗽。「烏龍麵，我們可以分著一起吃。」

注視他俊俏挺拔的背影，逆著光，光線切割勾勒他的輪廓，一切朦朧起來，美好而不真實。

悄悄收回自己花痴的打量，生澀地轉移話題。感受他回到對座，清冷的氣息近了，還有熟悉的安全感。

我咬著湯匙，口齒不清，「你跟 Chris 呀，認識多久了？」

「有八年了，怎麼突然問起？」他眸光微動。

「那他喜歡哪個女生，應該是你可以輕易看出來的、吧？」

他瞇起眼睛，語氣一頓。「問這做什麼？」

「噓，小聲點，跟你說祕密。」

「我一直都輕聲細語。」

「好。」直接忽略他的辯聲，壓低了本來就不張揚的聲音，「別說出去呀，不對，你怎麼可能沒看出來邵零喜歡 Chris？」

似乎鬆一口氣，細不可察的，他點了頭，「是有點感覺。」

「是嘛，我昨天求證過了，所以呀，想問問你對這件事的看法。」

「沒看法，不干我的事。」

我急了，哪裡沒關係了，牽扯可大。眼前的男生卻是事不關己地夾了我碟子裡的糖心蛋。我伸長捏緊筷子的手，敲在他的筷身。「兩個人都是你朋友呢。」

「冷暖自知，妳別管閒事。」

他是理智的，向來如此，我喜歡這樣的他。

扁著嘴，我低下頭，玩著碗裡的花椰菜。「我知道，只是，經歷看著童童失戀，總是希望朋友可以有一段暗戀是順遂的。」

我當然不會一頭熱去鼓舞邵零勇往直前，探查軍情多重要呀。

之間陷入短暫卻沉寂的默然。

接著，我聽見他放下筷子的聲音，下意識抬起頭瞧他。他從口袋裡拿出手機，在我不解的視線下按下撥號鍵。

遠望著他修長的手指滑過通話人，腦袋依舊是傻的。

「直接問他。」

「……」果然是理工組長大的孩子。

萬事思考直線，快狠準。內心欲哭無淚，他明明平常不是這樣的，心理系的優良青年形象呢？

通話還沒接通，我莫名緊張，不自覺搓了搓手。

小心翼翼瞅瞅允修司臉色，面無表情中隱隱無奈與縱容，空閒的一隻手落到我額前的劉海，輕輕拍拍。

將我刻意用電棒捲打理蓬鬆的感覺都要毀了。

皺起眉，我拂開他的手。「別鬧呀。」推拒的手被他一把攥住。

「那是要我現在掛了電話？」

別呀，這人太無恥太遷怒了。

這事跟那事是兩檔不相干的。可惡，繞得我自己都頭暈了。

「……」仔細盯著他，沒想在他臉上看出一朵花，期望能看得他生出一絲一毫不好意思。

「反正沒接通，絕對來得及。」

「我錯了，高抬貴手。」

他笑起來，眉眼看來清朗舒服，晃了我的神。「快點把 Chris 推銷出去。」欺負人還笑得那麼撩，果然是非常禍水，只想擠出雙等於表情給他。深色的眸子藏著計謀得逞的壞笑，總是這麼理直氣壯的，除了他沒有別人了。賭氣似的，我用力回握他，帶著不服氣的較勁，作出微弱的反擊。

「喂，我 Seven。」

聞言，我趕緊換到他左側的位置，主動往他身邊靠靠，大庭廣眾呀，簡直要佩服自己的犧牲。

「你喜歡什麼樣的女生？」

允修司沒等他噓寒問暖的廢話，單刀直入、開門見山，將我嚇得夠嗆，幸好腦袋還記得庫逼迫我憋住躁動。

「你、你幹麼啊？」他當然沒辦法淡定了。

「社團活動，要我打電話給兒時玩伴，照著設定的題目問。」

幾乎要站起來給他喝采！

腦子轉超快的，這種理由……這種理由！一百分呀。趴在他肩膀上，憋笑到打不起精神，揉揉發疼的嘴角。

沉默半晌，Chris 才緩緩開口。

「古靈精怪的人。」

「喔，那身邊有什麼人是符合條件的嗎？」

「……我怎麼有被拐的感覺，你真不是幫誰在打探口風嗎？」

允修司就是允修司，無比從容，「我有那麼無聊嗎？」語調略帶鄙視。

我悶笑，他的確沒那麼無聊。

「也是。大概是跟 Jasmine 一樣的人吧。」

世界忽然靜止了。

我抱著允修司胳膊的手倏地僵硬，眼神漫起驚恐與錯愕，直到允修司拉住我的手，才讓那股堅定的力氣拉回思緒。

原來好朋友喜歡的人在意自己是這樣的心情。

一點欣喜都沒有。

不單是滿滿的歉疚與自責，還有非常深沉的無所適從。

一隻手帶著微涼的溫度，以及滿滿的疼惜，手背滑過我的臉頰，最後，掌心輕輕緩緩撫著我的腦袋。

他將手機拿遠些，氣音落進耳裡也是極好聽。

「別多想，就算是妳也不干妳的事。」

我仰頭瞅著他，他的眼光與表情該怎麼形容呢？

他是不是冷靜習慣了，所以，沒有如此巨大訝異。只是沉潛在墨色眼底的情緒翻騰著，沒讓人看清。

分針似乎猛地轉動，明明隔得遙遠的聲音像是近在咫尺，衝進耳窩。

我不得不試圖從允修司眼裡找到一些勇氣，好好面對Chris的坦率。

「她的懶惰和小脾氣我都覺得可愛，常常笑得開朗，但是，有時候安靜時的憂鬱，又會讓想要親近她安慰她，逗她笑也好。」

這是始終忍在心裡沒有說的。

不是非允修司不可，可是，只有在他細膩的理解裡面，我才能找到自己的定位。

關於我與家人的關係、關於我對家人的態度。

用不著其他人置喙多嘴，再深刻的死心眼性子，落在允修司眼裡都是幼稚，我知道的。

我都知道的。

但是，這樣的明白，如同他對我的包容。

不自覺想起曾經在書中看過的話。

在彼此擁抱的時候，左邊和右邊同時感受到心臟的跳動，只有那個時候人才是平衡而完整的。所以只有你能夠讓我感到完整。

我只喜歡允修司的擁抱，溫暖讓人心安，將所有浮躁與喧囂擋在外頭，包覆著薄荷的清香，是他特有的氣息。

我在允修司這裡找到相依的另一部分。

所以呀，白未凱。

你喜歡不喜歡我，我不會好奇地再探究。

來到五月的梅雨季節。

上午最後一堂結束立刻出了教室，正好與下樓梯的詩芸學姊迎面撞上，我即時扶住她，她還心有餘悸，我一臉歉然。

「靜溪？」

我喘著氣。「對不起呀，學姊。」

「沒事沒事，妳要去哪？居然用跑的，太危險了，趕著約會嗎？」

別呀，學姊妳腦補太多了。

眼見我滿臉無奈，學姊率先燦爛笑起來，打破對峙，抱住我的手臂。

「聽阿芮說今天醫學系有研討會，他們倆大三小才子都去幫忙了，那我們一起吃飯吧。」看出我動作裡的為難，她眨眨眼。「還是妳有約了？直接說沒關係的。」

「沒有，不是有約。」我撓撓頭，微笑的弧度有些扭捏有些靦腆。

我們退到走廊角落，免得造成人流堵塞。

看著學姊眼底的愉快，摸摸鼻子，羞澀什麼的都是浮雲呀。

「研討會是一點開始，可是，就是呀，他們十二點就必須去幫忙，就算提早忙完，也沒有空和力氣去吃午餐的。」

她點點頭，像是等著我接續話題重點。

「所以，我要幫允修司帶吃的呢。學姊要不要一起，也給歐陽芮學長買點什麼墊墊肚子？」

一鼓作氣，語速絕對是行雲流水，順便詢問學姊要不要一起，免得被嫌棄多管閒事。

她恍然大悟，「行啊，靜溪，阿司又不是什麼玻璃，妳這樣照顧他，他都要比花還嬌嫩了。」

我抽了抽嘴角，這種形容絕對不能給他聽見。

慢吞吞替他稍微辯駁，「他三餐正常呀，可是嘴很挑，不愛吃團購的那種便當。」

「心疼他就直說，不接受其他理由藉口。」

徹底被堵得無語。

話雖如此，還是走在一道。沿途詩芸學姊說起往後考研的打算，我有點怔忡，是呀，大三過去就是大四了，一般科系的學生都準備結束大學生活。

面對時間的倉促，措手不及。

學姊思考著要直接考研究所，還是要工作一段時間甚至給自己一段旅行，再好好努力前程。

「學姊的男朋友怎麼決定？」

「呿，他、他才不是我男朋友……」

「我可沒有說誰。」除了歐陽芮學長的青梅竹馬沒別人了。

「他在忙畢業專題，如果做得好，到時候得到教授推薦，可以先一步讓認識的企業看見，畢竟他們沒有資本可以自己出去闖盪江湖。」

詩芸學姊頓一頓，「我們系上也挺多人參加完實習打算轉系或輔修其他的，大家忽然積極奮發，看得我都跟著緊張。」

也許到了固定時候，散漫又得過且過的人，在到生命的交叉口，被逼迫著作抉擇，事關自身未來，自然誰都不敢輕率。

那麼，我呢？

七年的光陰投擲下去，我能不後悔嗎？

話題驀地沉重了，像是暴雨前的窒息感，我扯了扯領口，嘆一口氣。

「生涯煩惱啊，任何時候都在逼人。」

一面點餐，一面瞥眼學姊不雅觀的呵欠。抓了方便食用的里肌肉飯糰，手下一頓，縮了手，陷入煩惱遲疑。

「怎麼了？」

輕鬆掠眼攤子前面的餐點，學姊已經結了帳等我。這速度絕對是迅雷不及掩耳呀。

「允修司……喝咖啡嗎？」

搜刮為數不多的記憶，他向來都與我點相同飲料，我都忘了去注意他到底喜歡什麼。

當初是認為他單純是選擇障礙，此刻思及，有點小小不對勁。

學姊似笑非笑的眨眨眼，嘴角揚起恰到好處的笑容，帶著揶揄的意味，我看了有些惱又微怒。

「學姊妳幹麼？」

她緊接著說的話讓人愣神。

心海平靜毫無波瀾，和煦的陽光卻絲絲縷縷撒下，折射出令人不敢逼視光芒，深處層層疊疊的湧出微涼的潮水，卻被那男生的真誠寵愛得無以為繼。

「阿司會表現得像是喜歡喝鮮奶茶，是因為妳不喝咖啡。」

至今無法從他口中親耳聽見的真心，預期之外的通過朋友的言語切切實實的傳遞。

他不是一個甜蜜浪漫的男生，清冷的氣息本就與浪漫搭不上邊，我自然也從未期盼過，老實說我也不愛聽那些縹緲的承諾。

「相信我」、「我會保護妳」這樣老梗的話已經是他的極限，可在哀傷全然籠罩下的時分，一切溫柔只化為一句「希望明靜溪能珍惜自己」。

回程下起了雨，陰雨綿綿，著實令人煩躁。

踩著水加快腳程，甩了甩傘進了醫學大樓，盯著電梯，內的樓層數字緩緩跳動，「叮」地一聲，抵達了。

熟門熟路往最底處走，還沒探頭尋找便見允修司走來，我立刻揚起笑。

他卻是在靠近一點的地方立刻蹙起眉，微愣，我沒有做錯什麼吧，難道研討會開始前不能懇親？

「淋雨了？」

「沒吧，一點點，拿宣傳單擋了點。」

「沒帶傘？」

「帶了，可是撐傘走不快，我怕時間來不及，你拿到食物還是沒時間吃，望梅止渴我自己覺得是一百萬分殘忍。」

他依然沒鬆開眉頭，抬手摸了摸我微濕的頭髮。

「有點感動，可是我更怕妳感冒。」

小心翼翼覷了周遭人的眼神，所有學長姊都默默低頭佯裝認真做事，我努力不動聲色，臉頰的紅暈卻老早就背叛了自己。

「不會感冒，我身體好著。你趕快吃，我先走了，等下還有課。」

約莫是能明白我的侷促，牽著我的手一點一滴緩緩放開，最終都成為一道力氣捏在我的掌心，我瞬間抬首看她。

「去把淋濕的地方處理一下，記得，下課等我，如果提前我會告訴妳我在哪。」

連話都不說了，我直點頭。腳步匆匆，拽了詩芸學姊就跑。

學姊被拉得莫名其妙。

「這樣送完就走了？毫不留戀？」

「我待會還有課。」

「所以沒有課就會找機會賴著不走，懂了，人之常情人之常情。」

「……學姊呀。」

她不過無辜眨眨眼，似乎怪我自己留尾巴給她臆想。我開口，但是怎麼感覺略帶羞澀與炫耀，「他約我一下課就到系辦等他，一起吃晚餐。」

「閃，閃瞎單身狗，去去、一邊去。」

好巧不巧，今天下課晚了。

匆忙收拾文具，擠在人群裡縮著肩膀緩慢前進，心裡急得不得了，努力踮著腳尖在人頭竄動裡張望。

慌亂的目光在廊道的角落瞄到讓人眼睛為之一亮的側臉。

斑駁的夕陽微暖，將那個男生置放成為一處最美好的剪影。

臉頰泛起甜膩的笑，我低著頭擋了擋克制不住的唇角，重新仰首已經到達那個人身邊，只是看著他的鞋子他的側影，可以輕而易舉認出他。

「允修司。」

「喔，到了。」

跟著他的微笑一起，擁進懷裡。「你怎麼來了？」

「現在不會害羞了？」

我一愣，可惡，呵呵，完全忘記這裡是公眾場合，還是醫學院呀呀呀！來個誰能不認識允修司嗎。

聞言，遲疑半刻，我一股勁的往他懷裡靠攏，蒙住臉，將後續交給男人解決。但是，我一定是腦袋當機了，忽然想起莉宣跟童童也在裡頭，帶頭鼓舞吆喝。

豬隊友。

逃離擁擠得水洩不通的二樓，一時間還有些回不過神。一隻手不放開他的衣角，我眨著眼睛，適應著廣闊的視野。

「知道這叫什麼嗎？」

「嗯？」

他看來氣定神閒。「潛能激發。」

翻了白眼，他有時候見不得我沒大沒小，牽著我的手狠狠收緊，我趕緊陪笑，同樣吃定他拿我罕見的撒嬌沒輒。

轉了轉眼珠子，腦子一亮，迅速轉移話題。「今天幹麼了？還特地訂了位，韓式料理呢。」

哇哇哇，音樂都是最近熱播韓劇的配樂。

「妳猜。」

「不要，討厭動腦。」

「中午淋了雨，腦袋都鏽光是嗎。」
允修司就是允修司，損起人來一針見血，保證啞口無言。
討好地將菜單推到他面前給他決定，他挑了眉，倒是樂於接受。
悶騷呀悶騷。
「中辣中辣，其他你決定。」
「吃辣傷胃。」
「我鐵胃來著……對，吃辣傷胃，那小辣再要一點辣醬。」
他好氣又好笑，撐頰盯著我。儘管被他瞧得不自在，但是，在他的眼光中，世間繁華喧囂、外在嘈雜歡騰似乎一瞬間都靜默了，像是都沉進他漆黑的眸底。
彷彿，只要在他身邊，所有亂七八糟的煩惱都會不值一提。
扛著他的視線，慢吞吞去櫃檯遞交點餐單，手裡攥著允修司執意塞過來的皮夾，怎麼心裡就是稍微不自在。
至今，我們從未確實正視喜歡不喜歡、從未親口確認在不在一起，對於這樣曖昧彆扭的關係，起初自然有股急著抓住什麼的衝動，而後，竟然也就順其自然。
別人眼裡的我們，或許毫無疑問是一對。
對外我沒有矢口否認，不單是沒有人斗膽問起一句關乎允修司的八卦，同樣，我也不會到處去說嘴。
因此日復一日的拖延。

前一刻明明還坦然擁抱，現在才思考起兩人的關係，我好像顛倒順序了。

已經回到座位上，在他正對面，在他面前，只有我。

眨了下眼，我深呼吸，「允修司，我有事情問你。」

「說。」

望進他深邃黝黑的眼眸，所有傾注的勇氣有一絲破綻與鬆懈，我定了神，沉默的時光與無懼的個性都像是回到昔日堅毅。

反射昔日我堅定的語氣「永遠不要試探你對我的重要性」、「如果我們走不下去了，連朋友都不要再做。」。

那些稜角分明的堅強忽然清晰一些。

「我們、在一起了嗎？」抿了下唇，我再一次抬眸。「你……要跟我在一起嗎？」

不想要再模糊不清的猜測。

本來不想錯過他的任何情緒轉折的表情打算緊緊盯著他，可是，顯然高估自己的，勇氣，低低垂下頭，時流該是悄聲無息淌過，似乎在我身邊慢下腳步。

「明靜溪，我們早就在一起了。」

一怔。聞聲緩緩抬頭，他的聲息像是拂過海面的微風，帶著又沁涼又潮濕的觸感，似乎將我整個人要逼出眼淚來。

用力再用力，眨眨眼，分辨不出眼前的是幻象還是真實。

他的眉眼都上揚了角度。「今天是三個月。」

所以才讓我猜為什麼需要餐廳訂位。

但是，我跟他的認知差了十萬八千里，他像是搭上火箭超越許多時間，而我，還是個傻子站在原地。

「你……」

「找到妳那天就告白了，妳沒拒絕就是答應，從那天計算起。」

與他拉著手漫步校園。

中央大道沿途的落葉都被我調皮地踩碎，像是要製造一點聲音填補我們之間的情緒落差。

怎麼說，於我，是如夢似幻；於他，卻是理所當然。

將呼吸調整好，我仰首望著夜空，星光寥落。也許這樣的凝望便是容易讓人有對未來的發想、對未來的迷茫、對未來的憧憬。

「允修司你是從小就立志當醫生嗎？」

他的聲音沒有立即接上，一頓，才平靜沉穩的響起，「一開始是因為成績好，除了醫生好像當什麼都可惜，我說在某些大人眼裡。」

我點點頭，聽他繼續。

「後來想過當外交官，感覺挺帥氣的，一直到父親突然心肌梗塞過世，發現人類的生命其實很脆弱，我救不到最親近的人，那麼，未來救其他人的家人也是好的。」

我眨著眼睛一瞬不瞬盯著他，像是要打破空氣中忽然的凝重，他輕輕爽爽笑了，聲息清潤依舊。「不是什麼特別的理由。」

不，我覺得這樣的原因就夠溫暖了。

「還想過其他規劃嗎？哪一科或是出國流浪之類。」

「現在是在輔導課的生涯規畫詢問？」

他似笑非笑的神情怎麼讓人有些手癢，真想一掌拍掉他的笑，再帥氣都讓人羞惱得話題繼續不下去。

看著我氣鼓鼓的臉蛋，他倒是見好就說，沒有再過分戲弄，牽緊我的手，言歸正傳。

語氣輕輕柔柔卻滿懷自信，但是，隱隱流露一些遲疑與不確定，我困惑了，他忽然偷偷覷了我兩眼，像是徵求像是探究。

「可能實習然後拿到正式醫生資格，好好工作兩三年，熟能手巧之後我去應徵無國界醫師的醫療工作。」

大大一愣。「無國界……醫師？」沒辦法跟上腦袋運轉，只能重複一次。

他也不解釋，很有他的風格的把玩著我的手指，一寸一寸從指尖摩挲，纏綿糾葛似的。我的腦袋都被他打成漿糊了。

他的聲息好不容易將我拉回一點意識。

「說說看妳的。」

聽出他用了近乎要求的肯定句，還是不容拒絕的那種。

我呀。

我的夢想呀，是不是在填選志願以及錄取學校科系時候就注定遠離了？

眸光忍不住黯淡了，聲音也低了，心情也沉了。

「其實，我並不是最想念醫學系。」自嘲地扯了嘴角，「就是分數到了，為了證明自己比姊姊優秀，也為了滿足父母的虛榮……這樣、是不是很差勁？」

相比允修司一顆救人心願的熱忱，我的原因顯得薄弱低俗許多。

「原本想念臨床心理系？」

「你、你怎麼知道？」

「忘記我知道妳偷偷去修心理系的課？」

還真的如他所說，是偷偷摸摸。

總是害怕被別人質疑不自量力。

目光惶惶不安，另一隻空閒的手扭著衣角，任何人的批評或鄙視我都可以做到忘記與看開，但是，唯獨眼前這個男生，我在意他的看法在意他的眼光，即便時常自亂陣腳，也想在最後得到他內心真實的答案。

「那麼妳有考慮轉系嗎？」

「咦？」

「這種情況，有人會因為醫學系光環咬牙念下去，有人有人為了對自己的選擇負責勉強自己，更多人是活在父母的希望底下。」

默不吭聲，我細細思索他的話。語調不高不低、不緊不慢，把紛亂都洗淨了。

允修司繼續說：「誰都干涉不了誰的未來，就算是受到長輩或是教師的勸說，最後做決定的還是自己，我不會說要妳做不會後悔的選擇，未來日子那麼，後悔與否有多難判斷，我只希望妳能按照自己心願走，無論什麼時候。」

無論什麼時候。

儘管走偏了路、儘管繞遠了終點，無論什麼時後，記得捫心自問，這是自己期盼的嗎。

我還想得起初衷嗎？

多走的路途不是白費，這段時光這些距離，遇上這些人那些事，都是成長歲月裡不可取代的，我知道。

所以，我依然心存慶幸。

不過是對於往後的日子有太多太多迷茫。

「心理諮商是個療人療己的工作，是妳可以嘗試的。」

「我……」

「傾聽和觀察妳都是可以的，然後，適不適合與喜不喜歡都是妳要列入考慮的。」

「還要……考慮父母的意見。」聲音越到後越發低。

自己說來都底氣非常不足，乍聽都要忍不住嘲諷。其實呀，他們從來沒有在乎過。

沒有到需要攀比的時候，壓根想不起我究竟辛苦念了什麼。

因此，一直以來都很掙扎，找不到能夠說話的朋友，聊這樣尷尬的問題。

庸人自擾似地徘徊虛擲大把光陰，允修司這裡原來有我想要的答案。

「我不會告訴妳該做什麼樣的選擇。」

允修司甚至沒告訴我他支持我哪一決定，是留在醫學系抑或是轉系。他漆黑的眸子格外清亮，將小小的我倒映在裡頭。

我只能放注意力在他一開一闔的薄唇。「明靜溪，我只希望，妳做的任何事情都會讓妳安心。」

他不說快樂而是說心安。我有些怔忡。

還在兀自思索他的隻字片語。

「作主自己的未來是一件困難的事。」

「嗯……」

「有些人認為別人的建議看法不會有錯，大多數人是相信自己的直覺與嚮往，所以做出不違心的選擇，能夠對以後更加堅定。」

仰起臉蛋，眼底流動的迷茫都要融化在他的凝視裡頭。人都說四十五度是最美麗的仰角，我是被他捧在手心的珍惜。

他湊近了一些。我動容，「沒想到你很會安慰人。」

「沒有想要安慰妳。」

「可是聽著滿舒服的。」他的聲音我永遠無法抗拒。

「遺憾不遺憾都是自己找事，有千百種補救的機會，但是太多人都只會自怨自艾。」

晚風輕拂過他的聲音，絲毫沒有打亂他的平靜沉穩。他就是有這種力量，他的聲息與他的氣息還有他的微笑，讓人輕易安心。

「我答應你會好好想這件事，不會再逃避，可能我真會轉系。」

「那也沒關係。比起直屬關係，還有更重要的。」

最後一句話說得低沉浪漫起來，撩在心口，微暖微癢。

我摸著燥熱的臉，力圖鎮定，「你也要答應我呀。」

他才不上當，很聰明。「說說看。」笑容特別高傲。

「你要是去申請無國界醫生團隊，我也去申請他們的心理重建工作。」

「好，我們不分開。」

仰著臉盯著他。他要去那麼危險偏遠的地方，只是一味擔心與乾著急不是我的作風，我想要跟他一起。

感受他手下力氣加緊幾分，笑意在彼此臉頰漫開。

「還有呀，我轉系又輔修德文，肯定會延畢的，要是延畢一年，你又早我兩年入學讀醫學系，反正、總之，我們可以一起畢業啊。」

「妳倒是想得美。」側臉的光影斑斑駁駁，揚起的嘴角卻是滿滿笑意和寵溺，「跟我一起畢業妳很驕傲？」

「那是，我年輕啊。」

講沒有幾句話又開始幼稚調皮。

「可是，如果到時候真轉系成功了，然後要是我媽還是我爸要打我，你必須負責呀。」

「負責負責，我當然負責。」他的語氣顯得非常沒有誠意，我扁著嘴攀上他的胳膊，不放棄耍賴。

鍥而不捨追問，「打算要怎麼負責？」

他這下倒是道貌岸然的正經模樣。還沒聽見回答便嘴角失守。

「幫妳打家暴電話，妳再搬來和我同居避難。」

「誰要住你家了？太變態了你！」

作為系上老屁股，允修司很少參與任何活動，不論是園遊會擺攤、體育季比賽或是高中制服日，除了課堂，校園內只能在醫學院圖書館找到他。

而且，百分之九十機率我也會在。

其餘百分之十的差距建立在，我有課，他幫我占位來著。

中午剛結束心理系的一個學術分享會，與演講者要到合影，我心滿意足收拾著文具，打算走回圖書館跟允修司會合。

開啟網路，立刻洗進一堆訊息，我蹙了眉，仔細忽視群組的留言，在一排視窗中找到屬於允修司的名字，看見最後一則訊息顯示，心裡一緊。

我在行政大樓的醫護室。

醫護室？醫護室！

我迅速鍵入幾則詢問。

你受傷了？

還是陪別人去的？我現在過去找你。

平息了慌亂，沒有在第一時間得到回覆，我將手機收入口袋，腳步不見快，不多時卻已經到行政大樓後門口，掌心才傳來震動。

步伐沒有停下，我一面瀏覽新進的消息，允修司就是允修司，維持他一貫的冷靜簡潔，只有「好，我沒事」。

瞇了瞇眼睛，直覺肯定是他受傷了。

不管快步前進會在大樓內的地板敲擊出清響，我只想趕緊走到允修司身邊。

光是在虛掩的門外便能聽見幾道爽朗又調侃的聲音。

因此，一道輕軟溫柔的音律顯得特別突兀。

「學長，你真的沒事嗎……」居然還帶者淺淺哭腔。

我愣了，這哪位呀？

未見，胸口就湧起反感，揮之不去的煩躁，分不起是因為允修司的傷勢，還是這道陌生的女音。

「道謝就可以，不是妳我也會救。」

「學長現在手不方便，我幫你提東西回宿舍吧。」

「我外宿。不方便。」

「可是！就當作是道謝，讓我幫忙吧，或是之後可以請學長吃一次晚餐。」

此刻，插進歐陽芮學長的笑語，「我送阿司回去就行了，學妹還是回去上課好。」

他是說「回去上課好」。

藉著門縫，我偷看允修司擰起俊眉，眉眼清冷，微微低著頭瞧手機，淺短的劉海沒遮住他的冷淡。這人開始不耐煩了呀。

雖然很壞，但是，還是必須承認心裡挺舒坦的。我克制住嘴角的弧度。

「可是學長……」

這名少女完全不搭理歐陽芮學長的發言。她懇切道：「我就送到門口，幫學長提書包，不會造成困擾的。」

空間忽然寂靜了。

所有人都等待允修司的反應，我緊緊盯著他，不免緊張，搓了搓手。

允修司驀地深邃的眼光掠過門口，我脖子涼了涼，只見他起唇，輕道：「很困擾，也不需要，我女朋友來了。」

咦，這麼直接！

眸光微抖，清楚捕捉到他眼底的「關愛」，絕對是赤裸裸的威脅。眨眨眼睛，我扶上門把要一口氣推開門，倏地被一道力道牽扯過去。

踉蹌跌了進去，嗯，好，很好，非常糗。

「還真的是小靜溪學妹，來了幹麼不進來？」

「喔，怕打擾你們討論接送的重要問題。」

歐陽芮學長笑出聲，下一瞬立刻接受到冷眼。他湊到我耳邊低語，「還不趕快解救妳家男友，他這都快到冰點以下了。」

我輕哼，「自己的桃花自己處理。」

「妳英勇。」他給我一個大拇指讚。

「咳，我都還沒生氣他受傷，他有什麼資格先怪我見死不救。」語畢，心中的底氣更加充足了。

總不能一直都是被牽著鼻子走，悄悄挺起胸膛，我威武不能屈。

恰好對上允修司挑起眉的撩人舉止，我一噎，清冷的嗓音在尷尬的氣氛中又揚起，絕無善意與客氣。

「如果堅持要請客，不是不行。」女生馬上燃起愉快，我卻是嗅出他不懷好意，允修司勾唇沉聲道：「我要攜帶家眷。」

最後，少女是抱著什麼心情匆匆又道謝一次跑開的，我是不得而知，我只知道，歐陽芮學長是乾笑著自動退場的。

我站得距離允修司遠些，膽子小，覷了覷他的神情又斂眼。

「過來。」

這話聽來真熟悉。

我微愣，忘了動作。他耐心重複一次，「坐過來我旁邊。」

扛著他眼神威逼的氣勢，磨磨蹭蹭到他面前，手腕一暖，被他強硬拉著挨到懷裡，我僵住身子，動都不敢動，眼光同樣不敢飄。

「待在外面幹麼？」

「喔……我剛到。」

「是嗎。」他一臉並不相信的似笑非笑。

我嘟囔，「看你怎麼打發。」感受到他手上力氣加重，我倔強撇開頭。

「要是連你都不拒絕了，我有什麼資格說話。」

「明靜溪妳是不是健忘？」

「呃？」

他揉揉我腦袋，沒讓風吹亂的長髮都被他一手毀了，我鼓起腮幫子。

他語帶嘆息，「妳怎麼總是不記得妳是我女朋友?沒有人比妳更有資格。」

「我、我當時不在場。」

「嗯，原諒妳躲起來，下次必須要替我披荊斬棘。」

「哼，是斬桃花吧。」

允修司揚眉，淡笑不語，就是那笑有些賤。

我言歸正傳，破開氛圍裡流淌的溫馨暖意。掙脫他的牽握，抓起他的左右手各自查看，沒看出所以然。

「傷在哪邊了？」

「我沒說是我受傷的。」

「別裝，如果是別人，你第一句話就會告訴我了。」

他難道露出怔然，驀地一笑，彷彿將風扇的涼風都笑暖了。

「好聰明。」我的頭被拍了拍，像哄小孩一樣。

實在讓人無語。

我正色盯著他。「到底要不要老實說哪裡受傷了、怎麼受傷的？」

「廣場的一個旗桿突然要倒了，我只來得及推開那個女生，所以砸在肩膀了。」

我猛地起身。「左肩右肩？脫臼嗎？嚴重不嚴重？反應慢就不要耍帥呀。」

「反應還不錯，看見事故馬上救到人了。」

「呿，賠上自己，才沒有比較好看，允修司你又逞強。」板起臉孔，讓自己受傷了，我就是不能接受。

說我自私也好，我自然在意他勝過在意那個陌生女生。

只是，儘管生氣，我也不能阻止他做這樣近乎本能的事情。

他的外冷內熱、他的善良正義、他的溫暖熱血，都是最真實真誠的他，是我喜歡的他，不冷眼旁觀與不置身事外。

前幾個星期，他也是在月台替一個老婆婆提行李到下樓梯，陪同走到對面月台等車，因此，錯過自己返校的車次。我蹺了通識課到他們課堂幫忙請假，系主任毫不遲疑相信。

他說的確很像他會做的事。

越是回想，越是臉色難看。從指尖蔓延了冰涼。過去那些都是不痛不癢的小事，如今，他讓自己受了傷，我很害怕，這份溫柔是他的美好，同時也是他的致命傷。

他察覺我的氣息不對，蹙了眉，側過身子將我擁緊。

「別這種表情，我沒事。」

「這次只是小傷，那下次呢？」

「如果是妳，會跟我做一樣的決定，雖然前提是妳有反應過來。」

「……允修司你還跟我開玩笑。」躲在他懷裡，我悶悶開口。真想揍他，要不是顧及他是傷患。

他的聲息染著笑。「沒開玩笑，妳反射弧長，救不到人。」

有時候允修司也會對我很生氣。

氣我照顧不好自己、忽視自己的身體健康，他生氣起來總是特別有道理特別可怕。上個星期周末才因為我自生理期時候偷吃雪花冰冷戰。我第一次體會那綿綿冰是冷到心坎裡去。我們都只是太在意對方而已。

不過，完全不說話的允修司真的很可怕。

逆著光走來的他依稀只見深刻的輪廓，明明如此模糊，我卻能清晰的想像他的面容，絕對是微怒的表情。

「呃、好巧。」

虛弱地眨了眨，泛著心虛淚光的眼，擺擺些許無力的手，不到最後不討饒的倔強，這樣的我他肯定時常感到心情複雜。

既好氣又心疼。

一點辦法也沒有，就是拿我沒辦法。

他知道我總是會忘了珍惜與善待自己，所以，對於將我隨身攜帶這件是經常有所期盼。

「是挺巧的。」

他的嗓音要尋常再冷硬幾分。

他太過理所當然的靠近，直到親暱的坐在床緣，熟悉的薄荷清香盈滿呼吸，我才手足無措的想縮進純白的被子裡，只留下慌亂的雙眼尷尬的面對。

「不需要解釋一下嗎？」

揚了揚手上的胃藥，隨意往床上扔，沒在我身上砸出疼痛，允修司低沉的嗓音聽不出喜怒，似笑非笑的抿緊了唇。

只好使著破罐子破摔的氣勢，「不是都知道了嗎？還要我解釋什麼？」

賭氣的拍開他探向自己額頭的手，觸及那溫暖免不了心底微微悸動。

「妳不知道早餐不吃會變笨嗎？本來就不是很聰明。」

他硬是伸手貼上我的額際，不容反抗的霸道讓人輕易鼻子發酸，感動悄悄蔓延，卻是譜出拌嘴的前奏。

「我有喝奶茶。」

「早上空腹喝奶茶傷胃。」

「我有先吃香蕉。」

「……反正妳怎樣都有理由。」

盯著他繃緊的神情，儘管不合時宜，我扯了嘴角，輕輕笑起來。

他的賭氣落在心尖上，成為心口燙人的溫度。

偶爾會刻意拿著藥蹭到他身邊才甘願吃，偶爾愛在他面前穿得單薄看他輕輕蹙眉，偶爾會跟他說沒吃某一餐肚子餓。所有的所有，都像在虐待自己也虐他的心。

我試著要改掉這樣的行為。

挺怕他哪天會就此丟下我不管。

莉宣最愛說：「我現在真想掐死妳，允修司學長、也就是我們大神很忙的，不要讓他紆尊降貴照顧妳起居好嗎。」

統合派的童童不外乎會接著道：「還好還好，至少有認知到對學長很虐，不是無藥可救。」

期末考結束，立刻迎接炎炎的夏日假期。

這一年我留在學校暑修，允修司跟了系主任的研究室，儘管各自有繁忙的課業或工作，晚餐約定了沒有意外都會一起吃。

到 Pivo 的次數也銳減成一星期三次。允修司是忙到來去匆匆，我單純是，還沒想好怎麼面對 Chris，只能少一點交集。

看來是庸人自擾，但是，我期盼自己能在將情緒調適到坦然。

我是到此時才意識到允修司是多麼優秀的令人不敢直視的人。

而我，站在他身邊，必須更努力才不會被他的光芒灼傷。

受到教授推薦允修司八月可以到國外的醫療單位實習，雖然是物資缺乏的偏遠城市，但是，這個機會是醫學院學生夢寐以求的。

允修司尤其高興，我也同樣替他感到驕傲。

他就是這樣的人，外冷內熱，老愛說與我無關，其實，體內留著最正義善良的血，別人只看見他的冷傲，沒看見他對病人的細膩與研究數據的縝密。

將近八月一個月的團隊，允修司懷抱小小遺憾，心裡還沒過去。

「我想幫妳過十九歲生日。」

我笑了，稍加打趣，「到時候你還跟我有時差呢，我生日的零點零零分，你那裡不知道什麼時後。」

憋了那麼久，吐出一句略帶委屈的抱怨。反差萌呀反差萌。

「妳讓我減少一分去的喜悅了。」

「別鬧彆扭了，我沒怪你，不就是一次生日嘛，哪有十二歲、十八歲，甚至是二十歲生日重要或稀奇。」

「十二歲生日？」

他的眼神暈滿饒有深意的笑，我摸摸鼻子，難以啟齒，「別笑，我還留著十二歲生日蛋糕上的蠟燭呢，我們家呢，要滿十二歲才能坐汽車前座，當時一直期待著十二歲，真的年滿的時候發現，根本沒有什麼。」

「民法上脫離無行為能力。」

「謝謝安慰。」

他聳了肩，不可置否。

努努嘴，瞇著眼睛盯著他，不多時，跟著笑了。這個人偶爾陪我一本正經的耍耍幼稚也挺可愛的。

我真的不介意能不能一起慶生。

因為，我不是一個能夠外顯感動的人，如果他精心準備了慶祝與禮物，我做不到將內心波動全攤出來給他看，不免會讓人失望。

慶生本來就是籌備人希望能看見壽星感動得又哭又笑，我那麼傲驕，少女不起來。

「妳十二歲的生日蛋糕是誰買的？就是妳收藏蠟燭的那個。」

他忽然提起，我一愣。對上他漆黑眼底的真摯，讓一層浮浮晃晃的醋意籠罩，眉眼都收了笑。

這城市的醋全都給他包了呀。
害我緊張，「就莫以翔啊。」
「喔。」
他發出意味不明的單音，氣氛更加凝稠，我眨眨眼睛。
竭力伸長了手拍拍他的腦袋瓜，總是聰明一世糊塗一時，像是撫平了他炸開的毛。
「他是哥哥呀，在我眼裡，就是那……第三性別。」
他挑眉，我用力點頭，「你不要多想啊，都過去了，那不是因為你還沒出現嘛。」
「我現在出現了還是沒能幫妳過一次十九歲生日。」
「呃，就是個生日……」
「只有一次的十九歲生日。」
我似乎能聽出他的隱言，跟他在一起後的第一次生日。
這人的浪漫要起來細膩又貼心。
思索著如何寬慰他，沒料，他拽住我的手，十指交扣，倏地站起身，速度與架式都是風風火火。驚得我夠嗆。
「怎、怎麼了？」
「現在就去過生日。」
「哈啊？」
他微笑，春風和暖，沒有一貫的清冷。「十九歲生日提早過，這次也買蠟燭給妳。」

升上大四之後的允修司自然依舊忙得腳不沾地，時常訊息回覆一半便杳無音信，隔天才知道他睡著了。很多時候能夠見面的時間只有彼此起一個大早，好好一起吃份早餐。

我是能體諒他的。

但是，偶爾還是會因為一些小事爭執，牽扯起不能陪伴的事情。他會容忍我的無理取鬧，因為清楚知道我是生理期在作祟。

吵著吵著都不會輕易說分開。

儘管他不再有多餘許多空閒可以指導我課業，不過，為了轉系的成績門檻，我還是勉力維持在班級前十名。

到最後一刻才告知童童與莉宣關於轉系，意料之內被她們責怪沒有提前討論，即便感到抱歉，重來一次我還是會照舊隱瞞。

不希望這件事疊加太多人的期盼與矚目，要是落了空，我不只要面對自己的失望，還有更多其他人善意卻殘忍的寬慰。

直到六月期末，轉系的確定合格審核名單公佈到校園網頁上。那天睡過頭，十點多驚醒，立刻打開手機，沒先點開學校網站首頁，已經看見屏幕顯示允修司的訊息。

沒有絲毫冗言贅字，一張截圖以及一句恭喜。

喜孜孜的也去開一次網頁，非要親自查詢看見。找到自己由於個資法被圈掉的名字，仔細核對學號，終於可以釋然放心微笑。

連到 Pivo 嘴角都克制不下。

「怎麼回事呀 Jasmine？笑得這樣奇奇怪怪，好可怕。」

「才沒有奇奇怪怪，很和藹可親的。」

Chris 插進話題，語氣雲淡風輕卻十足自信，「轉系成功了？」

我眼眸一詫，脫口，「你怎麼知道？」

「妳的什麼事情我不知道了？」他可得意了。

我默了，你不知道的可多了。硬生生憋住話語，不好將他打擊狠了。

揚了眉毛，輕輕哼了哼，不著痕跡的讓邵零看見我的不以為意，誰跟他感情好了，別攀關係誤導人呀。

邵零笑了笑，沒有絲毫隱忍或尷尬，眼底亮晶晶的，一味盯著 Chris 瞧，捨不得移開眼，怎麼說也將近一星期沒有見上面。

越是長大，各自都有各自的學業課題或實習作業要忙碌，從前還可以閒來無事便到店裡，如今四人同時聚一起的頻率確實少了。

也許曾經有過厭倦幹話連篇的時刻，時至今日，莫名懷念。

「Jasmine 妳才來多久就要走？」

「啊？」

「Seven 說的。」他晃了晃手機，一行字在眼前一閃而過，什麼都沒來得及捕捉。「說妳待會三點離開，妳幹麼去呢？玩快閃啊。」

雖然不明白允修司什麼意思，但是，當然不能拆他後台。我挺起胸膛，直著身板特別理直氣壯，轉轉眼珠子，說什麼也不能露餡。

「祕密呀，你猜。呃，就算猜對也沒有獎。」

「搞什麼神祕，跟誰約會了？」

「還能跟誰？跟 Seven 啊。」邵零輕柔朝氣的聲音揚起，落在我們之間忽然的沉默。她看著 Chris 的眼睛，眼帶笑意，「你不知道他們在交往嗎？」

「Seven 和……Jasmine？」

遲疑的聲音帶著隱隱然的陰暗情緒，複雜得讓人理解不得。

我猛地抬頭，相視的兩人都在彼此眼瞳裡看見倒影，我的難安以及他的不可置信。

聲音有些啞了，喉嚨似乎直直發緊，我看見他試圖淡然開口。

「什麼時候的事情？都沒有聽你們任何誰說過。」

「他們低調嘛，再說，很明顯的啊，不用刻意拿出來說吧，又不是什麼國高中生的小情小愛了。」

邵零說得越是輕描淡寫，Chris 臉色越發難看。

這場面發展得有些難以收拾。

我懂邵零為什麼這麼說，人類是自私的動物，愛情同樣是自私的，她必須排除所有他身邊接觸的女生。

她才能再靠近他一步。

但是，這種將我推出去的做法，我卻是有些難受。低眉斂眼，深深呼吸一口氣，倏地抬頭，面上笑得恰好不突兀。

「大哥和小妹的交往是虐戀，噓、不能說。」

「所以是真的？」

「我不知道我不知道我不知道——」

極度不負責任的說詞，先是摀住耳朵退到角落的沙發，將鼓槌收好，拎起側背包便想遁逃。

可能是衝擊大了，他向來身手矯健自居，然而，這次沒有順利捉住我的手，衣袖滑過他的指尖，溜走。

呼，總算逃開他的刨根究柢，最重要是我不想介入他們之間的難題。

可是，遙遠地方還能聽見 Chris 的固執。

「明靜溪，所以到底是不是在一起了！」

這是他第一次喊我明靜溪，但是此刻，我忽然覺得自己不能回頭。

不能像以往一樣對著他自在笑鬧，只能不停加快腳步向前，不停地朝允修司走去。

隔著數十階梯的距離與高度，我頓住步伐，艱難仰著頭，緊緊抓著背帶的手下意識緊了幾分。

陽光像是鋪天蓋地籠罩下來，將他在我心裡照得非常巨大。

在他回首的注目下我微笑起來，儘管逆光的面容十分模糊，我還是能想像到他冷靜的俊顏藏著獨特的寵溺。

「允修司！」

「小心走，摔了我就揍妳。」

不多時已經竄到他身邊，他沒來得及捉緊我，我已經像無尾熊一樣抱住他的臂膀。笑得沒心沒肺。

盯著他明朗的笑容，讓人捨不得移開視線。「幹麼偷約我？」

「沒有偷約，Chrisc 和 Zero 都知道。」

「……」咬了咬牙，這個人耍起賴來還是無人能敵。只要只對著我使就好，他的幼稚他的微笑，都要是我的。眨著眼睛再開口，「今天怎麼有空過來？教育部那個什麼計畫的提案過了？」

他微微揚起好看的眉毛，就是在嘲笑我的多此一舉。

驕傲自信在他身上是渾然天成。

「那要去哪裡！」

「想去哪？」

「哪裡都好。」有你在的地方哪裡都好。

自然沒有臉皮將後話說出來，熱氣與情緒將淺色的腮紅襯得更加明艷。

允修司淡笑不語，牽著我往停車場走，我也不多問，沿途與他說起剛才發生的事情，說到Chris的反應，不經意瞥見他蹙了眉。

他肯定也是覺得Chris情緒過度了。

比起這個，扯了扯髮尾糾結，我更害怕邵零誤會什麼。

語落。允修司只扔出一句話。

「Chris是二哥。」

「啊？」這是什麼關聯？

「以後記得都叫Chris二哥。」

這男人每次都吃醋得無聲無息，沒有徵兆。可是，心裡不得不說是像倒進了甜蜜，在時光裡醞釀。

抿不住唇角的愉快，我輕咳了嗽。「誰在跟你說這個了？你說Chris到底怎麼回事？完全猜不透他呀。」

在他身邊探頭張望，他替我開了車門。我坐定，他給我繫上安全帶，不管我如何注視他，允修司就是打定主意不開口。

我推了推他的手臂。

「說話呀。」

「喔，以後記得都叫Chris二哥。」

實在無語。「……你。」真是老拽住這個點不放。

真是怕他了，直拗起來沒有人贏得過他。

「行行行，二哥就二哥。」

偷偷偏移了眼光，看見他抿起嘴唇得逞的微笑，努努嘴，拿反差萌一點辦法也沒有。

車子駛過公路，從車窗過境的景象越來越人煙稀少，遠離市中心的繁華，我打量起斑駁破舊的矮牆，或綿長彎曲的高速公路。

忍不住啟唇。「到底要去哪？」

「猜，猜對了沒獎。」

這人越來越敷衍了。

低頭滑起手機，輕輕點點螢幕，欣喜下了一筆化妝品的訂單。

時光就在指尖飛逝，重新將目光投向外頭，蔚藍遼闊的視野還又海風拂面的鹹味，清新乾淨的。

是夏天的味道。

「海邊！是海邊！」

他沒來得及阻止，我已經脫了鞋子奔下車，連門都沒有好好闔上。撩起碎花裙，踩上火辣辣的沙灘，疼得嘶嘶直喊。

始終沒有放下唇邊的幸福愉快。

在地上烙下無數個痕跡，深深淺淺的，興奮地一腳踏進冰涼的海水，潮水一波一波洗盡腳指頭縫裡的細沙，來來去去，單純盯著流沙漲退，這樣無趣的寧靜的是一種快樂。

聽見細微的聲響，揚著笑，我正要驀地回首給他驚喜。

自己是一輩子都會折在他手裡了。允修司一把攥住我的手腕，輕輕使力，另一手攔腰讓我撞在他的胸口，埋怨的話被堵住。我一愣，睜大了眼睛。

微涼的唇瓣帶著薄荷清香，染著極淡的海鹹，輾轉在唇齒間，全是夏日的溫柔浪漫。

儘管有過無數次輕柔淺淡的親吻，這次是確確實實，帶著狂亂與霸道。

帶著溶血入骨的氣勢。他難得會如此失控。

他的手伸了過來，霸道衝進我的視界，緩慢緩慢地，直到觸上我的臉頰，我微怔，有一瞬間的僵硬。

倉皇斂下眼瞼，手指顫了顫，倒抽一口氣，一鼓作氣抓住他的手指。因此，被迫使抬眸直視他。

「是害羞？」

他聲息染著十足的戲謔，我一惱，試著要抽回手。

此刻，才意識到自己不知道什麼時候被反握住手腕，掙脫不開。

「允修司你……」

不等我好好說話，一把截斷我的惱羞成怒。轉而手腕使力，將我拉進他溫暖寬厚的懷抱，手臂收緊了所有溫軟情意，自相觸的點撲湧上來，蔓延開、受入左胸口。

「允修司你幹麼？」

「明靜溪。」

「嗯……」

蹭到他胸膛，我吸了吸鼻子。這個男人總是會知道我什麼時候最需要什麼樣的安慰，他的擁抱是我最嚮往的自由。

推開我一些，俊朗的眉眼含笑，他捏住我的鼻子。「妳是吃什麼可愛藥長大的嗎？」

夕陽在沙灘上灑下一地金黃，將於留下的腳印顯得格外深刻，將兩人相依的背影都拉長了。

時光都慢下，落在後頭。

這些流淌在左胸口的熱燙，隨著海浪在心底退了潮。

更像是夏天季末間歇的蟬聲浪潮，努力一些，再更加努力一些，我很害怕。

當允修司的聲音再也不復記憶，我會遺失面對未來的勇氣。

我與允修司的約定是，要是吵架了，絕對會在當天和好。

不許有隔夜仇。

只是現在，誰對了誰錯了，或是誰該低頭道歉了，我是一點想法都沒有。

抱著身子坐在宿舍的上鋪，生著悶氣。

莉宣趴到床沿，笑問：「又怎麼了？挨我們大神罵了？」

我們三人依舊住在一個寢室。即便當初登錄搶宿舍的時候，公布結果差了一個童童，我們還是找到一個企管系的學妹順利換了房間。

在學校宿舍住著多舒服呀，冷氣費便宜，距離教室又近，可以好好忽略其他小缺陷，共用冰箱或是防災演練之類的。

「才沒有被罵。」

「那妳頂著臭臉幹麼？報告分數太低了？」

「不是，其實就是……」

忽然不知道該從何說起，她是猜不到的。撓了撓睡成一團亂的頭髮，張了嘴巴，靜默數秒，最終還是頹然閉上。

也許是自己操心多了，落到旁觀者眼裡可能便是小題大作。

思緒很亂，我知道是感性過了頭，對他無理取鬧，要他做一點都不像允修司的保證。

唉呀怎麼這麼難搞？就著原來起身的姿勢，「咚」地又倒回床上，我一把拉起棉被遮住臉，懦弱逃避了。

「幹麼、幹麼！事情說一半就要給我睡覺了，不能裝死啊。」

悶悶的聲音低低傳出厚重的棉被，「我明明連個開頭都還沒說。」

莉宣噎了，輕輕咳嗽。正要再說些說服的話，寢室門被一大力道撞開，將風都捲進來了，睜著眼睛眨眨，面對黑壓壓的視野，儘管好奇，我忍著不動作，心情不好，懶散。

童童難得焦急失態，這聲響都要引得隔壁房間出來抗議了。

「靜溪妳怎麼還在房間躺著？」

「她怎麼就不能在房間躺了？不是沒有課嗎？」

「允修司學長還在醫院，妳就這樣跑回來，手機不接、訊息也不回，我們都要誤會出事的是妳了。」

上氣不接下氣的話語將莉宣搞得一頭霧水，她努力從中找出重點。我一動不動，只是拽緊被角的手指緊了緊，綿長的呼吸將被子裡薄弱的空氣變得更加濃稠，胸口都發悶起來。

莉宣接收的資訊龐大了，一屁股坐回椅子，手肘撐著下巴撞上桌面，動作的輕響十分容易辨認。

「誰可以幫我稍微懶人包一下情形了？妳們的思路我都沒跟上啊。」

與此同時，似乎馬不停蹄飛奔回來的童童灌一口溫水，找回力氣簡短解釋。抿著唇裝作不在意，只是，無法忍住我往床邊靠近的衝動，差沒有掀開阻礙的棉被。

「剛剛登山社社聚回來的路上，有一隻懷孕的校狗在前街過馬路，妳也知道前街車流多，晚上更可怕，大家車速都快，允修司學長就過去要將校狗引領到旁邊，趁著紅燈過去，結果有一台違規右轉的機車直街開過來……」

「學長被撞到了？」

聞言，我指尖微顫，幽淡的眸光暗了下來，就是這件事。

允修司總是總是無法對世界的危難不伸出援手。

我喜歡這樣善良的他，也害怕這樣一股腦熱血的他。

他可以精準策畫系營或是社課的活動，可以在解剖課與有機化學實驗課毫無誤差，可以堅定自信規劃自己的未來。

這樣的他，唯獨救人會忘了權衡上自己的安危。

危險確實都是在電光石火間，可是，他高估了我的容忍，我低估了他的本能，我對他的珍惜，溫暖又自私。

「沒有、沒有，那個人為了煞車自己摔出去了，幸好他轉彎速度不快，一點擦傷而已。」

「呼——那不就是沒事嘛！妳急急忙忙的像是天崩地裂一樣，嚇人。」

「哎，所以說，重點不是這個，是……」

莉宣再次截斷未完的長句，「重點是那隻校狗生了？」

莉宣的異想天開有時候挺超凡脫俗。

「不是，妳先不要打岔，我要說了。」一恨鐵不成鋼的語氣憤憤，童童猛地攀到床緣，聲音一瞬間拉近了。「我要說，靜溪妳不等允修司學長幹麼？急著跑走也不是有什麼大事，不擔心學長嗎？」

擔心，我擔心，一直以來都擔心。

可是，擔心能怎麼做，能要求允修司學長對世界漠不關心嗎？

我不能也不會。

「他不是沒事嗎？」我嘟囔。

嘴上這麼說，掙扎片刻，我還是鑽出被窩。拂一拂蓬亂的頭髮，任由她們震驚的目光在我面上徘徊。

兩人眨眨眼，盯著我抓過梳子好好梳頭，一鼓作氣跳下床，然後收拾桌上的雜亂，拎起黑色側背包甩上肩膀。

傻了，莉宣上下打量我。「幹麼去？」

「去找允修司約法三章。」

約法三章倒不是真的有。

劈頭對著他罵了一輪卻是前所未見，而且，在系上學長面前。

允修司當下心境我不得而知，因為我孬，我立刻低著頭。至少，偷瞄到歐陽芮學長領頭的學長們，各個目瞪口呆。

心裡有些小驕傲，默默挺起胸膛。

「都出去。」

「咦……好。」

約莫是允修司的臉色冷靜得不像話，聲線冷硬，不過，深邃的眼光是緊緊攫住我的。莫名雙頰燥熱，可能是該開始懺會自己剛剛的衝動了。

我跪我道歉呀，他是學長、他有權威。

「妳……」

「允修司。」

「喔，說話。」

我後退一步，不能對他笑，笑了就輸了。

刻意沉了聲，義正詞嚴，「好好說話。」

「對我很不滿？」

「不敢。」

他對我招招手，唇角掀起微暖的笑容，將人的心都笑軟了，鼻頭酸了酸，硬是眨回奇妙的淚意。

他還在我眼前、在我觸手可及的距離。

好像這樣就夠了。

我需要矯情什麼老是跟自己過不去。

吸吸鼻子，用滿溢哭腔的沙啞嗓音喊了他名字。踱步走進他懷裡，當他一手攬上我的腰，像是逞強已久的情緒忽然潰堤。

我的脆弱都在他身邊落了角。

「允修司你再這樣嚇我……」

「我沒事。」

他不是說「不會了」，卻是說「我沒事」。其實我也明白他不會輕易承諾做不到的事，只是想起來總是讓人難過。

「對不起，讓妳擔心了。」

「……你跟我道歉嗎？」迷茫的眼只裝著他一人。

他失笑。「哭傻了嗎？」

我揉揉眼睛，輕輕哼了哼，撇開通紅的臉。允修司拿開我的手，扳正臉與他對視，時光在之中無聲流淌，額頭緩緩抵上我的。

眼淚在溫暖中落了下來。

「我不想看見你受傷。」

「我知道。」他更加用力擁住我，清寒的聲息染上溫煦。「就像我擔心妳的一樣。」

「我現在都很認真吃飯，一點都沒有對不起自己。」

「很乖。」他摸著我的後腦杓輕笑。感受到他的安撫，我唾棄自己沒有骨氣，所有怒氣都讓他瞬間擺平了。

他果然是高手。

輕軟的低語掠過耳邊。關於允修司說過的任何話，我是從來都無法忘懷。

「不為自己，為了妳我也會好好的。」

期末最後一次登山社社課，一群人擠在講桌周圍討論著暑假的活動。收回視線，重新定點在允修司的手指，輪廓分明、修長白皙，完全賞心悅目，我是直到這時候才意識到自己對手指的偏好。

稍微遠離吵雜的暴風圈，與允修司坐在教室最後方的課桌，儘管我們各自做著不同的事，他看著案例分析書，我滑滑手機，有時候會翻翻統計學課本。

他們都習慣允修司不插嘴，胡鬧過頭了才會眼神壓制。

這次天馬行空，甚至近乎說走就走的旅行，我設想了會被允修司駁回，隱晦地責罵他們沒腦之類，發現他才是最不按牌理出牌的。

我盯著他，不料，他唇角微揚，深色眼裡承載著一臉懵樣的我，嘴上一派輕鬆說著，「聽起來很好。」

「很好？阿司剛才是說很好？」

一群人在三秒鐘的怔楞過後開始掀起一波又一波的鼓譟。

連話題都有些走樣。

「哎，哪會說不好！這活動不是擺明了需要過夜嗎？嗯哼……你們會懂的。」

「懂個鬼，別汙染小學妹，人家還沒滿二十歲。」

「滿十八就能了……哎喲！下手輕一點！要打成白痴了！」

「本來就白痴，別想賴到我身上！」

聞言，我理當愕然。但是，相處許久時日，已經充分學會置身事外以及充耳不聞。紅著臉頰，若無其事轉著筆，低頭思索著題目。

都忘了我再怎麼佯裝鎮定，世界上還是有一個人有最獨特的氣息與魅力，能夠讓人一瞬間散了繃緊的理智。

一瞬間亂了呼吸與心跳。

感受到他溫吞的呼氣，溫熱的拂上脖頸。我立刻伸了手摸住，語氣帶著氣急敗壞的羞澀，「幹什麼呢？」

他輕笑，撩得人不要不要。

「要是真的成行，去不去？」

「我、我會努力爭取……」

話語忽然煞住，梗在喉嚨。眼神慌亂，他的下一步太難預測，允修司放下厚重的書本，稍稍側過身子，清澈黑亮的眼眸湧起非比尋常的真誠。

攥住我的手足無措，笑意更深了幾分。

清冷的嗓音似乎染上高山了涼爽，過境我身邊的暑氣，揉雜成最舒適的溫度，徘徊周遭。

「聽過有一種植物是薄雪草嗎？」

「薄雪草？」

「玉山上面的特有種，樣子像晶瑩的雪花，歐洲也有相似的植物是高山火絨草，曾經被用來代表阿爾卑斯山登山者，呈現阿爾卑斯山崎嶇、粗獷、純樸的美。」

「呃……」

怎麼忽然幫我科普了？

靜靜聽著他解釋，我眨眨眼睛，還沒在他的字裡行間抓出重點。

他彎唇，眉眼的弧度一樣耀眼。「我們去看薄雪草。」

「哎？」

「他們八成會將行程定在國外，怎麼說都可能是他們在登山社最後一次活動，就要畢業了呀。」

我失笑，忍不住打趣，「你距離畢業還久著呢。」

他難得一怔，顯然沒想到我的反擊，揚唇，捏了捏我鼻子。分明是細微又輕柔的舉動，落入大家眼裡，成了猛烈又刺眼的攻擊。

「哇哇哇太閃了，閃得我眼睛張不開。」

「痛痛痛！需要一副墨鏡啊！」

咬緊了唇，抓了抓後頸減緩尷尬，最終，與允修司對望兩秒，默默鬆了神經漫開笑意。

也許，有他在的地方，我永遠不會忘記該如何展開笑容。

但是。我指著搜索引擎的畫面。

「薄雪草的花語是永生難忘。」抬眸瞧他，嘟囔著，「這聽起來真不祥，跟那個彼岸花一樣，不行不行。」

他失笑。「不行什麼？」

「不看，我現在是十九歲劫難，不安全。」

「逢九不祥，只是，看不出來妳有這麼迷信。」

輕輕哼了兩聲，我拿回手機，用力撇開頭。這是因為情況不一樣，男友大人那麼愛衝鋒陷陣，我總不能沒給他帶來幸運，還要拖累他。

我拉拉他衣角。

「我不管，反正就是不看那個破草，要是他們發瘋要去那麼危險的地方，你絕對絕對要阻止他們送死。」

「挑戰極限這件事在妳這裡不准許？」

「要不然，我們都不去？」

抱上他的一側臂膀，仰起臉頰衝他微笑，眼底燃起星光耀眼的期盼。

留在登山社不過是因為這裡有允修司，儘管理由薄弱，同樣支撐我完成每次國內充滿血淚的攻頂。

山難雪崩的噩耗經常有，我不想感同身受，責怪我庸人自擾也無所謂。

允修司順勢攬住我的肩膀，越過我的後頸，深深地用力地擁住。揚起的嗓音有他專屬的溫度。

「這次別想耍賴，出隊當天都愛死命賴床。」

我喜歡看見他眼光裡的寵溺。忍不住彎唇，得寸進尺的偷偷摟了他腰。

蠢蠢地眨著眼睛，輕快的語氣湊到他耳邊，「答應了？不能反悔呀。」

只要得到他的允諾就沒問題的，允修司有能力擺平他們的抱怨。

或許，越是長大，我們必須經歷越多的分離。

咬著筆，眼神有些放空。

允修司太不講義氣了。自己一個人偷偷申請了國外見習，大四後開始忙口試、考核與各項流程作業，神祕兮兮的樣子，他打定主意不說的事情，誰都問不出來。

這不是撒撒嬌可以解決的。

死守到生日當天告訴我，他大六要出國見習，同時，要在英國修熱帶病學與衛生的課程，他從來都是在為了無國界醫生努力。

氣得我當下蛋糕都不吃了，抓了包跑去找允修司媽媽告狀。難怪阿姨老是欲言又止的模樣，她早知到允修司不會提前告訴我。

「他怕妳太早就開始擔心分開。」

「他作事完全沒有徵兆可以觀察，我完全沒有心理準備，突然到我覺得他是將生日當成愚人節在玩我了。」擁著雙膝蹲踞在沙發角落，凌亂的頭髮散在肩膀兩側。

晦暗的情緒更加低迷。

阿姨摸摸我頹喪的腦袋瓜，似乎想替我拂開一些烏雲。

交往多年，我被允修司媽媽捧在手心裡呵護著，叨嘮著我是她的女兒，要當我的靠山，不准允修司欺負我。

確實，所有的一切都罩著允修司的話走著。

閉上眼睛，不管時隔多少時間，依舊依稀可以聽見他的嗓音，我想，思念他已經成為一種日常。

妳有我就夠了，如果還難過，我媽分妳一半吧。

她現在是期待看見妳，勝過我回家。

「他就是習慣了事情都自己決定，就算出發點是怕妳難過太久，所以選擇不吭聲，用他的方式給妳幸福。」

他都要離開了我怎麼會幸福……

理智告訴我不能任性。我一直都知道他是適合天空的，我做不到不哭不鬧，只是，要是連擔心的權利都沒有了，我還能付出什麼。

「阿姨，我只是不想傻楞楞的待在他身邊，現在去回想，感覺、感覺之前的時間都浪費了。他為什麼不早點告訴我？」

為什麼我不能當第一個知道的？

我一定不浪費時間在決定晚餐吃什麼、一定不拖延作業的繳交，空出時間去黏著他、一定照顧好自己，有能力去為他付出再多一點點。

這些如果，想起來都讓人分外傷感。

逃避似的拒絕接允修司的電話、不敢讀他的訊息，威脅利誘童童和莉宣給我打掩護，從前總是橡皮糖一樣黏一塊的我們，算算居然有五天沒有見上面。

這次，我衝回宿舍又哭了一個晚上，嚇得她們都不敢問什麼，最後還是童童從歐陽芮學長口中聽見消息，兩人才略知一二。

卻是都沒敢提起。小心翼翼的模樣，將我當成易碎玻璃，私底下使多少眼色，其實我知道，知道她們擔心，我沒力氣告訴她們我很好。

鐵打的謊話。

渾渾噩噩過了兩天，我起了一點精神做事，馬上打電話給 Chris 求幫忙。

因此，今天下午難得進了 Pivo。課業繁忙，我們都越來越少踏足這裡，一個月兩次的表演都是多了，經常讓邵零抱怨我們工作怠惰。

我立刻鑽進休息室內團練場，果然看見 Chris 早就窩在裡頭調音，露出一點安慰的笑意。這人沒有重要時刻出包，很好很好。

「讓我三天練好一首歌的吉他，這種要求只有妳做得出來。」

「只有你做得到。」

「少來，還不知道妳是為了 Seven，要不然這種突襲妳一定找他，虐我這個專業貝斯兼吉他新手幹麼？」

「至少你能算是個偽新手，我根本還沒入門，所以、不對，不過，你就算彈錯我也不會怪你的。」我會盡量不笑場。

這有多難，他簡直是表情包，彈錯那刻表情肯定很精彩，我待會絕對要記得不看他。

他瞇了瞇眼睛。「我只從這段話中感到滿滿的惡意和幸災樂禍。」

我呵呵笑，「誤會。」馬上後退一步。

「嗤，我才不會彈錯，到時候一定會被 Seven 笑死，看著啊，我會完美完美結束。」他揚了眉，得瑟。

朝他比一個讚，被嫌棄敷衍了，不管。

現在就等允修司來了。

十五分鐘前發訊息讓他到 Pivo 一趟，沒有緣由沒有解釋，但是，我就是堅信他會來，我們都不想這樣僵局結束，不想彼此不告而別。

一直一直都是允修司包容我縱容我多上一點，他有千百種方法可以將我揪出來，可是他願意給我時間，不責怪我的冷處理與鬧失蹤。

這樣的他，我要是還生氣，我都想爆打自己一頓。

留著小門縫，Chris 扶在門口探查，忽地，刷地關上門，被他的氣勢磅礴打敗，誰不知道你躲在門後偷窺了，真是讓人略感傷的智商。他不覺，蹭蹭回到崗位上，抓起吉他坐好。

我猜他肯定跟我眼神示意了。

只是這位朋友似乎忘了燈是關上的，我什麼毛線都看不見。

聽著腳步聲漸近，忍不住屏著呼吸，在門把被轉動的瞬間，前奏的音樂傾洩出來，我輕輕閉上眼睛，數著節拍。

一瞬間的光亮衝進視界裡，清楚瞥見他淡漠的清俊面容、清冷的深眸溢出疑惑，我定了神，當空間恢復黑暗的時刻，深呼吸。

微微起唇，低著嗓子，「……我可以跟在你身後，像影子追著光夢遊，我可以等在這路口，不管你會不會經過，每當我為你抬起頭，連眼淚都覺得自由，有的愛像陽光傾落，邊擁有邊失去著。」

才副歌一個段落，尾音有些顫、有些沙啞。

低著頭，我不敢去注視允修司的情緒轉折，只是，輕柔的旋律迴盪著，我辨識出混在之中的微恙。

他的情難自抑，呼吸都綿長起來。

「如果說，你是海上的煙火，我是浪花的泡沫，某一刻你的光照亮了我，如果說，你是遙遠的星河，耀眼得讓人想哭，我是追逐著你的眼眸，總在孤單時候眺望夜空。」

重複著副歌，猛地，我背過身子，任由一滴熱燙的淚水滑過臉頰，一滴接著一滴，像是不間斷的音符，跟著悲傷一起填滿氣氛。

「你看我多麼渺小一個我，因為你有夢可做，也許你不會為我停留，那就讓我站在你的背後……」

摀住嘴，泣不成聲。Chris 適時將音樂結束，放下吉他要朝我走來，沒料，允修司明明站得遠，搶先一步把我拉進懷中。

跌進一個懷抱裡我還在犯傻，屬於他的薄荷清香快一步迅速籠罩下來，鼻眼一酸，眼淚落得越發猖狂。

朦朧的視線，我習慣了昏暗，不斷睜大眼睛要將一切看得更加清楚。下一瞬，一陣風過境，伴隨腳步聲。

聽見 Chris 的聲音已經遠離我，在靠近門口的方向揚起。

「我就幫到這了，小Jasmine，欠我一頓飯，記得。」

悶悶的應諾散進身邊這個男人的擁抱中。

世界忽然一點風聲都沒有，或許，只有我的與他的心跳聲。

忍住啜泣，無聲的淚水卻是止不住。原來，我再也不能反駁，明靜溪確實在允修司面前會特別脆弱。

「明靜溪。」

「嗯。」

「明靜溪。」他的聲音緊了緊，手臂力道加重。

喊什麼喊，我從來不跟朋友去唱歌的，除了音樂考試沒有獻唱過，他要是敢嫌棄我，先讓我掐一把再好好說話。

我搶在他之前開口。這幾天，憋在心口的鬱結一次要煙消雲散。

「你畢業之後要實習還是執業什麼的，我搞不清楚，反正我知道，你有一天還是會再離開一年，去無國界醫生團隊服務，允修司我跟你說，我之前說的話不是說說而已，我一定要跟你一起去，我會好好在心理系這條路上努力，你要是再不等我，我真的會不想理你。」

語末，明亮的眼眸再度暈起霧氣，雙唇克制不住顫抖，逞強的語氣再也不平穩，泛起很深的哽咽。

我不是不能跟他一起努力、一起辛苦，比起那些辛苦，允修司不在身邊才是最大的傷心。

他不發一語，接著，倏地起身離去。我愣了，我說話說狠了嗎？

唯一一盞燈被打開，眼睛適應不了瞬間的光亮，有了剎那的恍神。

睜開眼他便在我伸手可及的距離。

不過是被他凝望著、擁抱著，我覺得左胸口缺陷很久的傷緩緩結痂復原了。曾幾何時，我的願望已經非常非常渺小。

能夠繼續聽見迴盪在夢境中的聲息，能夠觸及會逐漸在記憶退潮的溫度，也許，對他，我別無所求。

他深邃幽沉的目光碎出一點疼惜，溫軟的指尖觸上我噙著淚光的眼，接著是眼窩、臉頰、鼻尖，以及顫抖的唇。

最後全化成一道力量，扣上我的單肩，用力將我攬到懷裡，在這個我能找到自己定位的懷抱、在這個我願意卸下驕傲堅強的懷抱，他給我依賴也給我心痛。

「等我回國，我們就訂婚。」

「咦……」這轉變我沒跟上呀。

「不能先結婚，等我執業，有能力養妳了，我們就結婚。」

這是男人自尊心問題。

但是，這能稱上求婚嗎？

這肯定句的錯覺是怎麼回事？聽著，心裡舒坦踏實的我也挺自虐的。

我囁嚅，染著撒嬌的意味。「我很好養的。」蹭著他的胸口。

悲傷又幸福到覺得淚水灼燙，在我的臉龐、沾在他的衣服，有相同頻率的悸動。
告別是困難的，我沒有揮一揮手的灑脫，佯裝都不行。
他摸摸我的臉蛋，笑意渲染整個氣氛。「喔，我知道妳迫不及待。」
別說他是指我迫不及待要嫁了。
誰那麼不矜持了？沒有他這樣坑人的！
「記得我說過的嗎？」
「你說過的話可多了。」
「理想型問題。」
呃。他不給我思考的空間與時間，立刻，吻了上來。
允修司，你給我的勇氣，讓我可以心無旁騖走在夢想的路，這份勇氣，同樣可以讓我眼見你去飛翔，而我，等在你身後。

隨意在試卷上畫一個答案。
我偏過頭回憶，到底想說什麼。折在他吻裡，膩在他懷抱裡，日復一日，直到送他到機場啟程。
當時日子雖然醉生夢死，但是，學霸中就是學霸，該要求的作業讀書，是變本加厲盯著我。

低著頭，略長的劉海落下來這遮住一些視線，依舊可以辨識出試卷名稱。

心理學方法碩班考古題。

失了落點的視線落點跟隨思緒飄遠，耳邊自然而然響盪著無限想念的聲息。我掐緊自己的掌心，理智沉溺於回憶，彷彿看不見現實。

傻瓜，妳要明白。

我眨了暈滿水光的眼，耳聽他美好的聲息。

這個男生忽然溫柔，小心臟有點承受不住，吸了吸鼻子，很破壞美感，但是，男生唇角的笑卻是更加深沉。

妳不用期盼和我有多麼想像，我也不用刻意成妳理想的樣子，我能理解妳、心疼妳、珍惜妳，比什麼都重要。

當時，忙著感動這個男生罕見的甜言蜜語，忘了去記憶他的意有所指，噎了半晌，只不過慢吞吞吐出一句話。

帶著欣喜的調侃。

你在意我的理想型是什麼模樣？

……這話題不宜深切探討。

抱緊他的胳膊，志向偶爾是當他的無尾熊呀。

往後的日子，驀然回首，我終於發現，心悶的是，我沒有力氣去回想你該是什麼樣子，但是，已經做出了你可能會做的決定、你可能會說的話語、你可能會喜歡的事物。

不知不覺，我越來越像你。

我開始焦慮這樣的相像，你活在我的生活裡，如影隨形，有笑容、有聲息，昏暗的日子偶爾因此明亮，偶爾會掀起一層絕望。

允修司，我是想念你了呀。

也許，離開後沒有一個時刻不想念你的。

呼吸陡然失序，我咬了咬下唇，屈著的手臂被輕輕一推。

爽朗的聲音壓了下來，「想什麼啊？遇到不會做的問題了？」

「沒有，不是……」皺了眉，我狐疑，「為什麼我覺得你聲音怪怪的？」

拍拍後腦杓，正要督促自己別胡思亂想，下個月要考研了。可是，不得不問清楚眼前這個人的異樣。

「你今天沒課吧？特地跑來幹麼？又要補考？」

「呿，我天資聰穎，哪次需要補考了，再說，小 Jasmine 妳要有點良心，我沒課跑來補習班哪次不是給妳送食物的？」

跟屁蟲 Chris 跟我一起在同間補習班準備研究所考試。

有個人可以一起聊起允修司，生活不是那麼難過。

「那你笑得這樣奇奇怪怪幹麼？好噁心。」

「哪裡噁心！我給妳通風報信來著，還要被嫌棄。」

我一臉迷茫，停下轉筆的動作。周遭的嘈雜似乎被抽離了，像是墜入真空的世界，我盯著他嘴巴一張一闔，逐一辨識出。

我想聽見的答案。

「允修司回來了。」

允修司回來了。

腦子裡嗡嗡作響，心口湧起酸澀，被更深一層的情緒覆蓋過，一時失了動作，忘記該哭還是笑鬧。

Chris 語氣不滿，似乎是預測錯我的反應。「他先回家給阿姨看一下，順便放行李，嘖，幫他隱瞞這麼久，快憋死我了……還沒看見小 Jasmine 大驚失色……」

半晌，我找回被震懾散的精神，扔下作業與包包衝了出去。立刻撞上一堵結實的胸膛，垂著腦袋、摀住額頭，我趕緊道歉。

「一點長進都沒有，一樣冒失。」

「允修司？」

意識到這聲息屬於誰，熟悉的薄荷清香爭先恐後擁上來。

我設想過無數次該怎麼與他重逢。

不論是在機場或是校園，甚至是他的家中，我應該要光鮮亮麗，不是此刻這樣的，頂著黑框眼鏡，上一層粉底液的淡妝，一副厭世的學生氣息。

思考起這些，欲哭無淚了。

「允修司……」

分不清楚是悲傷多一些或是幸福多一些。

但是，他清冷的嗓音有獨特的溫軟，低低輕輕拂面。眼角一酸，落下一顆晶瑩的清淚。

「我回來了。」

【全文完】

沿途的風景，都是值得的體會

嗨，用我的晚安跟讀者們道早。

這個故事最初的構想是在國中時候，今年暑假重新去看筆記本只感到啼笑皆非，拿掉許多幼稚的設定和不合理的發展，最後走出這樣的明靜溪與允修司。

這不是一個太明朗輕快的背景。我想，即使現在，還是有少數傳統思想根深蒂固的長輩們，不論是重男輕女或是其他，都給一些人壓抑給一些人傷疤。我也曾經委屈父親與祖母疼愛長女勝過老么的我，至今都無法忘記有一次，我打了姊姊一掌，明明是雷聲大雨點小，姊姊拿玩具甩了我一下，在臉頰上甩出痕跡，父親卻抱著姊姊責怪我的不是，我氣哭都無可奈何。（我姊應該忘了，我現在跟她很好）

小時候特別愛比較，我努力在課業上做到我能力的最好，想要得到多一點讚美關注，是的，我得到了，可是依然不及姊姊。成長的路上，親情或友情、課業甚至愛情，都給我們疼痛、給我們勇氣，不與別人相比，是難以實現的境界，只是，我們永遠都不要忘記心疼自己的付出，以及，替此刻的自己鼓舞。

最後，說說故事。我努力去寫了幾段暗戀，有勇敢追求的、有坦白後放下的、有哽在心口難受的，同樣有在安全距離之外默默祝福的。關於友情，我寫了給人溫暖的，也寫了讓人失望的，還有，關於夢想，也許只是幾筆的著墨，卻是承載想給讀者們的支持，有時候會因為挫折或考試失利，偏離了初衷，如果還深深惦記著夢想，不要害怕繞了幾回路，多餘的風景都是值得的體會。

再次，感謝願意將故事實體化的商周，感謝辛苦的編輯，也感謝購買此書或翻閱此書的讀者們。

我想將現實濃縮進小說呈現，但是，更希望能夠將世界的溫柔暖意帶給讀者讀者們，然後，我們下一個故事見。

暖暖

十月二十八日，寫於與家鄉時差七小時的城市

國家圖書館出版品預行編目資料

拂過時光你的聲息／暖暖著. -- 初版. -- 臺北市；
商周，城邦文化出版；家庭傳媒城邦分公司發行，
民 106.11
面；公分. --（網路小說；272）

ISBN 978-986-477-347-3（平裝）

857.7　　106019501

拂過時光你的聲息

作　　者／暖暖
企畫選書人／陳思帆
責任編輯／陳思帆

版　　權／翁靜如
行銷業務／李衍逸、黃崇華
總 編 輯／楊如玉
總 經 理／彭之琬
發 行 人／何飛鵬
法律顧問／元禾法律事務所　王子文律師
出　　版／商周出版
台北市中山區民生東路二段 141 號 9 樓
電話：(02) 2500-7008　傳眞：(02) 25007759
Blog：http://bwp25007008.pixnet.net/blog
Email：bwp.service@cite.com.tw
發　　行／英屬蓋曼群島商家庭傳媒股份有限公司城邦分公司
聯絡地址：台北市中山區民生東路二段 141 號 11 樓
書虫客服服務專線：(02) 25007718・(02) 25007719
24小時傳眞服務：(02) 25001990・(02) 25001991
服務時間：週一至週五09:30-12:00・13:30-17:00
郵撥帳號：19863813　戶名：書虫股份有限公司
讀者服務信箱 Email：service@readingclub.com.tw
城邦讀書花園網址：www.cite.com.tw
香港發行所／城邦（香港）出版集團有限公司
地址：香港灣仔駱克道 193 號東超商業中心 1 樓
Email：hkcite@biznetvigator.com
電話：(852)25086231　傳眞：(852) 25789337
馬新發行所／城邦（馬新）出版集團【Cité(M)Sdn. Bhd.】
41, Jalan Radin Anum, Bandar Baru Sri Petaling,
57000 Kuala Lumpur, Malaysia.
電話：(603) 90578822　傳眞：(603) 90576622

封面設計／黃聖文
版型設計／鍾瑩芳
排　　版／游淑萍
印　　刷／高典印刷有限公司
總 經 銷／聯合發行股份有限公司
電話：(02) 2917-8022　傳眞：(02)2911-0053
地址：新北市231新店區寶橋路235巷6弄6號2樓

■ 2017 年（民 106）11月7日初版　　Printed in Taiwan

定價／240元

ISBN　978-986-477-347-3